# La maîtresse du libertin

CHRISTINE MERRILL

# La maîtresse du libertin

Les Historiques

éditions HARLEQUIN

*Collection :* LES HISTORIQUES

*Titre original :* AN UNLADYLIKE OFFER

*Traduction française de* BLANCHE VERNEY



*Photo de couverture*
*Sceau :* © ROYALTY FREE / FOTOLIA



83-85, boulevard Vincent-Auriol, 75646 PARIS CEDEX 13.
Service Lectrices — Tél. : 01 45 82 47 47
**www.harlequin.fr**

ISBN 978-2-2802-3249-4 — ISSN 1159-5981

# Chapitre 1

— Si vous avez froid, mademoiselle Esme, je peux demander à un valet d'allumer le feu.

Esme Canville résista à l'envie de serrer plus étroitement son châle autour d'elle.

— Non, merci, Meg, ça va. Je n'ai pas besoin d'un feu, ni de rien d'autre en fait, tout va bien.

La servante continua à s'agiter autour de la pièce, remettant en place des objets qui n'avaient nullement été dérangés.

— Vous êtes sûre, mademoiselle ? Parce que je trouve que vous avez l'air frigorifié…

— Non, vraiment, je vais bien. Je vais lire un peu.

Esme essaya d'adopter un ton naturellement ferme, sans aucun excès qui eût pu attirer un peu trop l'attention de la servante.

Meg était-elle seulement soucieuse de son bien-être ou bien la surveillait-elle ? Il était difficile de le savoir exactement. La domestique était à son service depuis peu et déjà entièrement dévouée au maître de maison. Il n'était pas raisonnable d'espérer s'en faire une alliée, mais peut-être au moins n'était-elle pas une ennemie… De toute façon, si le père d'Esme avait placé la servante là pour qu'elle espionne sa fille, mieux valait faire profil bas. Esme alla s'asseoir sur le canapé et prit son livre.

Meg hésita un instant, puis déclara :

— Bon, si c'est ce que vous voulez, très bien. Mais je trouve qu'il fait tout de même froid.

Esme essaya de prendre un ton supérieur et aussi détaché que possible.

— Je trouve cela revigorant et plus économique, aussi. Je suis sûre que mon père n'approuverait pas un gaspillage de bois dans la matinée, alors que les après-midi sont déjà très doux.

Meg opina du bonnet, prête à approuver toutes les opinions émanant de son maître, même les plus anodines.

— Si c'est ce que souhaite votre père, alors bien sûr, mademoiselle. Mais surtout, sonnez si…

— Si j'ai besoin de quelque chose ? Certainement. Tu peux me laisser, Meg.

La servante quitta la pièce et Esme poussa un soupir de soulagement avant de se précipiter vers la cheminée.

Meg exécutait son service avec un peu trop de zèle. Tout était bien mieux lorsque Bess occupait ses fonctions. Mais la domestique avait été un peu trop proche d'Esme au goût de son père. Au point de désobéir à celui-ci pour complaire à sa jeune maîtresse, ce qui avait signé sa fin. Et pour la remplacer, son père avait fait appel à la très complaisante Meg, qui voulait faire du feu quand il n'en était nul besoin…

Esme étendit son châle devant la cheminée et s'agenouilla dessus en remerciant mentalement le personnel pour la propreté des parquets, encore que les cendres eussent été difficiles à discerner sur un châle chiné de laine anthracite.

Elle se pencha et tendit l'oreille aussi près du conduit qu'il était possible.

Des voix montaient faiblement de l'étage en dessous. Visiblement, son père avait lui aussi refusé de faire un feu. Il devait faire aussi froid dans son cabinet de travail que dans la chambre d'Esme. Cela arrangeait bien cette dernière qui pouvait ainsi écouter la conversation de son père et de son invité grâce au conduit.

— … d'être revenu aujourd'hui. Je suis sûr que nous pourrons trouver un arrangement qui nous conviendra à tous deux.

C'était son père qui parlait.

— Quoi, sans même organiser une rencontre, vous en êtes sûr ?

La voix du visiteur baissa d'intensité, comme s'il s'éloignait de la cheminée. Esme poussa un soupir de frustration. S'ils ne se tenaient pas tranquilles, comment allait-elle pouvoir entendre ?

— Une rencontre n'est absolument pas nécessaire…

Elle pouvait presque voir son père balayer l'objection de son interlocuteur d'un revers de la main.

— Elle fera ce que je lui dirai de faire et puis, vous avez vu le portrait, n'est-ce pas ? Je vous assure qu'il est très ressemblant…

Esme se toucha machinalement les cheveux. Le portrait en question, une miniature, la représentait apprêtée et pomponnée, et il avait été exécuté il y avait deux ans de cela. Aujourd'hui, à vingt ans, sa beauté n'était certes pas encore fanée, mais elle n'était plus la jeune fille aux grands yeux innocents que l'on pouvait voir sur sa peinture.

— Très jolie, vraiment très jolie, dit l'homme en se rapprochant sans doute de la cheminée, car on l'entendait mieux. Tout à fait à mon goût. Et elle acceptera, vous en êtes bien sûr ?

— Il n'est pas question de cela, je vous répète qu'elle fera ce que je lui dirai de faire. Si elle refuse de se plier à ma volonté, elle devra faire face aux conséquences. Comme ce sera vous, et nul autre, il faudra bien qu'elle se montre coopérative. Il s'agit d'une proposition qui nous honore beaucoup, milord. Ma fille serait folle d'espérer mieux.

Les voix baissèrent de nouveau. Les lèvres d'Esme se pincèrent jusqu'à n'être plus qu'une étroite ligne blanche. Ainsi, elle ne pouvait espérer mieux ? Jamais elle n'assisterait à la saison de Londres et n'irait à ces bals auxquels assistaient les jeunes filles dans l'espoir de trouver un mari qui leur convienne. Elle passerait toutes ses soirées en compagnie de son père et de ses amis, qui étaient tous aussi âgés que lui. Certainement pas des prétendants acceptables…

Elle se prit à espérer…

— Je serais bien aise d'avoir une épouse aussi jeune et aussi jolie que votre fille !

Jeune. Il avait dit jeune. Cela ne promettait rien de bon. Esme tendit l'oreille, tentant de deviner à quoi pouvait bien ressembler l'homme qui conversait avec son père. L'écho de sa voix, dans le conduit de briques, ne lui disait rien et ne lui était pas particulièrement agréable. On n'y sentait ni passion, ni chaleur. Il se choisissait une épouse comme on aurait choisi un meuble sur un catalogue.

— Elle sera très honorée de vos intentions, je vous l'assure, lord Halverston.

Un lord ? Evidemment. Son père souhaitait un mariage qui puisse faire progresser la famille dans l'échelle sociale. Mais le rang de son futur mari désigné ne prouvait nullement qu'elle le trouverait à son goût.

De nouveau, les voix montèrent en intensité.

— Et vous dites qu'elle est obéissante ? C'est une bonne chose. Les jeunes femmes, de nos jours, sont bien trop indépendantes et ce n'est certes pas ce que je recherche chez une future épouse.

La voix s'éloignait encore de la cheminée tandis que

l'homme continuait à pérorer sur l'esprit rebelle des jeunes. Des jeunes femmes, en particulier.

C'était la première fois qu'un peu de chaleur se manifestait dans leur échange. Son futur époux désigné énumérait les défauts qu'il avait trouvés chez d'autres candidates au mariage et exprimait son plaisir de ne pas avoir, cette fois, à composer avec les humeurs fantasques d'une jeune fille.

Le cœur d'Esme se serra.

— Vous n'aurez aucun problème de ce genre, affirma son père. Elle connaît ses devoirs.

— Et si elle ne les connaît pas, elle les apprendra bien vite, répliqua Halverston.

Les deux hommes éclatèrent de rire.

Esme se leva, le cœur battant. Ainsi, c'était décidé, inévitable ? Son père lui avait trouvé un mari et répondait de son obéissance. Il avait, comme de juste, déniché quelqu'un de son goût et qui lui ressemblait : un homme qui se servait de ses poings serrés pour obtenir l'obéissance de ceux et, naturellement, surtout de celles qui dépendaient de lui. Quelqu'un qui professait que rien ne ramenait plus vite à la raison une fille ou une femme désobéissante qu'une main lourde et ferme.

Elle agrippa le manteau de la cheminée et tenta de se ressaisir. Les perspectives n'étaient peut-être pas aussi noires qu'elles le semblaient ; après tout, il n'était pas juste de juger lord Halverston avant même d'avoir fait sa connaissance. Et il était sans doute déraisonnable de tirer trop de conclusions d'une simple conversation écoutée dans un conduit de cheminée.

Les deux hommes semblaient avoir conclu un accord, car ils quittèrent ensuite la pièce. Son père devait raccompagner lord Halverston à la porte. Esme essuya en hâte la suie de sa robe et se rua vers le balcon en prenant bien soin de rester dans l'ombre afin qu'on ne puisse pas la voir de la rue. D'un instant à l'autre, le visiteur allait récupérer sa canne et son chapeau, et passer juste en dessous d'elle.

Alors, elle allait enfin pouvoir apercevoir l'homme que son père voulait qu'elle épouse. Sa voiture l'attendait dans la rue, juste en dessous, et Esme admira au passage les deux beaux chevaux bais et leurs harnais garnis d'argent. La berline resplendissait, et elle pouvait presque sentir la riche odeur des sièges capitonnés de cuir. Ainsi, l'homme qu'on voulait lui faire épouser avait l'air d'être fort à son aise. Elle pourrait profiter de cette richesse, au moins. Avoir des robes, des bijoux, une belle maison. Plusieurs, peut-être…

Elle entendit la porte se refermer et vit le cocher et les valets de pied se redresser pour accueillir leur maître. Il lui sembla que c'était par véritable respect, et non par crainte, qu'ils changeaient d'attitude. Elle aurait de nombreux serviteurs, peut-être une femme de chambre qui lui obéirait, à elle plutôt qu'à son mari.

Esme se mordit la lèvre. Tout cela était bien beau, mais était-il aussi permis d'espérer que son mari serait un homme doux et tendre, en même temps qu'un aristocrate ? Elle se concentra sur cette pensée en essayant de ne pas se laisser influencer par les bribes de conversation qu'elle avait entendues. A cet instant, elle vit l'homme monter sur le marchepied de la voiture et se pencha en avant pour mieux le voir.

Il était âgé, elle pouvait le voir à la ligne voûtée de ses épaules. Son pas était régulier, mais raide et mesuré. Sa taille haute et sa silhouette exagérément mince, voire frêle, comme s'il était affecté par quelque maladie. Les doigts qu'elle lui vit poser sur le montant de la portière étaient noueux et décharnés, comme des griffes.

Esme soupira de découragement. Il aurait été insensé d'espérer que l'homme soit jeune, après avoir vu la richesse de son équipage. Il fallait du temps pour acquérir la fortune suffisante pour posséder une telle merveille. Il fallait être en tout cas nettement plus âgé qu'elle, naturellement…

Mais si lord Halverston était aussi vieux qu'il le paraissait…

Esme frissonna en pensant qu'il la rejoindrait la nuit et put presque sentir ses mains décharnées sur ses cheveux et sur sa peau nue. Il semblait plus âgé même que son père. Elle serait probablement bientôt veuve…

C'était mal de penser, d'espérer cela… Peut-être qu'elle était vraiment mauvaise et que son père avait raison de vouloir la punir ainsi. Mais une petite voix, tout au fond d'elle-même, refusait de se taire.

Non, elle n'était pas mauvaise et elle le savait. L'homme que son père lui avait choisi était un vieillard alors qu'elle était encore une jeune femme. Son père cherchait tout simplement à l'empêcher de profiter de sa jeunesse, avec sa cruauté habituelle.

Se sentant sans doute observé, lord Halverston leva les yeux et la découvrit sur son balcon. Elle ne bougea pas tandis qu'il la regardait, en essayant de ne pas trop lui montrer à quel point elle avait peur de lui.

Le vieil homme arrêta son cocher d'un geste et la fixa durant un long moment. Esme pouvait voir ses petits yeux détailler lentement son corps, passer sur son ventre, ses seins et son cou, avant de s'arrêter enfin sur son visage. Alors, il lui sourit, mais il n'y avait aucune trace de chaleur sur ses traits.

Comme dans un rêve, elle le vit caresser de la main le cuir du capitonnage de son siège, le palper de ses doigts décharnés comme s'il s'agissait de son corps à elle. Enfin, il donna un ordre bref au cocher d'une voix rauque et échauffée. L'attelage s'ébranla.

Esme s'adossa contre la façade en sentant ses jambes trembler sous elle. Peut-être avait-elle imaginé l'attitude et les gestes du vieil homme. Il y avait la distance, les odeurs de la rue et le soleil, qu'elle avait dans les yeux. Tout cela avait peut-être enflammé son imagination. Peut-être cherchait-il une clé, une pièce de monnaie ou tout autre objet qui avait pu tomber sur le siège à côté de lui.

Peut-être aussi avait-elle le diable au corps, comme le prétendait son père, et avait-elle imaginé ce qu'elle ressentirait lorsque cette main passerait sur elle, la caressant, la palpant, l'étreignant.

Elle s'agrippa à la balustrade pour lutter contre une vague de nausée et avala plusieurs grandes goulées d'air. Ce n'était pas possible, tout simplement pas possible. Son père, pour une fois, devrait l'écouter et se rendre à la raison. Peut-être, en échange de son renoncement, devrait-elle lui promettre de toujours être obéissante, de ne plus le mettre en colère. Et même, d'épouser tout homme qu'il lui désignerait. N'importe qui, sauf le comte d'Halverston.

Un bruit de verre brisé la tira soudain de son cauchemar. Une vitre venait de voler en éclats sur un balcon, juste de l'autre côté de la rue. Un homme ouvrit les contrevents avant de lui tourner le dos. Il avait une allure toute militaire et quand il parla, son agréable voix de baryton porta sans effort jusqu'à elle, malgré la distance.

— Voilà qui vient à l'appui de mes dires, fit-il remarquer tranquillement. Laissons donc cette fenêtre ouverte, cela épargnera peut-être les autres vitres…

Un projectile passa au-dessus de son épaule et fila dans la rue, puis un autre, qu'il rattrapa à quelques centimètres de sa tête. Comme il le tenait dans sa main, Esme put voir qu'il s'agissait d'une jolie mule de femme en satin.

— Voilà encore quelque chose de bien inutile, dit-il, toujours très tranquillement. Même si vous m'aviez touché, cela ne m'aurait pas fait grand mal… Tandis qu'à présent, vous avez perdu une de vos chaussures et vous allez devoir sautiller jusque chez vous. Car n'espérez pas, très chère, que je vais me précipiter dans la rue pour retrouver la première que vous avez lancée…

La propriétaire des objets du délit répondit par une tirade furieuse et volubile, dans une langue qui parut à Esme être de l'espagnol.

L'homme croisa les bras et s'appuya au trumeau, de profil, montrant des traits réguliers et un sourire sardonique.

— Ce n'est pas exact, répondit-il. Ma mère m'a assuré que j'étais bien un enfant légitime. Non pas que je me vante, d'ailleurs, de cette pureté dans mon lignage…

Il y eut de nouveau des cris en espagnol et de nouveau un bruit de verre brisé, mais cette fois, venu de l'intérieur.

— Le miroir maintenant, constata-t-il, flegmatique. Et vous qui êtes pieds nus, chère amie… N'allez pas vous blesser…

Il relança nonchalamment dans la pièce la mule qu'il tenait toujours à la main.

— Pourquoi, voulez-vous me le dire, suis-je allé m'enticher d'une écervelée dans votre genre ? soupira-t-il.

Il regarda dans la pièce, un long moment.

— Je crois que la réponse est évidente, dit-il enfin, mais insuffisante pour que je vous garde plus longtemps… *Preciosa*, comme que je vous l'ai dit, cet appartement est à vous jusqu'à la fin du mois. Il ne devrait pas vous être trop difficile de trouver un autre protecteur, car vous êtes d'une grande beauté et très charmante, du moins quand vous ne brisez pas de vitres et que vous ne lancez pas dans la rue ou à mon visage les délicieuses et fort coûteuses petites mules que je vous ai offertes…

Un nouveau torrent d'injures inintelligibles se fit entendre de l'intérieur.

Embarrassée de sa propre indiscrétion, Esme s'aperçut qu'elle se penchait à la balustrade de son balcon pour mieux entendre, mais il était difficile de paraître ignorer un échange aussi passionnant et un spectacle offert à tous, qui plus est. Le plus intéressant auquel elle avait assisté depuis des années et sans même avoir besoin de sortir de chez elle.

Son père l'avait mise en garde contre leurs nouveaux voisins, le trop célèbre et scandaleux capitaine John Radwell, qui revenait de la guerre en Espagne. On disait qu'il avait acheté son grade d'officier en vendant des bijoux dérobés à sa famille afin de fuir le mari jaloux de l'une de ses conquêtes, devenu un peu trop menaçant. S'il y avait du vrai dans ces histoires, ce n'était certainement pas le frère du capitaine, le duc de Haughleigh, qui en avait fait la publicité, car il niait farouchement tout lien de parenté avec lui.

Le capitaine Radwell n'était d'ailleurs que l'une des innombrables personnes contre lesquelles le père d'Esme l'avait solennellement mise en garde. Et voilà que le démon se montrait en plein jour, se querellant avec sa maîtresse dans un quartier jugé très respectable et assez fort pour que toute la rue en profite.

Malgré la grossièreté de la chose, Esme écarquillait les yeux à son balcon, incapable de s'empêcher de regarder.

Lorsque l'irascible personne, dans l'immeuble d'en face, s'interrompit un instant pour reprendre son souffle, Radwell lui répondit tranquillement :

— Eh bien, vendez donc le bracelet, ou bien les boucles d'oreilles. Tout cela coûte assez cher et devrait vous permettre de vivre confortablement jusqu'à ce qu'un autre imbécile vienne prendre ma place. Quoi qu'il en soit, cet entretien est terminé.

On entendit encore quelques sanglots furieux, et des portes claquèrent. Esme sourit. Elle en aurait presque oublié ses propres soucis. Il était amusant de constater que l'une des vertueuses mises en garde de son père n'était pas sans fondement.

A cet instant, John Radwell se retourna sans crier gare et la surprit en train de le regarder.

Ce n'était pas un simple démon. C'était Lucifer en personne avec ses cheveux dorés par le soleil, son nez bien droit et son sourire enjôleur. Ses yeux devaient être bleus, mais c'était difficile à affirmer à cette distance. Il fallait des yeux bleus pour aller avec ce visage-là. La coupe très ajustée de sa jaquette et de ses culottes moulait ses larges épaules et sa taille fine. Dans cette embrasure de fenêtre, le capitaine John Radwell ressemblait à un dieu grec égaré. Une vision à couper le souffle.

Il soutint son regard jusqu'à ce qu'il ressente le besoin de détailler le reste de sa personne. Alors il l'examina posément, des pieds à la tête, et elle sentit son ventre se nouer tant elle était troublée. Il tapota l'aile de son nez du bout de son doigt et hocha la tête. Que voulait-il lui signifier par là ? C'était bien étrange. Elle secoua la tête pour lui montrer qu'elle ne comprenait pas. Alors, avec un nouveau sourire, il tira un mouchoir de sa poche, le déplia d'un coup sec et s'essuya le visage avant de lui montrer le sien du doigt. Instantanément, Esme porta les mains à ses joues et les frotta. Lorsqu'elle regarda ses mains, elles étaient tachées de suie. Quelle honte !

Non seulement elle dévorait des yeux, avec curiosité, des choses qui ne la regardaient pas, mais en plus elle était aussi sale qu'un ramoneur.

Voyant qu'il avait été compris, le capitaine Radwell agita son mouchoir en signe de triomphe. Puis il s'inclina vers elle avec un sourire et retourna dans son appartement en fermant la fenêtre derrière lui.

Le cœur battant, Esme l'imita et ferma la porte-fenêtre qui menait au balcon. Ah, l'horrible libertin ! Il se ridiculisait en public en se disputant avec sa maîtresse, puis se moquait d'elle avec impertinence, pas le moins du monde embarrassé par son indiscrétion. Comme il devait être délicieux de connaître une telle liberté, de se moquer comme d'une guigne de l'opinion des gens et de faire exactement ce qui vous plaisait !

Un plan se forma dans la tête d'Esme avant même qu'elle s'en aperçût. Un plan très audacieux, le plus scandaleux qu'on puisse imaginer. Bientôt, toute idée de mariage deviendrait hors de question. La chose serait plus facile à réaliser si elle attendait la nuit, mais dans quelques courtes heures, avec l'aide du scandaleux capitaine John Radwell, elle pourrait bien être libérée de son père, de cette maison et aussi du comte. Oui, elle prendrait son destin en main dès ce soir !

# Chapitre 2

— Non, merci, Toby. Je n'aurai pas besoin de toi ce soir. Je vais rester tranquillement devant la cheminée. Un peu de détente au coin du feu et peut-être un brandy avant d'aller dormir ne me feront pas de mal. Je n'ai pas besoin de toi pour cela… Tu devrais savoir, après ce que nous avons traversé tous les deux au Portugal, que je peux prendre soin de moi-même…

Le valet quitta la pièce et John s'effondra dans un fauteuil, laissant son regard se perdre sur le feu. Oh, certes, il profiterait de ce moment de solitude pour se détendre… Mais quel ennui ! Hélas, une soirée à la maison était tout ce qu'il pouvait s'offrir étant donné l'état de ses finances. S'il sortait, le risque de contracter de nouvelles dettes chez White's serait plus probable que la possibilité de regarnir ses coffres en gagnant au jeu. Et d'ailleurs, son crédit était de plus en plus mince.

Il connaissait ce que l'on appelait pudiquement un revers de fortune. Il aurait pourtant dû être à l'abri de tels désagréments, si du moins il avait bien voulu se tenir tranquille. Quand il s'était présenté à la cour pour recevoir sa décoration, le Régent avait insinué que ce genre de récompense honorait ceux qui avaient défendu leur patrie avec valeur et courage, mais qu'à son avis, les médailles devraient plutôt aller à ceux qui servaient loyalement, sans provoquer de scandales. Il n'aurait pu être plus explicite…

— Un homme qui a survécu à une guerre devrait pouvoir survivre à une saison à Londres sans se faire tirer dessus par un mari jaloux, ou bien encore par son propre frère, pour mauvaise conduite, avait-il ajouté. Vous devriez rester à l'écart des ennuis et de Haughleigh. Le comte de Stanton a passé les quatre-vingts ans et il est bien peu probable qu'il ait un autre héritier. Le titre va tomber tout rôti dans votre escarcelle et il y a un beau domaine qui lui est attaché. J'aimerais que cet honneur revienne à un homme qui en est digne…

John Radwell, comte de Stanton. Il murmurait parfois ces mots, les soirs comme celui-ci, quand les vieux rêves revenaient le hanter. Mais il n'était pas encore comte et ne le serait jamais s'il lui tombait sur la tête un nouveau scandale ou s'il jouait la rente foncière du domaine avant de l'avoir reçue. Mieux valait être prudent et circonspect, au moins pour un temps. Il devait se souvenir qu'il était un homme honorablement connu et un vétéran des combats dans la péninsule Ibérique, qui n'aspirait plus qu'à vivre une existence tranquille à la campagne. Il n'y avait pas d'avenir pour le frère débauché du duc de Haughleigh, ses poches vides et sa liste de méfaits qui suffisait à le faire déclarer *persona non grata* dans la plupart des bonnes familles.

John soupira. Après cinq ans en Espagne et au Portugal, sa patrie lui avait manqué. Son frère, même, lui avait manqué, ce qu'il n'aurait jamais cru possible. Souvent, dans les heures qui précédaient une bataille, il pensait à tout ce qu'il ne pourrait jamais dire à Marcus et à l'épouse de celui-ci, Miranda, si les choses venaient à tourner mal. Cependant, la mort violente qu'il s'attendait un jour ou l'autre à recevoir, et dont il se disait parfois qu'il la méritait, n'avait pas voulu de lui. Après tout, le destin lui permettrait peut-être de combler le fossé qui s'était ouvert entre sa famille et lui.

Ses excuses sincères auraient par ailleurs davantage de poids s'il se présentait à Haughleigh avec un titre bien à lui et peut-être, ma foi, une épouse à son bras. Dieu savait que le mariage ne l'attirait guère, mais il le faudrait bien, car il voulait des enfants, un héritier. Une famille bien à lui apporterait la preuve qu'il n'était plus une menace pour le mariage de son frère et que cette vieille rivalité à propos de la succession des Haughleigh pouvait être définitivement enterrée.

Cependant, il n'était pas encore temps de s'en préoccuper. Tout cela pourrait mettre des années à s'accomplir et il n'était pas bon de vendre la peau de l'ours avant de l'avoir tué. D'ici là, il y aurait encore beaucoup de tranquilles soirées à domicile, pour faire oublier les vieux scandales et son ancienne réputation. Il n'aurait pas même le réconfort d'une présence féminine, puisqu'il venait de rompre avec Clara, laquelle était décidément trop irascible et trop dépensière.

Bien sûr, l'ancien John n'aurait pas eu ce genre de préoccupation. Il serait allé quémander des fonds à son frère pour se remettre à flot, sans se préoccuper des conséquences et tout en lui jurant qu'il allait devenir sérieux.

Cette pensée l'amusa et il rit tout haut. Une toux discrète se fit alors entendre derrière lui.

— Oui, Toby ?

— Monsieur a une visite. Une dame.

— Une dame ?

John réprima la remarque acerbe qui lui était venue à l'esprit. Il y avait bien peu de chances que cette femme soit une lady si elle rendait visite à des messieurs célibataires à cette heure-ci ! Mais il n'y avait pas trace d'ironie ou de sarcasme dans la voix de son valet.

— Eh bien, fais entrer, Toby, et apporte ce brandy, finalement.

John crut percevoir un rien de désapprobation dans l'attitude de son valet, obligé d'introduire une visiteuse à cette heure indue. Mais l'intéressée devait savoir ce qu'elle risquait, sinon pour elle-même, du moins pour sa réputation. Si Toby s'en souciait davantage qu'elle, il n'avait qu'à tenir sa langue.

La porte s'ouvrit bien vite et le valet annonça :

— Mademoiselle Esme Canville.

— Qui donc ? demanda-t-il, interloqué.

C'était un peu cavalier, mais il n'avait pu s'en empêcher. Ce nom ne lui disait absolument rien et n'était en tout cas pas celui de l'une des furtives épouses et des discrètes veuves qui auraient pu se glisser jusqu'à sa porte à cette heure-ci.

La personne entra et esquissa une révérence polie. John était déjà debout et lui désigna un fauteuil en essayant de ne pas trop montrer sa perplexité. C'était la fille au nez plein de suie, de l'autre côté de la rue. Que diable lui voulait-elle ?

— Pardon pour ma… surprise, mademoiselle Canville. J'espère pouvoir vous être utile. Peut-être que Toby… ?

Il aurait préféré que son domestique reste présent durant leur entretien, afin que la morale soit sauve si jamais le père de la donzelle avait vent de l'affaire. Mais Toby avait déposé la carafe de brandy et s'était retiré à l'office.

— Je vous remercie, capitaine Radwell. Mais je préférerais que notre conversation demeure privée, si c'est possible.

Grand Dieu, il ne pouvait tout de même pas rester seul avec elle ? Il observa la jeune femme : elle avait l'air déterminé. Bon, si elle lui délivrait rapidement son message, quel qu'il soit, John pourrait peut-être la faire sortir d'ici avant que quiconque ne se soit aperçu de sa présence.

— Je dois avouer que je suis assez curieux d'apprendre ce qui peut bien amener une demoiselle... de qualité dans mes appartements privés, à cette heure tardive. Car je ne crois pas que nous ayons jamais été présentés ?

— Non...

Esme Canville avait soudain l'air très embarrassé, comme si elle regrettait son audace.

— En fait, nous ne nous sommes jamais vus, balbutia-t-elle, du moins... jusqu'à tout à l'heure. Je n'ai pas pu m'empêcher d'entendre... et d'assister à... enfin, je vous connais de réputation, capitaine Radwell.

— J'aimerais pouvoir vous assurer que tout ce que vous avez entendu sur moi n'est qu'un tissu de mensonges, soupira John, mais je mentirais. J'ai dû commettre effectivement une bonne partie des péchés que l'on m'a attribués au cours des dernières années, sinon plus... D'ailleurs, on ne prête qu'aux riches, comme on dit...

Il esquissa un sourire avant de se rappeler opportunément que certaines choses devaient être dites.

— Vous comprenez bien, mademoiselle Canville, que vous vous mettez dans un cas fort fâcheux, en venant ici toute seule ?

Elle leva le menton et le regarda bien droit dans les yeux.

— Ce serait le cas si je me préoccupais de ma réputation, répondit-elle, mais les circonstances m'obligent à passer outre ce genre de conventions. Voyez-vous, capitaine Radwell, je me trouve dans une situation fort difficile et j'espérais que vous pourriez m'aider...

Il se redressa.

— Je ne comprends toujours pas pourquoi vous m'avez choisi, moi, mais en tant qu'officier…

Il s'éclaircit la gorge, comme pour prononcer des mots dont il n'avait pas vraiment l'habitude.

— En tant qu'officier et gentleman, il est de mon devoir de tout mettre en œuvre pour vous aider.

John sentait bien que la jeune fille était tout près de lui avouer la raison de sa visite. Elle tira un mouchoir de son réticule, qu'elle tordit dans ses mains nerveuses.

— Oui, c'est bien de votre aide que j'ai besoin, mais pas forcément en tant qu'officier ou en tant que gentleman. Je crois que la définition la plus proche de ce que je recherche est le mot… protection.

Elle le regarda, pleine d'espoir.

— Si vous vouliez bien m'offrir votre protection…

L'espace d'un instant, il se demanda si la jeune fille n'entendait pas par là qu'il devait tirer son épée pour s'interposer entre elle et quelque dragon cracheur de feu. De qui donc devrait-il la protéger ? Certainement pas de son père, le vieux gentleman ne paraissant pas un homme violent.

Sa protection… Mais pas celle d'un officier ou d'un gentleman… Il fit le tour de son fauteuil et se campa derrière le dossier pour mettre autant de distance que possible entre lui et cette étonnante jeune personne.

— Vous ne voulez pas dire… ? Je crains de comprendre… Non, ce n'est pas possible…

— Je n'ai pu m'empêcher d'entendre votre dispute avec…

Elle chercha le mot adéquat, sans succès.

— Avec… cette dame qui était chez vous. Il apparaissait très clairement que c'était une rupture. Alors j'ai pensé qu'il y avait là, dans votre vie, une place que je pourrais…

— Une place ? la coupa-t-il, très choqué. Voyons,

mademoiselle, à vous entendre, on dirait que vous cherchez un emploi de gouvernante !

— Non, je sais bien que ce n'est pas possible, répondit-elle patiemment, parce que mon père le saurait. Le seul fait d'obtenir les indispensables références serait impossible.

Elle en parlait comme si elle avait effectivement envisagé cette solution avant de se raviser.

— Je ne pense pas que vous ayez non plus de références pour la... place que vous sollicitez à présent.

— Il faut des références ?

Elle paraissait plus alarmée par ce contretemps que par la situation en elle-même. Ce n'était pas tout à fait le sentiment de John.

— Non, bien sûr. J'espère même pour vous que vous n'avez pas... d'expériences antérieures.

Il s'assit à côté d'elle, l'air grave.

— Ecoutez, mademoiselle Canville...

— Appelez-moi Esme, je vous en prie.

— Mademoiselle Canville, insista-t-il fermement. Avez-vous la moindre idée des... devoirs que ladite situation impliquerait pour vous ?

Elle rougit.

— Pas très... précisément, je l'avoue. Est-ce que cela pose un problème ?

— Un problème ? Euh... Non ! Une jeune demoiselle n'est pas censée savoir... Je serais très choqué, si vous saviez...

— Je me suis dit... que c'était le genre de choses que l'on pouvait peut-être apprendre en les faisant, plaida-t-elle. Y a-t-il quelque chose en moi qui puisse vous faire penser que je ne pourrais pas... remplir ces tâches ?

John examina la jeune femme pour la première fois. Elle avait un très doux visage, avec des lèvres pleines et un teint pâle qui rosissait joliment quand, comme en ce moment, elle était émue. Elle avait retiré sa cape et portait une robe modeste et sans attrait, mais un œil exercé comme celui du capitaine Radwell pouvait deviner, sous le drap, une fort appétissante poitrine. Imaginer ses seins lourds, les courbes de ses hanches, la façon dont ses longues jambes se noueraient autour des siennes, la sensation que lui procurerait cette chevelure blonde quand il y enfouirait les doigts pour l'attirer à lui et prendre sa bouche…

Nerveux, il se leva et se mit à faire les cent pas sur le tapis.

— Non, répondit-il, pas du tout, rassurez-vous. Il n'y a rien qui puisse me faire croire que vous n'en êtes pas capable. Mais là n'est pas la question. Et peu importe également mon opinion à ce sujet, car je vous assure bien que vous n'êtes qu'un petit agneau innocent, que je pourrais dévorer tout cru sans me préoccuper de ce qui adviendrait de vous par la suite.

— Je n'en crois pas un mot, répondit la jeune femme. Je vous ai vu, tout à l'heure, répondre à votre amie. Ce qu'elle a fait et dit aurait poussé plus d'un homme à la violence, mais vous lui avez répondu avec raison et mesure. Vous lui avez fait comprendre que vous mettiez un point d'honneur à subvenir à ses besoins, jusqu'à ce qu'elle trouve… une autre situation.

Elle sourit.

— En fait, acheva-t-elle, elle s'est conduite tout le long de votre conversation d'une manière très déraisonnable. Je tiens à vous assurer que jamais je ne vous ferai une telle scène, quand le moment sera venu pour vous… de me quitter.

— Vous quitter ? répéta-t-il, éberlué. Mais, mademoiselle,

il n'est pas question de vous prendre, ce qui m'épargnera le souci de vous quitter !

Il fit, du bras, le geste de la renvoyer.

— Retournez donc chez votre père et vite, avant que quelqu'un s'aperçoive que vous êtes ici et que nous ayons tous deux de graves ennuis…

Esme secoua la tête.

— C'est tout à fait impossible. Je n'y retournerai pas, quoi que vous puissiez me dire.

— Je vous ramènerai donc chez vous moi-même.

— Vous n'en ferez rien, répondit-elle, les mains sur les hanches. Sinon je dirai à mon père où j'étais, en y ajoutant quelques détails croustillants, et c'est alors vous et vous seul, capitaine Radwell, qui aurez des ennuis. Je ne vois pas comment ma vie pourrait être pire que celle que j'ai à présent, mais vous, vous risquez de voir la vôtre enchaînée à la mienne, dans une union bien plus permanente que celle que je suis en train de vous suggérer.

Elle avait raison, évidemment. Le tableau était encore plus noir que celui qu'elle peignait. Si un mot de tout ceci sortait de cette maison, son premier souci ne serait pas qu'il devrait épouser Esme Canville. Il perdrait également tout espoir d'avoir jamais un titre. Quant au déplaisir qu'en éprouverait le Régent, c'était encore autre chose. John pouvait déjà voir la tête que ferait son frère, s'il essayait de revenir à la maison avec une bourse plate, une réputation en miettes, la perte de la faveur du Régent et le père furibond d'Esme Canville à ses trousses, pour faire bon poids. Il pourrait toujours prétendre que tout ceci n'était qu'un affreux malentendu.

— Vous dites que je pourrais être forcé de vous épouser si je repousse votre offre. Offre que je peine un peu à cerner très précisément, d'ailleurs… Vous m'offrez

vraiment de disposer de votre personne, sans passer par le préalable du mariage ?

L'espace d'un instant, il fut tenté. Mais il secoua la tête. Certes, les charmes de la demoiselle n'étaient pas négligeables, mais il ne fallait pas non plus les surestimer…

— Evidemment, dit-elle avec plus d'assurance qu'elle n'en ressentait réellement, je comprends que vous attendiez de moi les mêmes… services que ce que vous pouviez trouver auprès de la personne que vous avez quittée aujourd'hui. Enfin… pas tout à fait les mêmes, bien sûr, puisque je n'ai aucune expérience.

— Pas question !

— Je mange assez peu et ne suis pas attachée à toutes ces choses vaines, comme les belles toilettes ou les bijoux. Je n'ai pas besoin de beaucoup d'espace pour être heureuse. J'ose dire que je vous coûterai certainement moins cher que votre dernière maîtresse.

— Non !

— Peut-être pourriez-vous alors me recommander à l'un de vos amis ? Quelqu'un du même tempérament que le vôtre et qui soit également à la recherche de compagnie féminine ?

— Et voilà que vous me prenez pour un entremetteur, à présent ! Décidément, mademoiselle, vous passez les bornes ! Ma réputation est ce qu'elle est, mais de là à présumer que je puisse rendre ce genre de service, il y a un pas !

— Je suis désolée, bredouilla-t-elle, confuse, je ne pensais pas vous offenser.

Il secoua la tête.

— Et vierge avec ça, j'en suis sûr, soupira-t-il.

Il allongea le bras vers la bouteille de brandy et la vit qui suivait son geste du regard.

— Vous voulez un verre ? lui demanda-t-il.

— Non, merci, je ne bois jamais d'alcool.

— Que vous ayez pu venir ici parfaitement sobre pour me faire cette extravagante requête me laisse pantois. De plus, je me méfie beaucoup des abstinents et abstinentes, surtout quand il s'agit d'une maîtresse potentielle...

— Dans ce cas, servez-moi un verre, car je vous assure que je suis très sérieuse. Je trouverai un autre homme, s'il le faut, bien que je doive vous dire que je préférerais beaucoup que ce soit vous...

Sa voix devint un murmure.

— Il y a bien quelqu'un qui va vouloir de moi, je ne suis tout de même pas aussi laide que cela ! En tout cas, je ne rentrerai pas chez moi !

John versa un peu de brandy dans un verre à liqueur et y ajouta quelques gouttes d'un flacon qu'il prit dans sa poche. Puis, il remua le verre pour mélanger les deux liquides.

Elle le regardait faire avec curiosité.

— Qu'avez-vous ajouté à votre boisson ? demanda-t-elle.

— Rien dont vous devez vous inquiéter... J'ai parfois besoin de prendre un peu de laudanum pour apaiser mes nerfs et figurez-vous que votre comportement est suffisamment surprenant pour me déstabiliser.

Elle rit.

— De quoi avez-vous peur ? Vous n'avez pas l'air impressionnable, pourtant. Si votre réputation est aussi discutable que ce que vous prétendez, il n'y a pas de raison que vous soyez effrayé parce qu'une femme vient chez vous...

Elle fit un pas vers lui et il sentit son propre souffle s'accélérer. Bien sûr, elle avait raison ; il n'y avait rien d'effrayant à l'idée qu'une femme consentante vienne se blottir dans ses bras. Et les nuits passaient plus vite, quand il n'était pas seul.

La voix d'Esme se fit plus chaude et plus profonde.

— Comme vous l'avez fait remarquer, c'est plutôt moi qui devrais avoir peur de vous. Car vous, vous savez parfaitement et dans le détail ce qui pourrait m'arriver ce soir. Tandis que moi, je n'ai jamais entendu que des murmures et des rumeurs invérifiables sur ce qui se passe entre un homme et une femme dans l'intimité.

Elle continua d'avancer vers lui, sans nervosité apparente, tandis qu'il demeurait immobile et comme fasciné. Elle leva la tête pour le regarder dans les yeux.

— Est-ce vrai que c'est à la fois agréable et douloureux ? Je me suis toujours demandé comment cela pouvait être possible. Pour l'instant, je connais davantage la douleur que le plaisir…

Il pouvait certes lui montrer ce que c'était, si c'était bien cela qu'elle voulait. Il était tard, ils étaient seuls et personne ne la chercherait ici. Il pourrait lui donner ce qu'elle désirait, la renvoyer chez elle et cette invraisemblable histoire s'arrêterait là.

Il était à deux doigts de lui en faire la proposition et dut se mordre la langue pour retenir les mots qui se formaient sur ses lèvres. En revanche, il ne s'écarta pas quand elle s'approcha et que le tissu de sa robe frôla le devant de sa chemise.

— Puisque, comme vous le dites, vous êtes un officier et un gentleman, vous voudrez bien, je l'espère, prendre en compte mon inexpérience et vous montrer aussi doux que possible, car j'admets volontiers être quelque peu effrayée, maintenant que l'heure est venue pour moi. Je crains que mes nerfs ne soient encore plus à vif que les vôtres…

Sans prévenir, elle lui reprit le brandy des mains et

vida le verre, laudanum compris. Elle toussa et ses yeux s'emplirent de larmes tant la boisson était forte. Elle reposa ensuite soigneusement le verre sur la table à côté d'eux et marcha vers le sofa où elle s'allongea à demi, prenant ses aises sur les coussins.

— Seigneur, mademoiselle Canville, soupira-t-il, écartant les bras dans un geste d'impuissance.

Il avait beau se traiter de fou, il n'en restait pas moins que sa chaleur lui manquait, depuis qu'elle s'était écartée de lui. Il n'avait vu en elle que la femme, jolie et consentante, sans tenir compte de son esprit acéré et bien moins innocent qu'il n'aurait pu s'y attendre chez quelqu'un d'aussi jeune. Et voilà qu'elle l'avait piégé. Il n'y avait rien qu'il puisse faire pour revenir en arrière.

Il offrit son plus charmant sourire et fit un pas vers elle, pour la considérer attentivement :

— Eh bien, si vous avez l'intention de poursuivre dans la voie que vous vous êtes fixée, il vaut mieux que vous sachiez qu'effectivement, l'expérience risque d'être un peu difficile, voire douloureuse… Cela vous serait plus facile, ainsi qu'à moi, d'ailleurs, si nous attendions pour ce faire que vous soyez complètement détendue.

Elle leva vers lui un regard de biche effarouchée et lâcha :

— Faites ce qu'il faut. Je suis prête.

Il se détesta soudain de l'avoir considérée, à peine quelques instants plus tôt, comme une audacieuse tentatrice. Il voyait bien à présent qu'elle était terrifiée à la perspective de ce qui allait se produire et qu'il ait pu, même brièvement, songer à lui accorder ce qu'elle demandait, prouvait bien qu'il avait l'âme aussi noire que le prétendaient certains. Il prit place sur le sofa à côté d'elle et lui saisit la main.

— Pas tout de suite, je crois qu'il nous faut attendre.

Il continua à l'observer et vit ses membres se détendre ainsi que ses joues s'empourprer sous l'effet du brandy.

— Ça va prendre longtemps ? Je veux dire, avant que je commence à ressentir les effets ?

Sa respiration se faisait plus calme et elle humidifia du bout de la langue ses lèvres entrouvertes.

A sa grande honte, il sentit son corps répondre à cet appel. Sa petite main qui s'accrochait à lui était moins nerveuse à présent que la drogue faisait son effet et il la tapota d'une façon qu'il espérait encourageante.

— Pas trop, non.

— Tant mieux. Vous aviez raison, ce sera plus facile de cette manière.

Esme hocha la tête et un petit sourire se forma sur ses lèvres.

— Oh ! comme c'est curieux. J'ai l'impression de ne plus sentir mon corps… C'est tellement merveilleux de ne plus rien éprouver…

Il sourit, amusé de la vérité inconsciente de ces paroles.

— Vous comprenez trop bien la vie, jeune fille.

Elle ferma les yeux et sa tête s'abattit sur sa poitrine comme elle perdait conscience du monde qui l'entourait.

John se força à ne pas arpenter de long en large les dalles de marbre du majestueux vestibule. Chez à peu près n'importe qui d'autre, les domestiques n'auraient pas eu le front de le laisser faire antichambre de cette manière. Ils l'auraient fait attendre dans le salon, devant un bon feu. Mais, bien sûr, il n'y avait pratiquement pas de foyer en Angleterre où il était moins le bienvenu que dans celui-ci. Et d'ailleurs, il n'y était jamais venu aussi tard dans la soirée, ni n'avait fait part à ses habitants d'un problème aussi… inhabituel.

Il entendit quelques pas discrets derrière lui et se retourna. Le majordome était de retour, accompagné de la maîtresse de maison. Dès qu'elle le vit, son salut, à voix basse, fut comme une mise en garde.

— John…

— Miranda…

Il s'inclina en espérant ne pas avoir l'œil trop brillant. Depuis cinq ans qu'il ne l'avait pas vue, la femme de son frère était plus jolie que jamais. Le mariage lui réussissait visiblement.

John ressentit une pointe de jalousie, qu'il tenta de chasser immédiatement de son cœur. Miranda était heureuse. C'était ce qu'il avait voulu, parce qu'elle le méritait. Pas question de tout gâcher, à présent.

— Combien ? lui demanda-t-elle d'une voix tranquille.

— Je vous demande pardon ?

— De combien avez-vous besoin ? Combien vous faut-il pour quitter cette maison sur-le-champ ? Si Marcus apprend que vous êtes là, cette fois je ne pourrai rien empêcher…

— Comment va mon frère ?

— Bien ! Les enfants également, enchaîna-t-elle sans réfléchir.

— Mon neveu et ma nièce…

John sourit, amusé de s'entendre prononcer ces mots, peu familiers dans sa bouche.

— Les deux fois, j'ai voulu vous présenter mes compliments pour leur naissance, mais je me suis dit que je ne serais peut-être pas le bienvenu…

Sa belle-sœur secoua la tête d'un air franchement désapprobateur.

— Vous savez bien que non ! Mais je suppose que

vous n'êtes pas venu jusqu'ici, à cette heure avancée, pour vous enquérir de la santé de la famille. Alors, combien vous faut-il, John ?

Il eut un ricanement bref.

— Je crains que ce problème ne puisse être résolu en ouvrant simplement votre bourse…

Il fit un pas de côté et révéla la forme à demi effondrée sur une banquette, à côté de la porte.

Miranda courut s'agenouiller au chevet de la jeune fille, ouvrant sa cape, touchant sa joue et, finalement, plaçant deux doigts sur sa gorge pour vérifier son pouls. Effrayée, elle se tourna vers son beau-frère.

— Mon Dieu, John, que lui avez-vous fait ?

— Ah mais, rien du tout, par exemple ! Je l'ai seulement droguée et personne ne l'a touchée, sur mon…

Il s'interrompit brusquement. Pouvait-il parler de son honneur, dans cette maison ?

— Disons, sur l'honneur de Marcus, si, comme je le suppose, vous y accordez plus de crédit… J'ai amené cette jeune fille ici parce que c'est l'endroit le plus respectable auquel j'ai pu penser. Je ne la connaissais pas, cet après-midi encore. Elle est venue chez moi pour me proposer… enfin… c'est très délicat… et j'hésite à en dire plus devant une dame de qualité, comme vous.

Miranda lui lança un regard sarcastique, voire sceptique. Il se lança donc.

— Eh bien, pour parler franchement, cette jeune femme suggérait que je la prenne comme maîtresse et elle a beaucoup insisté, me disant qu'elle trouverait bien un homme consentant si je lui refusais mes faveurs. Elle semblait déterminée à ne pas rentrer chez elle. C'est elle également qui a pris le laudanum, accidentellement, je le précise. Elle m'a laissé entendre qu'elle s'était enfuie de chez elle. Etant donné les circonstances, je ne pouvais l'y ramener : être seulement vue en ma présence pourrait suffire à ruiner sa réputation. J'ai bien essayé de la raisonner et même de lui faire peur, mais sans succès. A la fin, elle a pris mon verre et bu le sédatif qu'il contenait puis elle s'est à demi étendue sur le sofa, prête à me laisser… enfin… vous voyez ce que je veux dire…

Il s'interrompit, embarrassé.

— Tout cela, vous en conviendrez, était plutôt… invraisemblable… Quand j'ai été certain qu'elle était inconsciente, je l'ai portée dans mes bras jusqu'à une voiture, close, bien entendu. Il fallait que je la mette en sécurité. Pour ménager sa réputation, personne ne doit savoir que j'ai le moindre rapport avec tout ceci. Alors j'ai pensé…

— Que votre frère accepterait de s'occuper d'une jeune fille que vous avez enlevée ?

Miranda avait très nettement élevé la voix. John secoua la tête.

— Ce n'est pas du tout un enlèvement, pas dans l'intention, en tout cas. C'était pour son bien, pour la sauver d'elle-même…

Une autre voix résonna dans l'escalier.

— Miranda, pourquoi diable criez-vous dans le vestibule ?

John se raidit pour se préparer à ce qui allait suivre. Les retrouvailles avec son frère, qu'il avait souvent appelées de ses vœux, allaient enfin se produire. Pas au meilleur moment…

— Marcus…

— Le sabre ou le pistolet, John ?

— Je ne pense pas que…

— Ce que tu penses m'est indifférent, je te demande de choisir une arme et aussi un second. Comment oses-tu te présenter chez moi ?

Marcus s'avança vers lui, prêt à le frapper. John lutta contre son instinct et ses réflexes, affûtés pendant cinq ans de guerre, pour ne pas riposter, ni même simplement parer le coup. La gifle lui arriva en plein visage et le fit chanceler. Il alla heurter le mur et en eut un instant comme un éblouissement.

Il secoua la tête pour reprendre ses esprits et regarda le visage de son frère, déformé par la colère.

— Je ne me battrai pas avec toi, lui dit-il posément. Tu peux me frapper, moi je ne te frapperai pas. Si tu me tues, il faudra que cela soit de sang-froid. Tu peux me faire jeter dehors, si tu veux, mais je préférerais sortir sans y être contraint, si tu veux me faire cette faveur.

Sur ces mots, il regarda Miranda. Celle-ci s'accrocha au bras de son mari avant que celui-ci n'ait pu porter un nouveau coup.

— Marcus… attendez ! John a une bonne raison d'être venu nous voir. Ecoutez ce qu'il a à vous dire, je vous en conjure !

— Vous serez décidément toujours aussi prompte à le défendre, Miranda, grogna son mari.

— Marcus, espèce d'imbécile ! lui lança John, exaspéré. Frappe-moi donc encore, si ça peut te faire du bien ! Mais ne prends pas ce ton-là pour parler à ton épouse devant moi. Malheureusement pour moi, elle a toujours été loyale envers toi. Si cela n'avait tenu qu'à moi, je t'assure que je ne me serais pas approché de ta maison, ni de ta famille. Mais j'ai avec moi quelqu'un qui a besoin de la protection d'un homme honorable et tout ce qu'elle a trouvé pour tenir ce rôle, pour le moment, c'est moi. A mourir de rire, n'est-ce pas ? Je te demande de te charger d'elle et surtout, de ne pas la renvoyer à son père avant de savoir l'exacte vérité, car elle semble avoir échappé à quelque chose de si horrible qu'elle mourrait plutôt que de l'affronter de nouveau.

Durant toute cette tirade, John regarda son frère droit dans les yeux. Puis il attendit la réaction de Marcus. Son frère paraissait plus fatigué que réellement en colère, comme si le coup qu'il lui avait porté avait usé toute sa force. Dans ses yeux, John pouvait lire la même déception qu'il y avait lue bien souvent. Ce regard de reproche qui voulait dire que son cadet avait trahi sa confiance et l'avait déshonoré. Une fois de plus, il allait falloir éviter le scandale et c'était de nouveau la preuve que John était incapable de gérer seul ses propres affaires.

Il en était là de ses réflexions lorsqu'il vit Marcus regarder la jeune fille et hocher presque imperceptiblement la tête. John en ressentit un profond soulagement, mêlé d'amertume, et il hocha la tête à son tour, pour le remercier.

— Maintenant, si tu veux m'excuser, acheva-t-il, je vais sortir de ta vie et de la sienne, afin de ne pas provoquer de dommages supplémentaires.

Très raide, il tourna les talons, et sans regarder Esme Canville, il retraversa le vestibule pour sortir dans la rue.

# *Chapitre 3*

Esme ouvrit lentement les yeux et regarda le ciel de lit, au-dessus d'elle. Elle n'était pas chez elle, pas dans sa chambre, mais ce n'était pas là le décor qu'elle se serait attendue à trouver chez un célibataire comme le capitaine John Radwell. Cependant, elle ne se souvenait pas s'être rendue ailleurs après sa visite chez lui. Elle remua légèrement et la tête lui tourna un peu. Oui. Il y avait un sédatif dans le brandy. Il lui avait dit qu'elle devait se détendre, mais elle ne s'était pas attendue à être complètement inconsciente, le moment venu. Est-ce que la… « chose » avait été agréable, pour lui ? Elle avait dû être complètement inerte. A en juger par la volcanique personne qu'elle avait vue la veille avec lui, il devait être habitué à un peu plus d'animation…

A moins que…

Elle fronça les sourcils. Elle ne sentait aucun changement en elle, rien d'autre que son mal de tête. Elle savait vaguement comment « cela » devait se passer. Il aurait dû y avoir du sang et de la douleur. Or elle ne sentait rien et ne se souvenait de rien, non plus. Il n'y avait autour d'elle aucune indication que l'on ait pu mettre du désordre dans ses vêtements, car elle avait dormi sans ses chaussures, mais dans sa robe, cependant.

— Vous êtes réveillée ! Puis-je vous offrir du thé, à moins que vous ne préfériez du chocolat ?

C'était une mélodieuse et plaisante voix féminine. Esme tordit le cou pour voir qui avait bien pu parler. La dame avait une belle chevelure châtaine, avec des boucles, et se mouvait autour du lit avec la grâce d'un cygne. Ses vêtements étaient d'une élégance discrète, mais on ne pouvait se tromper ni sur leur qualité ni sur leur prix. Esme fit rapidement, des yeux, le tour de la pièce. Tout était très luxueux. Elle ne savait pas bien à quoi elle aurait dû s'attendre en se réveillant, mais certainement pas à cela.

— Vous devez certainement vous demander où vous vous trouvez, reprit la dame. Je suis l'épouse du frère de John et vous êtes chez moi.

Esme se redressa rapidement sur ses oreillers.

— Mais son frère est le duc de Haughleigh, bredouilla-t-elle, effarée. Vous êtes donc…

— Miranda. Je vous en prie, appelez-moi Miranda. Et vous, comment vous appelle-t-on ? John n'a pas pris le temps de me le dire.

— Esme Canville, Votre Grâce.

La dame eut un petit rire clair.

— Oh, je vous en prie, je déteste qu'on m'appelle ainsi. Miranda suffira bien. Et moi, puis-je vous appeler Esme ?

— Bien sûr, Votre… euh… Miranda.

Tout cela était très étrange. Esme reprit, très doucement :

— S'il vous plaît… Comment suis-je arrivée ici ? Vous semblez dire que John m'y a amenée. Mais… J'ai cru comprendre… qu'il était brouillé avec le duc… Je ne m'attendais pas…

— Disons qu'il y a eu entre eux, pour l'occasion… une sorte de trêve. John était très inquiet pour vous. Avec quelque raison, je dois le dire. Peut-être ne saviez-vous pas quel risque vous faisiez courir à votre réputation en allant chercher de l'aide auprès de lui ?

— Oh, mais si, j'en avais une idée assez précise. Pour dire le vrai, c'est même ce que je cherchais. Lorsqu'on est décidée à être déshonorée, on ne se tourne pas vers un gentleman.

La tasse de Miranda s'arrêta brusquement à quelques centimètres de ses lèvres.

— Parce que… vous étiez décidée… ?

— Je voulais, au moins une fois, être coupable de l'un des nombreux crimes pour lesquels on me punit continuellement. Cela vous paraît étrange ?

Esme réfléchit un instant.

— Oui, je suppose que c'est plutôt surprenant… Laissez-moi vous expliquer : mon père est un homme sévère et ombrageux. Il pense qu'il faut vivre simplement, sans rechercher la futilité ni de futiles ornements et il professe aussi que la fréquentation des gens trop légers est dangereuse, parce qu'elle rend stupide. Pour lui, les fêtes, les dîners, la danse ne sont que des prétextes inventés par une société frivole pour encourager le péché de chair. C'est pourquoi ils doivent être évités à tout prix.

— Eh bien…

Miranda cherchait désespérément une tournure lui permettant de poursuivre cette conversation sans se montrer trop critique envers la famille d'Esme.

— Après tout, c'est une noble aspiration que de vouloir garder son âme pure de tout péché et éviter les excès.

— Peut-être que si nous les évitions tous, le monde deviendrait un paradis d'innocence, mais croyez-en mon expérience, il serait extrêmement ennuyeux !

Les jolies lèvres de Miranda se pincèrent quelque peu.

— L'ennui n'est pas le pire des accidents qui peuvent arriver à une demoiselle, fit-elle observer vertueusement.

— Non, bien sûr. Il est bien plus grave de se voir

enchaîner dans les liens du mariage avec un homme que je n'ai jamais vu et qui est assez vieux pour être mon père. Quoique ce fait ne semble pas refroidir ses ardeurs, si j'en juge par le regard qu'il m'a lancé lorsqu'il m'a surprise en train de l'observer depuis mon balcon. Je ne crois pas qu'il compte passer ses soirées avec moi dans la prière et la réflexion…

Miranda choisit ses mots avec soin.

— Ceci serait… pour le bien de votre mariage. Et le genre de vie que John pourrait vous offrir…

— J'ai une idée du genre de vie qu'il pourrait offrir, la coupa Esme, car je l'ai vu avec sa maîtresse.

— Tout de même pas… ?

Esme sourit.

— Pas en flagrant délit, non. Ils se disputaient. Elle lui lançait ses chaussures à la tête et cassait les vitres, tandis que lui semblait prendre tout cela avec beaucoup de patience et d'humour. Je ne l'ai pas vu la frapper pour son comportement ou son impertinence, ou quoi que ce soit d'autre. Il ne l'a pas non plus enfermée dans sa chambre pour la forcer à obéir. C'est là le genre de choses auxquelles je suis habituée et je soupçonne mon père d'avoir choisi pour moi un mari qui se comportera de la même manière que lui.

Une larme coula sur sa joue, mais elle l'ignora.

— Et il paraît que c'est pour mon bien, murmura-t-elle.

— Et votre mère, lui demanda Miranda, ne peut-elle rien pour vous ? A moins qu'elle ne soit plus parmi nous ?

— Elle n'est plus près de moi, en tout cas, car elle s'est enfuie avec son maître de danse lorsque j'avais quatorze ans. Je ne sais même pas si elle est vivante ou morte, mais je soupçonne qu'elle est plus heureuse là où elle est, qu'avec mon père. Il était beaucoup plus âgé qu'elle et la traitait exactement comme il me traite aujourd'hui.

Une nouvelle larme coula sur sa joue et cette fois elle l'essuya, en espérant que son geste n'attirerait pas trop l'attention de son interlocutrice.

— Je ne sais pas si ma vie aurait été différente si elle était restée. Mais je pense que j'aurais eu alors une chance de trouver un mari qui me convienne et que je puisse rendre heureux sans qu'il soit nécessaire de me reprendre éternellement sur mon caractère, car il semble que je doive toujours être remise au pas. Mon père dit que je ressemble à ma mère, qu'il ne fera pas deux fois la même erreur et qu'il me corrige pour mon bien.

Des sanglots très amers montaient dans sa gorge.

— Pourtant, je vous assure, je ne lui ai jamais donné de raison de me punir. Je ne m'adonne à aucune futilité, je ne flirte pas avec les hommes, ne recherche pas leurs attentions. Comment le pourrais-je, d'ailleurs, puisque je n'en vois jamais aucun ? Pourtant, il me punit en me disant toutes les horreurs que je pourrais faire si l'on m'en laissait l'occasion. Vous devez me trouver horrible, mais je préfère mille fois vivre dans le péché avec un libertin qu'une seule minute encore dans le caveau où mon père m'enferme. Quand je mourrai, je sais que je brûlerai en enfer pour mes péchés, mais au moins, j'aurai connu quelques moments de joie et de plaisir dans ma vie.

Elle voulait boire une gorgée de thé, mais s'aperçut que sa main tremblait tant qu'elle dut reposer la tasse.

— Je suis désolée de devoir vous ennuyer avec mes problèmes, soupira-t-elle. Je n'en ai jamais eu l'intention, mais je ne pouvais plus supporter tout cela, vous comprenez ? Je ne le pouvais plus !

Elle baissa les yeux sur ses mains, qui tremblaient toujours.

La voix de Miranda paraissait étrangement lointaine, quand elle lui répondit :

— Et qu'auriez-vous fait le jour où John vous aurait donné votre congé ? Car c'est inévitable, il faut que vous le sachiez, dans ce genre… d'arrangements…

— Eh bien, j'aurais trouvé un autre monsieur ou bien je me serais jetée dans la Tamise. C'était ce que j'avais dans l'idée de faire hier soir, de toute façon. Cela m'importe peu, à présent. Si je rentre à la maison, je vais être battue si fort qu'une mort rapide serait préférable.

Laissant couler les larmes qu'elle ne pouvait plus retenir, Esme enfouit son visage dans ses mains. En faisant ce geste, ses manches se relevèrent un peu, dénudant ses bras. A les voir, la duchesse émit un petit cri de surprise étranglée.

Esme abaissa brusquement ses bras, puis ses manches, mais il était trop tard pour cacher les marques bleuâtres des coups que lui avait donnés son père.

— J'étais allée chercher un livre dans la bibliothèque, expliqua-t-elle, et il voulait que je retourne dans ma chambre. Il attendait un invité et ne voulait pas que je sois présente. Je ne me suis pas exécutée assez vite, alors il m'a pris par les poignets pour « m'encourager »…

Elle releva la tête et vit le regard plein de compassion de la duchesse posé sur elle.

— Je vous en prie, l'implora-t-elle, ne le dites à personne. La simplicité de ma tenue n'est pas due qu'à ma seule modestie. On peut cacher beaucoup de choses avec un col montant et des manches longues… J'ai tellement honte !

Elle ferma les yeux, craignant de voir le regard de Miranda passer de la pitié au dégoût. Elle avait espéré dissimuler la vérité un peu plus longtemps, au moins à cette belle dame, assise en face d'elle. Mais c'était impossible ; elle était marquée par la punition, dans sa chair comme dans son âme. A côté de la duchesse de Haughleigh, si gracieuse et fine avec sa peau blanche et lisse, sa gentillesse et son sens de l'hospitalité, Esme se sentait flétrie et vile. Et ses larmes qui coulaient toujours, faisant de son pauvre visage une abomination qui l'embarrassait encore davantage !

Alors, il se passa quelque chose de bien étrange. Elle sentit le matelas se creuser et les bras de la duchesse furent autour d'elle, ses mains blanches caressant ses cheveux et sa voix mélodieuse lui promettant à l'oreille que tout irait bien et qu'elle n'avait plus à s'inquiéter. Alors, Esme laissa aller sa tête sur l'épaule de sa nouvelle amie et pleura tout son soûl.

Le regard de Miranda allait de son beau-frère, assis dans une pause insolente, à son mari, très raide et silencieux derrière son bureau. Tout aurait été bien plus facile si elle avait pu parler de cela seule avec Marcus. Mais il était incontestable que John était lui aussi concerné, bien qu'on ne puisse apparemment rien lui reprocher.

Il ne semblait pas voir les choses tout à fait de cette façon…

— Je ne comprends pas pourquoi vous m'avez fait appeler, protestait-il, dans son fauteuil. A ce que je sache, cette fille est plus en sécurité loin de moi et il est bien préférable que je ne me mêle de rien, non ?

— Pour ma part, je préférerais que tu restes également loin de moi, répliqua Marcus.

— C'est bien ce que j'avais l'intention de faire, mon cher frère, avant que ton épouse ne me rappelle ici. Moi qui me croyais infréquentable ! N'ai-je pas entendu dire que j'aurais dû être déféré devant un tribunal ? Naturellement, j'implore votre pardon, Votre Grâce…

— Tu me lances mon titre au visage, à présent ? demanda Marcus, furibond.

— Comment pourrais-je refuser de me plier à *ton* code et à *tes* valeurs ? répliqua John, cinglant.

— Ça suffit ! les coupa Miranda en se levant pour venir se placer entre eux. John, sachez que je ne vous ai pas demandé de venir pour vous voir vous quereller sans fin avec votre frère ! Et vous, Marcus, vous feriez mieux de tenir votre langue et d'écouter ce que j'ai à dire. Nous sommes dans une situation délicate avec cette demoiselle qui se repose là-haut et nous ne serons pas trop de trois pour résoudre le problème…

Elle marqua une pause, puis reprit sans cesser de regarder son mari :

— S'il faut l'en croire, et je pense que nous pouvons lui faire confiance là-dessus, Esme Canville ne connaissait pas John avant la soirée d'hier. Elle avait simplement entendu parler de sa mauvaise réputation et l'avait observé de sa fenêtre. Elle croyait qu'il était le genre d'homme à trouver plaisant de débaucher une jeune fille sous le nez de son père, et qu'il accepterait donc de devenir son amant. C'est le seul moyen qu'elle avait trouvé pour quitter la demeure paternelle…

— Ce en quoi j'ai dû la décevoir, remarqua John. Tu vois, Marcus ? Je ne suis pas aussi mauvais que tu le crois, ni aussi stupide. J'ai plus d'honneur et de bon sens que cela.

— Il est un peu tard pour espérer me voir me pâmer devant ton bon sens, lui répliqua son frère. L'expérience m'a montré dans quelles profondeurs d'infamie tu peux…

— Jusqu'à ce qu'il soit fatigué d'elle, reprit Miranda

en haussant le ton pour leur couper la parole. Elle n'aurait alors pas eu d'autre solution que de mettre fin à ses jours.

Les deux hommes gardèrent le silence.

— Elle refuse de rentrer chez elle, craignant le châtiment de son père. La ramener chez lui ne me paraîtrait pas très sage, en effet. D'après ses dires, la réaction de son père serait brutale et sévère. Si nous la renvoyons, nous pouvons être certains qu'elle sera battue et enfermée dans sa chambre jusqu'à son mariage avec un vieillard, choisi par son père.

Miranda eut la satisfaction de constater, en regardant le visage soucieux de ses interlocuteurs, qu'ils semblaient avoir oublié leur querelle personnelle pour ne plus penser qu'à la pitoyable situation de la malheureuse.

— Je suis désolé de vous avoir mêlés à tout cela, commença John. Mais hier soir, je n'avais pas la moindre idée de ce que je pouvais faire de cette fille, à part la ramener chez elle. Elle disait tant de choses incroyables que j'ai d'abord pensé que cela vaudrait mieux. Mais quelque chose dans le flot de ses paroles m'en a retenu. Puis, elle a pris le laudanum et l'a bu avant j'aie pu l'en empêcher. Là, je me suis inquiété. Si elle allait essayer de s'enfuir, déjà sous l'effet des sédatifs et qu'elle se blessait ? Ou qu'elle soit recueillie dans cet état par quelqu'un qui aurait eu moins de scrupules que moi ? Je ne voulais pas être responsable de la déchéance d'une innocente, même à moitié folle. Alors je vous l'ai amenée. Je me suis dit que le lendemain matin, nous pourrions lui faire entendre raison et que de cette façon, sa vertu serait toujours intacte. Son père aurait été forcé d'admettre que passer la nuit dans une maison aussi honorable que la vôtre ne pouvait être qu'un grand honneur. De plus, de cette façon, on ne pouvait faire de lien entre elle et moi, puisque tout le monde sait bien que je suis fâché avec mon frère. Son hôtel particulier est le dernier endroit où je pourrais me montrer.

Marcus hocha la tête.

— Je dois admettre que tel que tu l'expliques, c'est logique. Cette maison est la dernière où on s'attendrait à te trouver, en effet… Mais cela ne nous dit pas ce que nous allons faire d'elle, à présent qu'elle est ici.

Miranda s'éclaircit la gorge.

— J'ai une suggestion à vous faire, commença-t-elle. Une solution peu orthodoxe et qui ne saurait être que temporaire. Il nous faudra d'ailleurs l'accord de cette jeune fille lorsque nous lui aurons bien expliqué ce que nous entendons faire.

Elle se tourna de nouveau vers John et lui dit :

— Si on vous le demande, vous direz que vous vous êtes retiré tôt, hier soir, et seul. Vous ne savez rien d'Esme Canville. Est-ce que vos domestiques sont susceptibles de jaser ?

John haussa les épaules.

— Vous connaissez des serviteurs qui ne le sont pas ?

Miranda lança un regard de côté à son mari.

— Alors, il faudra les remercier généreusement et… préventivement, pour leur discrétion. La maisonnée Canville, maître et domestiques, doit absolument tout ignorer du comportement de la jeune fille hier soir. Comme je crains que John ne soit pas en situation financière de pouvoir assumer cette dépense, nous devrons l'aider.

Marcus hésita un instant puis approuva de la tête.

— Disons que, pour une raison ou pour une autre, Marcus et moi circulions en calèche du côté de la rue où habitent les Canville, reprit la duchesse. Nous avons remarqué, sur le trottoir, une jeune fille au comportement étrange, comme hallucinée et qui semblait errer au hasard…

Soudainement saisie d'une idée supplémentaire, elle claqua des doigts.

— Lorsque nous l'avons abordée pour lui demander si tout allait bien, nous l'avons trouvée fiévreuse, aussi avons-nous décidé de la ramener immédiatement chez nous pour plus de sûreté ; elle risquait en effet de prendre froid et dans son délire, de s'éloigner dangereusement de chez elle.

John sourit.

— Tout ceci fonctionne très bien ! Avez-vous déjà songé à écrire pour le théâtre, chère Miranda… ?

Le regard de Marcus flamboya de colère devant cette nouvelle impertinence et Miranda se hâta d'enchaîner, pour éviter un nouvel incident :

— Vous, Marcus, avez néanmoins entrepris de découvrir son adresse, ce qui vous a pris quelques heures. Nous nous trouvons donc à l'heure où nous sommes. Ayant obtenu ce renseignement, vous allez vous rendre chez lord Canville pour lui annoncer la mauvaise nouvelle de la maladie d'Esme. Vous expliquerez à son père que nous préférons la garder auprès de nous jusqu'à ce qu'elle aille mieux. Je pense qu'il faudra pour cela plusieurs semaines et que le mieux est de l'emmener dans le Devon où l'air est plus pur et où les bruits de la ville ne troubleront pas son repos… Marcus, lors de cette visite, vous porterez une tenue stricte et sévère, sans aucun ornement. Mais vous vous y rendrez en grand équipage, dans une calèche à nos armes. Je doute que le puritanisme de lord Canville aille jusqu'à lui faire mépriser votre titre.

Marcus sourit et Miranda songea que les deux frères étaient très semblables, lorsque leurs visages s'animaient ainsi, ce que bien sûr aucun des deux n'aurait voulu reconnaître.

— Admettons, dit Marcus. Je peux essayer d'intimider lord Canville et de le pousser à nous confier sa fille unique, sur la foi de mon titre et de notre bonne réputation. Mais qu'allons-nous faire ensuite d'Esme et de sa fièvre imaginaire ?

— Eh bien, comme je l'ai dit, nous allons l'emmener à la campagne, loin des « attentions » de son père et du soupirant qu'il lui a choisi. Nous la réconforterons et la présenterons à toutes les familles qui comptent dans le voisinage. Dans le peu de conversations que j'ai eu le temps d'échanger avec elle, je me suis aperçue que c'était une jeune fille d'une grande intelligence et d'une réelle beauté. Mais son père a pris soin d'écarter d'elle tous les hommes qui auraient pu l'approcher et personne, jusqu'ici, ne lui a fait la cour. Nous allons lui trouver un parti qui lui conviendra et ainsi, elle n'aura pas besoin de regagner la demeure paternelle. D'ailleurs, elle est tout près de sa majorité et pourra bientôt donner librement son consentement. Si elle n'a pas encore trouvé quelqu'un qui lui convienne, c'est seulement parce que son père a fait bonne garde. Si nous dénichons l'oiseau rare, nous pourrons essayer de faire entendre raison à lord Canville ou bien retarder son retour jusqu'à ce qu'elle soit en âge de se passer de son consentement. Ainsi, il n'y aura plus de problème…

Le sourire de Marcus s'effaça.

— Autant j'étais tout à fait d'accord pour préserver sa réputation, autant je ne pense pas que nous ayons le droit de la séparer de sa famille et d'influer sur son avenir. Si son père tient à la tenir à l'écart du monde, qui sommes-nous pour vouloir l'en empêcher ?

Miranda se mordit la lèvre. Elle avait commis une erreur. Elle aurait dû parler de cette affaire à son mari en privé et lui révéler toute la vérité, ce qui n'aurait pas manqué d'entraîner son adhésion au projet. Elle ne pouvait tout de même pas trahir la confiance de la jeune fille et exposer les marques des coups qu'elle avait reçus devant leur petit conseil de famille improvisé, pour emporter l'adhésion des deux frères.

— Marcus, dit-elle, je sais pertinemment que nous n'avons aucun droit d'agir ainsi, mais nous avons tout de même l'obligation morale de faire tout ce que nous pouvons pour l'aider. Vous pouvez me croire quand je vous dis qu'il ne peut être question de trouver une vague excuse à son absence de la nuit et de la renvoyer chez elle. Son père a bien sûr des droits sur elle, mais il n'en a aucun de se conduire comme il le fait, ni devant Dieu ni devant les hommes. Quelques semaines loin d'elle pourront calmer sa colère et le persuader d'entendre raison.

A tout le moins, cela permettrait aux horribles marques qu'elle avait sur les bras de disparaître…

Sentant qu'elle ne lui disait pas tout, Marcus scruta les yeux de son épouse pour tenter d'y découvrir la véritable explication. Puis, il lui répondit :

— Très bien, Miranda, je vous fais confiance. Puisque vous êtes aussi affirmative, vous devez être très sûre de vous, alors au diable les convenances ! Nous ferons le nécessaire. Mais je vais tout de même consulter mon avocat, car cela sera peut-être nécessaire, si les événements se précipitent et que l'affaire tourne au vinaigre.

Soulagée, elle approuva.

— Très bien alors, dit John. Vous partez pour le Devon avec cette fille et moi, je me retire du jeu, dès que j'aurai obtenu le silence de mes domestiques.

Il se leva pour partir, mais Miranda se tourna vers lui.

— Si vous permettez, John, lui dit-elle en souriant,

je ne pense pas que vous en ayez terminé, comme vous semblez le croire…

Dompté, il se rassit.

— Bien que je ne doute plus que c'était pour son bien, continua la duchesse sans cesser de sourire, vous nous avez tout de même mis dans l'embarras en amenant cette jeune fille ici. C'est pourquoi je pense qu'il serait juste que vous ayez votre part du problème…

— Mais que puis-je faire pour vous aider ? demanda John, soupçonneux.

Miranda regarda les deux frères, successivement, et enchaîna avec prudence :

— Dans, disons… deux semaines, je pense qu'il serait bon que vous partiez à votre tour pour la campagne, John. Que ce soit pour raisons de santé ou parce que votre bourse est un peu trop plate pour la vie londonienne. Voyez-vous, je pense qu'Esme Canville a un petit faible pour vous. La meilleure et la plus rapide des façons de l'en guérir définitivement, c'est qu'elle apprenne à vous connaître un peu mieux. Elle verra alors combien il est déraisonnable de penser à vous de cette manière et se tournera d'elle-même, tout naturellement, vers d'autres jeunes gens, que nous trierons pour elle avec soin avant de les lui présenter.

John se leva de nouveau, perdant quelque peu de la nonchalante insolence qu'il aimait affecter.

— Ma compagnie serait-elle à ce point odieuse ? demanda-t-il.

Miranda sourit.

— Vous admettrez que ce n'est pas la question et reconnaîtrez également, j'espère, que vous n'êtes pas exactement ce qu'on appelle un beau parti… Mais cette petite est loin d'être sotte. Quand elle verra que vous ne vous intéressez pas à elle…

Miranda prit plaisir à voir l'ombre qui passa sur le visage de John.

— Et que vous n'avez rien à lui offrir de mieux que le déshonneur, son choix sera vite fait et elle se tournera alors vers quelque gentil garçon du voisinage.

— Dans ce cas, répondit John, je mettrai un point d'honneur à me rendre dans le Devon pour vous prouver comme je peux être charmant, quand je le veux.

— Il n'est pas du tout utile que vous vous montriez charmant, rétorqua sèchement Miranda. Il faut au contraire qu'une liaison avec vous apparaisse à cette pauvre enfant comme un sort pire que la mort. Et de plus, il faut qu'elle perde à jamais toutes ses illusions romantiques sur la condition peu enviable de maîtresse, que l'on peut remercier quand elle a fini de plaire, comme on congédie une domestique. Il s'agit de quelque chose que je puis lui expliquer, mais la leçon n'en sera que meilleure, venant de vous. Je vous mets sévèrement en garde, John, contre toute tentation que vous pourriez avoir de briser le cœur d'Esme Canville, ou même de l'égratigner ne serait-ce qu'un tout petit peu. Votre devoir est de la guider vers les bras d'un jeune homme qui lui plaise et que nous lui aurons présenté. Jouez votre rôle dans cette partie et tout ira bien.

John hocha la tête.

— Décidément, vous me surprendrez toujours, Miranda. Le mariage avec mon frère vous a trempé le caractère…

Le visage de Marcus s'assombrit, puis il s'éclaira d'un sourire.

— C'est un plan très brillant, ma chère, et je ne vois pas pour quelle raison il ne pourrait pas réussir…

Ladite raison, Miranda la voyait tout à fait, elle. Mais elle était satisfaite qu'aucun des deux frères ne l'ait décelée.

— Bien, dans ce cas, je vais partir pour la campagne

avant vous, si vous le permettez, dit John. Cela attirera moins les soupçons. Je m'installerai dans une auberge près de Haughleigh.

Il se tourna vers son frère.

— Si tu n'y vois pas d'inconvénient, bien entendu, ajouta-t-il.

Miranda y vit une lueur d'espoir. Le John d'autrefois, celui qu'elle avait connu, se serait moqué comme d'une guigne de son bannissement des terres familiales et n'aurait certainement jamais demandé au duc la permission d'y revenir. Or la fin de sa phrase semblait montrer un respect sincère pour l'opinion ou les décisions de Marcus. Etait-il permis d'espérer que son temps dans l'armée l'avait changé, et en mieux ?

Marcus regarda fixement le sous-main de son bureau et non son frère, avant de déclarer :

— Si tu dois te rendre dans le Devon, autant aller directement au château. Il n'y a pas de raison de donner de l'argent à un aubergiste alors que la demeure familiale est vide. J'écrirai à la gouvernante pour t'annoncer.

Surprise, Miranda n'osa pas sourire trop ouvertement. Son mari se montrait plus accommodant qu'à son habitude, peut-être à cause de l'attitude respectueuse et circonspecte de John. Ainsi, ils se retrouveraient tous au château. Tant mieux, elle pourrait faire d'une pierre deux coups. Si son petit plan fonctionnait, elle verrait peut-être les deux frères se réconcilier avant la fin de l'été.

Quant à Esme Canville, elle verrait aussi la fin de ses soucis. Ce que Miranda était seule à savoir, c'était que le soupirant qu'on lui destinait était déjà choisi : John ferait un époux parfait !

# Chapitre 4

John se tourna sur son oreiller et cligna des yeux, sous le soleil printanier qui entrait par la fenêtre. Bien des choses avaient changé à Haughleigh sous l'impulsion de sa belle-sœur. D'abord, il ne se souvenait pas que le vieux château était aussi clair, au temps où sa mère était encore en vie. Il avait espéré abriter ses idées noires dans la pénombre de la vieille demeure, mais partout où il se tournait, ce n'était que soleil et air frais. C'était extrêmement déconcertant.

Il prit la tasse de thé que lui tendait un valet debout à son chevet. Le service était impeccable et la nourriture délicieuse. Tout cela était un peu trop agréable et confortable. Il devait rester sur ses gardes.

Non pas qu'il s'attendait à ce que son frère lui tende des pièges. On n'était plus ici dans la péninsule Ibérique, avec le danger à chaque carrefour et des espions dans tous les buissons. Marcus était franc et direct, s'il l'attaquait, ce serait de front et sans déclaration de guerre, ni tasse de thé chaud dans son ancienne chambre à coucher. John était ici à l'invitation du duc et pouvait compter sur les égards qu'impliquait cette qualité. Peut-être le coup que Marcus lui avait porté dans le vestibule de son hôtel particulier avait-il suffi à remettre les pendules à l'heure…

Cependant, John en doutait. Et quand bien même ce coup à l'épaule avait pu lui ouvrir les portes du manoir familial, il en faudrait davantage pour lui permettre de réintégrer vraiment la famille… Du temps, de l'argent et des excuses…

Du temps, il n'en manquait pas. Pour le reste, c'était autre chose et il ne savait comment s'y prendre.

Alors, s'il fallait qu'il participe au plan de sa belle-sœur pour que cette petite Canville trouve un mari correct, eh bien, il le ferait ! C'était bien un peu étrange, mais cela s'accordait finalement très bien avec son propre projet de se réconcilier avec sa famille. Afficher son repentir serait plus facile sous le même toit que son frère. La famille allait arriver probablement aujourd'hui même et il n'avait rien à faire de particulier. Il se doutait que Marcus interrogerait les serviteurs sur son comportement, lorsqu'il était seul. Or il avait pris grand soin de se montrer aussi discret que possible.

Il pouvait déjà entendre les attelages, là-bas, sur la route. Il se précipita, une partie de ses vêtements encore à la main, ne voulant pas être pris de court lorsque ses hôtes arriveraient.

John longea le corridor dans la direction d'où provenait la voix de son frère, donnant des ordres. Il avait toujours un ton de commandement, mais avec beaucoup moins de morgue que dans son souvenir. Il y avait à présent des accents de gaieté, dans sa voix. On entendait aussi celle de Miranda, douce et claire, qui disait le bonheur d'être rentrée à la maison.

Il se figea en entendant d'autres sons, des rires d'enfants, un garçon et une fille. Bien sûr, John savait qui ils étaient ; il avait vu l'annonce de leurs naissances dans le *Times*. Mais il n'avait jamais cru qu'un jour il serait autorisé à les rencontrer. C'était un véritable choc de les entendre tout près.

John descendit lentement l'escalier, parmi les valets portant les bagages. La rumeur s'éteignit quand il parut et Miranda, au moins, eut l'air heureux de le voir.

— John…

La voix de Marcus n'était pas agressive, mais il paraissait tendu, en alerte, et il n'y avait plus trace d'une lueur de joie dans ses yeux.

— Marcus…

Que dire de plus ? Il était malaisé d'accueillir un homme dans sa propre maison.

— J'espère que le voyage s'est déroulé sans incident…

Il y eut un bref silence que Miranda rompit.

— Un voyage avec des enfants n'est jamais tout à fait sans incident. Vous n'avez pas encore rencontré les nôtres, n'est-ce pas ? Allons, tous les deux, venez dire bonjour à votre oncle !

Elle fit un geste en direction d'un petit garçon qui devait avoir cinq ans et d'une fillette qui, si John ne se trompait pas, en avait presque quatre.

Il descendit les dernières marches de l'escalier et vint prendre la main du petit garçon dans la sienne.

— Bonjour, Johnny, dit-il.

L'enfant, qui ressemblait trait pour trait à Marcus, le fusilla de son regard clair.

— Mon nom est Jonathan.

— Bien, Jonathan, alors. Je suis ton oncle John. Tu vois, c'est presque pareil.

— Non, mon papa dit que ça ne l'est pas et qu'il en est bien content.

— Jonathan !

Miranda posa une main ferme sur l'épaule du petit

garçon pour lui interdire de continuer dans cette même veine et elle poussa la petite fille vers son oncle.

John se pencha très bas vers elle et, tirant un penny de sa poche, il le lui tendit.

— Bonjour, jolie Charlotte, lui dit-il. Je suis charmé de faire ta connaissance.

La petite sourit à son tour et murmura :

— Bonjour, mon oncle.

— Et moi ? demanda le petit John, véritable image en miniature de son père, en montrant la pièce de monnaie.

— Jonathan…, l'avertit de nouveau sa mère.

John sourit.

— Ton penny est toujours dans ma poche, Johnny, lui dit-il, et ton père a raison, tu lui ressembles beaucoup plus qu'à moi…

Il lui tendit la pièce de monnaie.

— Un de ces jours, quand il n'écoutera pas, je te raconterai les farces qu'il faisait quand nous étions petits…

Le duc s'approcha de son fils. John pouvait presque sentir sa désapprobation, quasi palpable.

— Tu négliges l'éducation de ce garçon, Marcus, lui dit tranquillement son frère. Sait-il déjà descendre dans la cuisine et dérober des bonbons sans que la cuisinière s'en aperçoive ?

Miranda lui lança un regard d'avertissement mais à présent, l'enfant le regardait avec beaucoup d'intérêt.

— Je t'apprendrai un jour comment faire, comme ton père me l'a appris. Mais il ne faudra pas le dire à ta maman, sinon elle nous punira tous les deux.

Il sentit que son frère se détendait, presque imperceptiblement.

Quelles horreurs Marcus avait-il cru qu'il allait raconter

à l'enfant ? songea John avec amertume. Il n'était tout de même pas un monstre !

Le petit garçon alla se réfugier dans les jupes d'une jeune femme qui devait être sa gouvernante ; John n'avait pas particulièrement fait attention à elle jusque-là. En levant les yeux, il comprit qu'il s'était trompé : sa robe bleue de voyage était toute simple, mais trop élégante pour appartenir à une simple employée. Quant au visage penché avec affection sur le petit Johnny, il lui était étrangement familier.

— Mademoiselle Canville ?

Sa présence l'avait pris de court. Il aurait dû pourtant savoir qu'elle accompagnait la famille. Mais il s'attendait en fait à retrouver inchangée la désespérée qui avait fait irruption chez lui ce fameux soir.

Or, l'élégante jeune femme qui se tenait devant lui était à peine reconnaissable. On ne voyait nulle trace des épreuves qu'elle avait traversées. Son joli visage était calme, son sourire paisible. A sa seule vue, on se sentait apaisé comme en ouvrant la fenêtre sur une belle journée de printemps. Elle arborait une mise modeste et sage, avec ses cheveux noués en chignon et les deux enfants qui s'accrochaient à ses jupes. Mais la lueur de ses yeux bleus était bien la même, et elle déparait ce tableau un peu trop idéal.

— Capitaine Radwell... je suis heureuse de vous revoir.

— Mademoiselle Canville...

Il s'inclina avec une nonchalance étudiée.

— Vous entendez-vous bien avec mon frère et sa famille ? demanda-t-il avec une certaine ironie.

— Certainement mieux que j'ai pu m'entendre avec vous, lui répondit-elle du tac au tac.

Il se préparait à fournir une explication embarrassée,

quand il remarqua le pli un peu sarcastique de ses lèvres. Elle l'avait consciemment déstabilisé et s'en amusait.

— Parfait, c'est une très bonne chose !

C'était passablement idiot, mais c'était tout ce qu'il trouvait à lui dire.

— Le duc et la duchesse sont très bons pour moi. Merci de m'avoir placée sous leur garde.

Il s'inclina.

— Je suis votre serviteur, mademoiselle…

Puis il se souvint opportunément qu'il était là pour lui servir de « repoussoir ».

— Pour ce genre de service, tout au moins !

Il espérait avoir mis dans cette phrase toute l'ironie nécessaire.

Elle se mit à rire.

Oui, à rire. Pas par modestie embarrassée, pas par connivence et complicité. Non, Esme Canville se moquait tout simplement de lui, comme si elle avait pris sa mesure et refusait de le prendre au sérieux.

Voilà qui était très agaçant… Cinq ans auparavant, il aurait faire rougir n'importe quelle jolie fille avec beaucoup moins d'efforts. Et voilà qu'après avoir été droguée et enlevée, ce qui avait tout de même dû la faire à demi défaillir de terreur, Esme Canville lui riait au nez. Sa réputation de séducteur allait devoir être sérieusement réévaluée à la baisse.

Il se souvint alors qu'il n'avait plus besoin d'entretenir cette renommée-là. Au contraire, il était même censé espérer la voir se dissiper avec le temps. Mais il allait avoir du mal à pousser la donzelle dans les bras d'un autre homme, si elle se moquait de lui ainsi…

Il jeta un coup d'œil de côté vers Miranda, espérant pouvoir trouver de l'aide auprès d'elle, mais elle était trop occupée avec les enfants pour se soucier de lui. Quant à Marcus, fidèle à lui-même, il donnait ses instructions aux domestiques à voix haute avec force plaisanteries et rires joyeux. Personne ne faisait particulièrement attention à lui.

— On dirait qu'ils m'ont oubliée, fit-elle remarquer, ce qui, après tout, n'est guère étonnant.

— Moi, je vous trouve plutôt mémorable, répondit-il, et je suis très bon juge en la matière...

Allons, bon ! Qu'est-ce qui lui prenait de dire cela ? Etait-ce ainsi que parlait un repoussoir ?

Normalement, elle aurait dû se troubler et rougir joliment. Au lieu de cela, elle pencha crânement la tête sur le côté, considéra John un instant et laissa tomber :

— Je n'en doute pas, car vous avez la réputation d'un homme à femmes, capitaine Radwell. Dites-moi, combien d'entre elles avez-vous trouvées mémorables ? Vous pouvez me donner un chiffre approximatif, naturellement...

— Mademoiselle Canville, dit-il, quelque peu froissé, voilà une bien impertinente question !

— Je suppose, en effet. Comme vous l'avez vous-même fait remarquer, je suis une innocente. On ne peut pas s'attendre à ce que je sache m'adresser sans danger à un homme qui a votre réputation. Vous dites que je suis mémorable, mais si vous qualifiez ainsi toutes celles que vous avez rencontrées, il s'agit plus d'un hommage à votre bonne mémoire qu'une quelconque qualité ou vertu que vous me reconnaissez...

Malgré lui, John ne put s'empêcher de sourire.

— Disons qu'il m'est difficile d'oublier une femme qui est entrée dans ma vie en envahissant mon appartement pour me faire des propositions... spéciales.

Elle réfléchit un instant avant de répondre.

— Cela restreint le champ considéré, en effet, mais pas

au point que je puisse me sentir flattée : je ne suis pas la première à avoir fait ce genre d'offre à un homme, si les histoires que l'on raconte sont vraies.

John ne put contenir plus longtemps son agacement.

— Esme, vous ne devez pas vous vanter d'avoir entendu ce genre d'histoire, mais bien plutôt faire comme si vous n'en aviez jamais eu vent ! Surtout, vous ne devez en aucun cas les répéter !

— Eh bien, capitaine, je ne me souviens pas vous avoir autorisé à m'appeler par mon prénom. Or, je jurerais vous l'avoir entendu prononcer…

Il s'arrêta net, éberlué. Elle avait raison. Quand avait-il commencé à penser à elle en tant que « Esme » ?

— En fait, mademoiselle Canville, je…

— C'est trop tard, capitaine Radwell, le coupa-t-elle. Le mal est fait, je dois être désormais Esme, pour vous.

Il soupira.

— Le faut-il vraiment ?

Elle sourit.

— Oui, absolument et moi, je vous appellerai John.

— Il est trop tard, je suppose, pour présenter mes excuses et vous dire que… je me suis oublié ?

— Il y a un instant, vous vous vantiez encore de posséder une excellente mémoire, il faudrait savoir… Enfin, vous vous rappelez mon prénom, ce qui est plus que je n'espérais. Vous pouvez vous souvenir de moi et en même temps, vous oublier ?

John avait un peu la tête qui lui tournait avec tout ce verbiage.

— Eh bien, enchaîna-t-elle, je le prends comme un compliment. Et maintenant, testons un peu votre mémoire quant à cette belle demeure… Peut-être pourriez-vous me la faire visiter, lorsque l'on aura monté mes bagages dans ma chambre ?

Le sourire qu'elle lui dédiait l'avait ébloui et ce n'était pas une métaphore. Il dut se secouer pour en dissiper les effets.

— Je ne suis pas sûr que nous puissions nous promener tous les deux ainsi à notre guise. Il n'est pas convenable pour une jeune fille d'être vue en compagnie d'un libertin notoire…

— Il faudrait encore que quelqu'un nous voie, fit remarquer Esme en montrant le vestibule vide autour d'eux. Au cas où vous ne l'auriez pas remarqué, nous sommes seuls. On ne peut pas nous reprocher le fait que tout le monde nous ait abandonnés à notre sort, ne croyez-vous pas ?

Elle glissa son bras sous le sien et l'entraîna le long d'un corridor. John trouva très agréable de la sentir contre lui. Elle n'était ni trop grande ni trop petite. De même, leurs pas s'accordaient parfaitement.

Elle lui sourit, il lui sourit en retour, oubliant que ce plaisir qu'ils avaient à se trouver ensemble n'était absolument pas ce qu'il était censé rechercher. C'était même tout le contraire de cette fonction de repoussoir qu'il était venu exercer auprès d'elle, dans le Devon.

Mais, pour l'instant, il ne s'en souciait guère. Il se sentait comme un bouchon, trop léger pour lutter contre le courant dans lequel il était tombé et emmené toujours plus loin, sans pouvoir s'arrêter.

— John !

La voix de son frère était aussi sèche qu'un coup de fusil et cela suffit à le ramener à la réalité. La fonction de repoussoir n'était pas vraiment simple à assurer…

Marcus était debout sur le seuil de la porte suivante, les yeux lourds de reproches.

John démêla son bras de celui de la jeune fille et s'éclaircit la gorge avant de déclarer d'une voix aussi naturelle qu'il lui fut possible :

— Et la pièce suivante est le cabinet de travail de mon frère. Marcus, tu manques à tous tes devoirs… Mlle Canville ne sait pas où est sa chambre…

— Je ne crois pas qu'elle ait vraiment besoin de ton aide pour la trouver…, lui dit le duc, glacial, avant de s'incliner devant Esme. Je suis désolé, mademoiselle Canville, lui dit-il, je ne sais pas à quoi pense mon épouse en vous abandonnant ainsi. Je suppose qu'elle aura eu quelque problème avec les enfants, ou les domestiques.

Tandis que Marcus sonnait le majordome pour faire accompagner Esme jusqu'à sa chambre, John nota en lui-même que la situation était plutôt étrange. Les enfants semblaient n'avoir besoin de rien et tout était calme dans les parages, aucune agitation de domestiques. Pourtant, Miranda les avait laissés seuls. L'avait-elle fait délibérément ? Qu'attendait-elle donc de lui ? Qu'il la séduise en cinq minutes, pour mieux la repousser ensuite ?

Quelques minutes plus tard, le majordome guida Esme, apparemment domptée, vers le grand escalier et John soupira de soulagement. Quel qu'ait pu être le plan de sa belle-sœur, il était plutôt content d'y échapper momentanément. Cette jeune fille allait un peu trop vite en besogne pour son goût. Il se tourna avec satisfaction vers la silhouette qui s'éloignait, mais le visage courroucé de son frère entra alors dans son champ de vision.

— J'aimerais te parler dans mon cabinet de travail, lui dit-il. S'il te plaît.

John ne s'y trompa pas. La formule de politesse n'avait été ajoutée que pour lui signifier que c'était urgent. Un ordre formel, camouflé en prière pour sauver les apparences devant la famille et les domestiques. Bah, très bien ! Depuis cinq ans, il était plus qu'habitué à recevoir des ordres. Rien ne changeait, apparemment. Il haussa les épaules et suivit son frère dans le cabinet de travail. Là, il s'assit dans le fauteuil qu'il lui désignait et attendit que Marcus daigne commencer son sermon.

— Si tu dois rester ici quelque temps, je crois qu'il nous faut édicter un code de conduite. Il n'est pas question que ton séjour dégénère en je ne sais trop quoi … ni qu'il s'avère pire encore que les précédents…

John eut un petit sourire.

— C'est peu probable, dit-il. Il faudrait descendre très bas dans la dépravation…

Marcus fit comme s'il n'avait rien entendu et continua :

— Si tu veux rester sous mon toit, je te prierai d'observer certaines règles de simple décence, que j'ai consignées ici…

Marcus tira de sa poche un morceau de papier.

— Tu les as… consignées ? demanda-t-il en réprimant un fou rire.

Face à l'air sévère de son frère, John étira le cou pour essayer de lire la fine écriture, sans succès. Finalement, il abandonna.

— Comme cela te ressemble, mon cher frère, toujours si organisé ! Peu de chances que tu laisses un peu de place à l'improvisation… La plume est taillée, l'encrier à portée de main ? Nous allons pouvoir parapher chacune de ces règles, après en avoir fait la lecture…

Marcus leva les yeux de sa note pour fusiller John du regard. Celui-ci souriait, essayant d'inciter son aîné à ne pas prendre tout ceci trop au sérieux. N'y parvenant pas, il soupira et agita la main pour montrer qu'il rendait les armes.

— Eh bien, lis-le, finissons-en !

— Tout d'abord, interdiction de harceler les domestiques de quelque façon que ce soit. Pas de poursuite des femmes de chambres, pas de caresses furtives sous les escaliers et d'une façon générale, pas de tentative de suborner le personnel. Tu ne te glisseras pas non plus dans et hors du château comme un voleur, tu entreras et sortiras par la porte principale et si je te commande de partir, il n'y aura pas de discussion possible.

John examinait ses ongles, feignant d'être indifférent aux paroles de son frère.

— Dans cette maison, pas de jeux d'argent, pas question évidemment d'y introduire des filles de joie, ni de s'enivrer.

— Cela concerne seulement le château ou également les terres alentour ? demanda John d'un air faussement ingénu. Parce que je connais une auberge, à seulement une lieue d'ici sur la route…

Son frère le regarda sans rien dire et John soupira, de nouveau.

— Oh ! Très bien, je vivrai comme un moine, puisque tu l'exiges. Mais j'aimerais que tu changes la dernière règle en : pas d'ivresse en public. Je connais bien les caves du château et je vais avoir besoin d'un brandy, de temps à autre. Tu ne peux pas me le refuser…

— D'accord sur ce point. Plus important encore : tu ne harcèleras pas Mlle Canville, ni aucune autre invitée.

— Qu'entends-tu exactement par harcèlement ? Si je dois jouer mon rôle de repoussoir, il va être difficile de l'éviter complètement…

— Le harcèlement, ce sont des attentions non désirées.

— Là encore, nous avons un problème : la demoiselle m'a fait savoir sans la moindre équivoque que mes attentions étaient les bienvenues. C'est moi qui les lui ai refusées, je te le rappelle. Ce qui m'a placé, d'ailleurs, dans une très inconfortable situation…

— J'en suis bien désolé pour toi, mais je te fais confiance ; ta grande expérience te montrera où se trouve la frontière entre un flirt sans conséquence et une menace pour l'honneur d'une jeune fille. Ne franchis pas cette ligne et voilà tout. Si jamais elle n'était pas aussi inexpérimentée qu'elle le paraît…

— Que veux-tu dire, Marcus ? Bien sûr qu'elle est inexpérimentée, elle est même complètement innocente !

Son frère le regarda d'un drôle d'air et John se tut. Après tout, peu importait ce que Marcus pensait du caractère de cette fille. Dans peu de temps, il en serait débarrassé. Pourtant, il ressentit le besoin d'expliquer :

— Si elle avait vraiment su à quoi elle s'engageait, jamais elle ne m'aurait fait cette offre invraisemblable. C'est vrai, je devrais pouvoir lui briser le cœur, tout en laissant sa vertu intacte. Mais ne compte pas sur moi pour trouver cela agréable ou glorieux. Et maintenant, la règle suivante, s'il te plaît…

Marcus eut une petite hésitation, puis lut, d'un air grave et comme… peiné :

— Tu devras éviter tout contact prolongé avec ma femme et mes enfants, en mon absence. Bien que la perspective de me réconcilier avec toi me séduise, je pense que je ne peux pas prendre le risque de te faire confiance en exposant ceux que j'aime. Il est bien tard pour que tu prétendes être le gentil oncle John ou pour que tu professes une amitié fraternelle envers Miranda. Si je te prends à trahir notre confiance, je te jure que je te jetterai moi-même hors de cette maison. Est-ce bien clair ?

John ravala la remarque qui lui venait aux lèvres. Son frère ne lui ferait pas quitter une place par la force facilement. L'armée française elle-même n'y était pas parvenue. Il prit une profonde inspiration.

— Très bien, dit-il. Je ne m'attendais pas à autre chose, étant donné ma conduite passée, pour laquelle…

Une nouvelle inspiration.

— … je te présente toutes mes excuses.

La phrase resta suspendue dans le silence.

A quoi s'était-il attendu, au juste ? A revenir, simplement dans la demeure de ses ancêtres, à prononcer quelques mots et à y être accueilli à bras ouverts par son frère reconnaissant ? Il était fou de croire que l'on pouvait remonter le temps et effacer le passé.

— Je sais bien que ce n'est pas suffisant. Mais c'est tout ce que je trouve à te dire. J'observerai tes règles de mon mieux. Tu as ma parole.

Et sur ces mots, il tendit la main à son frère.

Il attendit un long moment avant que celui-ci la prenne dans la sienne. La poignée fut ferme et il n'y eut pas de sourire sur le visage de Marcus, son regard ne vacilla pas tandis qu'il scrutait celui de John comme s'il le soupçonnait de cacher ses intentions réelles.

# Chapitre 5

— Voici mon plan…

Miranda posa son crayon et regarda la feuille de papier devant elle.

Une fois de plus, Esme songea au caractère singulier de sa situation. La dame élégante qu'elle avait en face d'elle était la dernière personne qu'elle aurait imaginé pouvoir l'aider. Or, la duchesse paraissait prendre son avenir très à cœur.

La jeune fille se redressa contre le dossier de son fauteuil, devant le feu allumé dans la cheminée. La soie de sa nouvelle robe crissa doucement. Miranda avait particulièrement insisté sur le fait qu'Esme devait être bien habillée. Lorsque la famille avait quitté Londres, Esme avait avec elle deux malles remplies de toilettes, de chaussures, de gants, d'éventails, de capelines et de tout ce dont elle pouvait rêver. Sa nouvelle amie lui avait même promis de lui prêter des bijoux pour les grandes circonstances, tout en lui assurant que de telles occasions étaient plutôt rares à Haughleigh.

Miranda regarda sa liste de nouveau, comme si elle y cherchait un nom.

— Il vous faut un mari, dit-elle, ce sera plus commode.

Esme hésita, embarrassée de devoir doucher l'enthousiasme de la duchesse.

— Je ne pense pas, avança-t-elle prudemment. Plutôt

que de m'en chercher un, je dois plutôt me débarrasser de celui que mon père avait choisi pour moi.

— La façon la plus simple et la plus rapide est d'en choisir un autre, si possible de si haute naissance que votre père n'osera rien y redire. Quel était le rang et le revenu de l'homme auquel il vous destinait ?

— C'est un comte. Lord Halverston. Je ne sais pas à quel point il est riche, mais ce que je sais, c'est qu'il approche les quatre-vingts ans et qu'il est très respecté.

Esme frissonna en songeant au regard vicieux du vieil homme, quand elle l'avait observé de son balcon.

— Il nous faut donc trouver un comte, ou mieux. Cela peut être aussi un homme qui n'a pas de titre de noblesse, mais qui dispose d'une fortune qu'aucun père ne saurait mépriser. Je vais interroger Marcus sur la richesse de lord Halverston, il doit en avoir une idée plus précise que vous… Le… l'heureux élu devra être assez jeune pour vous plaire, mais suffisamment mûr pour convaincre votre père.

Miranda regarda la jeune fille, par-dessus sa feuille de papier.

— Je pense à plusieurs candidats potentiels dans les environs et j'ai déjà un plan de bataille…

— Vous parlez de tout ceci comme si nous étions à la guerre, remarqua Esme.

Miranda sourit.

— Mais nous sommes en guerre, ma chère ! D'une certaine manière en tout cas. A moins que ce ne soit qu'un jeu… Ces messieurs croient avoir la haute main sur tout, mais en fait, à cet exercice, ce ne sont que des enfants face à une femme qui connaît son pouvoir. Première étape, donner une série de soirées et autres parties de campagne, pour distraire un peu notre invitée, venue de Londres…

De son crayon, elle désigna Esme pour que celle-ci comprenne bien que c'était elle dont il était question.

— Il serait cavalier de leur part de refuser mon invitation, et ces messieurs se croiront en sécurité, sachant que vous êtes seule et qu'ils sont… trois. Chacun se rassurera en se disant que le gros lot ira à un autre.

— Et moi, je devrai vraiment choisir entre ces trois messieurs ?

Miranda rit.

— C'est une excellente sélection, je vous assure. Chacun d'eux, sans mentir, ferait parfaitement votre affaire. D'ailleurs, inutile de les mettre en compétition trop longtemps… Rencontrez-les et choisissez tout simplement celui qui croira qu'il vous a choisie. Ou un autre, si vous préférez… Inutile de vous borner à mon choix. Si vous voulez simplement mon avis, je vous le donnerai.

Esme la regarda d'un air de doute.

— Et il me suffira d'en choisir un pour être sûre qu'il me demandera en mariage ?

Miranda vint la prendre par la main pour la conduire devant une grande psyché qui ornait le coin de la pièce.

— J'en suis certaine, lui répondit-elle. Regardez-vous, Esme. Vous êtes délicieuse.

— Dans de très beaux vêtements empruntés, fit-elle remarquer.

— Non, offerts. J'ai plus de vêtements qu'il ne m'en faut, mais j'avais une envie irrépressible de courir les magasins. C'était bien plus amusant de le faire pour vous.

— Si vous en aviez plus qu'il n'en fallait, j'aurais très bien pu me contenter de ceux que vous mettiez au rebut.

— Avec des cheveux clairs et une peau laiteuse comme la vôtre ? Je n'en crois rien, les couleurs qui me vont jureraient sur vous et moi, je n'aurais aucune allure, vêtue de ces roses et de ces bleus pâles qui vous vont si bien.

— Mais si je dois rencontrer ces messieurs en soirée, pourquoi m'avoir acheté toutes ces robes à porter le jour ?

— Il faut parer à toute éventualité. Qui sait qui pourra vous voir durant la journée ?

L'image de John, qui s'était tenu dans le vestibule lorsqu'elle était entrée, de son regard quand il l'avait vue, passa devant les yeux d'Esme. On l'avait prévenue qu'il serait au château et elle savait que Miranda comptait se servir de sa présentation au voisinage comme occasion de réconcilier les deux frères. Mais elle s'était dit que le beau capitaine allait bien s'ennuyer aux bals et aux dîners qu'organiserait la duchesse, et qu'il ne resterait probablement pas longtemps à Haughleigh. Jamais elle n'aurait rêvé le voir les attendre à leur arrivée.

L'expression de son visage, quand il l'avait vue dans ses beaux atours, avait été une divine surprise, comme son émotion quand il s'était retrouvé seul avec elle. Il était d'ailleurs peu probable qu'une telle occasion se renouvelle de sitôt, car Miranda était certainement le plus vigilant des chaperons.

Elle se força à s'intéresser aux précisions de son amie quant aux bijoux qu'elle lui prêterait pour aller avec ses nouvelles toilettes.

— Si nous voulons que ces messieurs s'intéressent à vous, il faut vous mettre à votre avantage. J'espère que vous me pardonnerez ma franchise, mais les vêtements que vous avait offerts votre père ne vous flattaient guère.

— Je crois que c'est justement pour cette raison qu'il me les avait achetés…

Esme pensa au contact rêche des tissus bon marché sur sa peau, à leurs couleurs ternes, à leur coupe informe qui dissimulait son corps, à l'étouffement que lui procurait la laine en été. Elle regarda alors son reflet dans le miroir et vit la lumière sur sa peau, la courbe de ses seins joliment mise en valeur par le carré de son décolleté.

— Mon père trouverait plus que futiles à la fois cette robe et la personne qui la porte, dit-elle doucement, mais moi je crois que je les aime toutes les deux.

— Vos soupirants les aimeront aussi…

Miranda baissa les yeux sur sa liste.

— J'annonce M. Webberley, pas de titre à ce jour, mais vingt-cinq ans et déjà héritier du domaine de son père. Le comte de Baxter, riche et titré, votre père approuverait son âge : presque cinquante ans. Non, je vous assure qu'il n'est pas trop vieux : il est en excellente santé et a l'air d'un jeune homme. Enfin, sir Anthony de Portnay-Smythe.

Miranda fit une légère grimace.

— Je suis moins sûre de l'âge et du pedigree de Tony… peut-être n'est-il pas le meilleur choix… Mais c'est un vrai gentleman. Cependant, je dois admettre qu'il est un brin ennuyeux. S'il ne vous déplaisait pas, il serait peut-être le plus à même de satisfaire votre père.

— Et John ? demanda Esme de l'air de ne pas y toucher et de ne pas trop se soucier de la réponse. N'est-il pas célibataire ? Et en âge de se marier ?

Miranda la regarda tranquillement avant de répondre :

— En âge, certes, mais on ne peut pas dire qu'il ait beaucoup d'inclination pour le mariage… Et soyez heureuse qu'il ait visiblement beaucoup changé en cinq ans. Le John d'autrefois aurait fait de vous l'une de ses maîtresses sans hésiter ; et que serait-il advenu de vous ensuite, voulez-vous me le dire ?

A dire vrai, Esme imaginait plutôt le plaisir qu'elle

aurait éprouvé dans les bras virils de John. Le rouge lui monta aux joues à cette pensée inconvenante.

— Il ne faut pas vous faire des idées romantiques sur la vie des demi-mondaines, Esme, lui dit Miranda, les sourcils froncés. Je vous assure que leur sort n'a rien d'enviable. Prendre le risque de les imiter, c'est jouer avec le feu.

— Oui, sans doute.

Mais Esme revoyait le regard de John dans le grand hall du château. D'abord, il n'avait pas fait attention à elle, la prenant sans doute pour quelque gouvernante, puis son regard était revenu se poser sur elle, et il avait remarqué sa beauté, sa jeunesse. Il avait eu une lueur prédatrice au fond des yeux. Le spectacle qu'elle offrait avait visiblement plu au libertin. Mais Miranda avait raison : rester seule dans une pièce avec un homme capable d'éveiller de telles émotions en elle ne pouvait que la mener à la perdition…

Pourtant, elle se souvenait aussi de la gêne dont il avait fait preuve, de son embarras très charmant quand il avait levé les yeux sur son visage et qu'il l'avait enfin reconnue. Très vite, il s'était détourné et ne l'avait regardée de nouveau que lorsqu'il croyait qu'elle, ne le regardait pas. Comme si c'était avec son cœur, qu'il réagissait.

— Vous disiez que je n'étais pas forcée de m'arrêter à votre choix et que je pouvais trouver quelqu'un qui me plaisait…

Miranda resta impassible, mais Esme eut l'impression qu'une petite lueur amusée passait dans ses yeux.

— John est un libertin et ne montre aucun signe qui pourrait laisser à penser qu'il veut se ranger. Il me faut vous prévenir honnêtement, Esme : si vous continuez à caresser l'idée de devenir la maîtresse de mon beau-frère, et s'il lui prend celle d'accepter de vous mener à la ruine, je ferai tout ce qui sera en mon pouvoir pour vous empêcher l'un et l'autre d'y parvenir. Même si nous nous connaissons depuis très peu de temps, j'ai trop d'amitié à votre endroit pour vous laisser commettre une telle folie. En devenant la maîtresse de John, vous ne seriez plus la bienvenue dans ma maison. Je pense aussi à la réconciliation bien fragile qui a commencé d'intervenir entre mon mari et lui. Je ne veux pas que John la mette en péril en retournant à ses vieilles habitudes. Cela dit, s'il y a la moindre chance que vous puissiez le faire changer d'idée sur le mariage et la fondation d'un foyer…

Un sourire étrange flotta sur le visage de Miranda.

— Alors, vous rendriez à cette famille un distingué service, dont nous vous serions tous très reconnaissants. Par ailleurs, je serais tout à fait ravie de vous appeler ma sœur ! Mais, pour le moment, il est plus sage de considérer tous les candidats possibles et de ne pas mettre tous nos œufs dans un panier aussi fragile que l'est John. Et maintenant, descendons déjeuner, je montrerai cette liste à mon mari, il trouvera peut-être d'autres noms.

La salle à manger du château de Haughleigh était aussi spectaculaire que les autres pièces, avec ses riches tentures de soie rouge. D'une taille bien trop imposante pour accueillir seulement trois personnes, l'endroit avait été arrangé par les domestiques pour créer un peu d'intimité, mais sans guère de succès.

Le duc s'assit en bout de table, comme c'était prévisible, avec Miranda à sa droite et Esme à sa gauche. A la gauche de la jeune fille, il y avait un quatrième couvert qui devait être celui de John. Sa place restait désespérément vide.

Le déjeuner était délicieux, mais la discussion à propos des plans de Miranda et des soupirants susceptibles de plaire à Esme manquait de cette gaieté et de cette liberté de ton qui avaient caractérisé leurs discussions quand ils étaient encore à Londres.

Au début, Esme eut peur que ce soit à cause des dépenses qu'allaient entraîner ces soirées ou de l'ennui du duc de la voir s'installer dans son rôle d'invitée permanente à qui il fallait, par-dessus le marché, trouver un mari. Après tout, beaucoup d'hommes ressentiraient sa présence comme une intrusion dans leur vie domestique, au bout de quelques jours.

Mais elle comprit, en voyant la gêne qui s'installait autour de la table quand un valet déposait une assiette devant la place vide de John, puis venait la reprendre avec tact un peu plus tard, qu'il n'en était rien. Même absent, le frère du duc contrôlait bel et bien la situation. Marcus ne cessait de fixer la chaise vide, les sourcils froncés, puis se tournait vers son épouse, parce que celle-ci lui avait posé une question. Il y répondait et son regard revenait bien vite se poser sur la chaise. Ensuite, on lui adressait de nouveau la parole et le manège recommençait.

Finalement, la porte s'ouvrit, alors que le deuxième plat, du poisson, avait été servi depuis un moment et trois têtes suivirent des yeux John qui traversait la salle. Il s'assit sans un mot d'explication et prit ses couverts.

— Tu es en retard, lui dit son frère.

C'était une constatation, faite d'un ton aussi peu engageant que possible.

— J'en suis désolé, répondit John, qui n'en avait pas l'air. Je n'avais pas compris que l'on attendait de moi une exactitude rigoureuse à l'heure des repas. Si c'est une autre de tes règles, il fallait la coucher sur le papier, elle aussi.

— Pour que tu puisses te délecter en la transgressant, je suppose ?

— Si je devais m'affranchir d'une de tes règles, mon cher frère, je m'assurerais au préalable que tu n'es pas là pour me regarder. Ainsi, tu n'en sauras rien, et tu n'en seras pas contrarié.

— Etait-ce ce que tu étais en train de faire, à l'instant ? Transgresser une de mes règles pendant que je tournais le dos ?

— Pas du tout. J'étais dans ma chambre, je faisais une petite sieste.

On entendit un tintement de cristal. Le verre du duc venait d'exploser dans sa main, tant il l'avait serré fort entre ses doigts. Le fond de vin se répandit sur la nappe blanche et Esme remarqua le sang qui coulait de sa paume, tandis que Marcus serrait le poing et le fourrait dans sa poche.

— Pourrais-tu éviter de parler pour ne rien dire, articula-t-il, les dents serrées. D'abord ces excuses pitoyables, dans mon cabinet de travail, puis cette sotte plaisanterie. Une sieste ? Tu n'as rien trouvé de mieux ?

John soutint son regard.

— Peu importe ce que je puis dire, puisque de toute façon ce sera pris comme un mensonge. Je n'y peux rien, j'étais vraiment en train de faire une sieste dans ma chambre et j'y étais seul, pour répondre à ta prochaine question.

— Celle-là, je ne te l'aurais certainement pas posée ici !

— Non, bien sûr. Tu m'aurais encore sermonné à ton bureau en me brandissant une liste de règles à ne pas enfreindre !

— Pourrions-nous éviter ce genre de discussions au déjeuner ? Et devant les dames ?

— Cette recommandation-là non plus n'était pas sur ta liste. Vois-tu, Marcus, il serait plus simple d'énumérer ce que je suis autorisé à faire. Cela économisera du temps et du papier, car cette liste-là sera forcément plus courte que celle des interdits.

Le duc se leva brusquement de table, trop furieux pour pouvoir répondre et il marcha vers la porte. Il poussa le battant d'un geste vif et le claqua plus sèchement encore pour le refermer. Les domestiques s'étaient écartés devant lui comme la vague, devant l'étrave d'un navire.

Miranda se leva à demi, comme pour le suivre puis elle se ravisa, se rassit et se remit à manger comme si rien ne s'était passé.

— Je crois, soupira John avec une pointe de tristesse, que mon cher frère n'est pas aussi heureux de me voir que vous l'espériez...

Miranda porta la fourchette à sa bouche sans le regarder. Esme nota qu'elle mâchait avec soin, comme pour prendre le temps de réfléchir et, peut-être, de brider son émotion. Enfin, elle parla.

— Cela se passerait peut-être mieux si vous ne le provoquiez pas ainsi, fit-elle remarquer.

John soupira.

— Il n'est pas bien difficile de le mettre en fureur. Mes excuses de tout à l'heure étaient sincères. J'espérais qu'il comprendrait mes bonnes intentions. Mais en fait, il ne me supporte que durant très peu de temps, ce qui rend les choses bien difficiles.

La réponse de Miranda fut prononcée sur un ton très froid.

— Vous reconnaîtrez qu'il a quelques raisons pour cela. Je doute que de simples excuses suffisent à effacer toutes les cicatrices.

— C'est pourtant un début et quoi qu'il puisse en penser, je suis vraiment décidé à suivre ses règles à la lettre. Peut-être...

John fit une pause, regardant sans la voir, l'air songeur, l'assiette à laquelle il n'avait pas touché et enfin acheva :

— Oui, peut-être faut-il qu'il aille au bout de sa colère pour que nous puissions repartir sur de nouvelles bases. Mais combien de temps faudra-t-il pour cela ? J'avais pensé…

Il leva les yeux, sourit et plongea la main dans sa poche.

— Mais peut-être que ceci pourra l'aider…

Il posa sur la table un grand écrin de velours qu'il poussa vers son hôtesse.

— C'est un petit quelque chose pour prouver mes bonnes intentions. Je voulais vous le donner en présence de Marcus. Il a quitté la table, mais Esme, ici présente, pourra jouer le rôle de témoin et l'assurer que mes intentions étaient honorables. Il y a des dettes dont je dois m'acquitter, si je veux prouver à Marcus que j'ai changé.

Miranda prit l'écrin, l'ouvrit, sursauta et le lâcha comme s'il était plein de serpents.

— John, balbutia-t-elle, comment avez-vous pu…

Elle couvrit sa bouche de sa main, se leva précipitamment et quitta la pièce.

Esme se leva pour venir examiner le contenu de l'écrin.

— Oh, mon Dieu, s'exclama-t-elle, elles sont magnifiques ! Mais pourquoi…

— Pourquoi ma belle-sœur réagit-elle ainsi à la vue d'un collier d'émeraudes ? Je suppose que ma famille a décidé que le meilleur moyen de se libérer du passé est encore de l'ignorer. Mais il est plus facile de prétendre que je n'existe pas alors que je me bats quelque part au Portugal, que quand je suis auprès d'eux, comme un constant rappel de ce qui s'est passé entre nous. Mais Miranda a été si bouleversée qu'elle nous a laissés seuls. Grave erreur, que je m'en vais réparer…

Il se leva et Esme l'agrippa par la manche.

— Une minute. Vous ne pouvez pas me laisser avec seulement la moitié de l'histoire…

Elle le força à se rasseoir.

— Qu'est-ce donc qui la peine tant, dans la vue de ces émeraudes ?

— Elles sont très semblables à celles qu'elle aurait dû porter. Un collier de famille des Haughleigh, passant de génération en génération. Ces émeraudes auraient dû orner son cou, comme elles ont orné celui de ma mère avant elle et avant encore, celui de chaque duchesse dans ce château, depuis des siècles.

Il fit la grimace.

— Mais moi, avec un couteau de poche, je les ai retirées de leurs montures et je les ai vendues pour me payer du vin et des femmes. Oui, j'ai été assez vil pour faire cela ! Je suis revenu à la raison alors que l'argent n'avait pas encore été entièrement dépensé et ce qui restait a servi à payer ma commission d'officier dans l'armée…

Il prit le collier et le tint devant lui en montrant un emplacement vide sur la monture.

— J'ai envoyé la pierre qui restait à Miranda pour Noël, juste avant de partir à la guerre. Voici sa place, préparée pour l'y remettre. Il a toujours été dans mes intentions de lui rendre ce collier. J'ai économisé chaque penny de ma solde pour acheter des pierres et faire ciseler la même monture. C'est tout ce que j'ai au monde. J'espérais offrir ce collier à Miranda, à mon retour, et que tout soit pardonné. Il est important de remettre les comptes à zéro, même si on n'a plus rien ensuite. Pas question de vivre avec un tel remords et une telle dette toute ma vie… Mais vous voyez, cela ne suffit pas… Miranda n'est pas davantage prête à accepter mon cadeau que mon frère, mes excuses.

Esme reposa délicatement le collier dans l'écrin.

— Mais qu'avez-vous fait de si terrible, qu'il ne puisse vous pardonner ?

John prit une gorgée de vin et répondit très simplement :

— J'ai séduit sa femme.

Esme en resta bouche bée.

— Ses femmes, même, pourrait-on dire…

Il secoua la tête.

— Non, le pluriel n'est pas correct. Sa première épouse, seulement. J'ai bien essayé de séduire Miranda, mais je n'y suis pas parvenu.

Il regardait droit devant lui, à la fois songeur et grave.

— Quand elle est venue ici pour la première fois, elle n'avait pas encore la grande beauté qui est la sienne aujourd'hui. Mais elle était adorable… Mon crétin de frère la laissait souvent seule avec moi. Je le détestais et me suis dit qu'il serait amusant de la lui prendre…

Il secoua la tête.

— J'espère au moins que, faute de mieux, je lui ai appris à apprécier la chance qu'il avait d'être aimé d'elle.

— Et sa première femme ? Vous lui avez appris à l'apprécier, aussi ?

Le ton d'Esme était plus cassant qu'elle ne l'avait voulu.

— Non, elle, je l'aimais.

Il avait prononcé ces mots d'un ton si grave et avec un regard si triste qu'elle regretta instantanément ce qu'elle venait de lui dire. Il se tourna de nouveau vers elle, le regard vide.

— Marcus aussi l'aimait, je suppose. Mais Bethany n'aimait qu'elle-même. Elle s'amusait à nous monter l'un contre l'autre. Et puis, elle est morte. Nous étions jeunes et stupides ; moi, surtout. Après sa mort, j'ai cru devenir fou et il a fallu des années pour que cette folie s'estompe.

J'étais dans l'armée, à l'autre bout de l'Europe. Je me suis juré que si jamais je revenais vivant en Angleterre, je réparerais mes torts.

Esme lui sourit gentiment.

— Je savais, dès que je vous ai vu, que vous ne pouviez pas être l'homme que mon père disait.

John lui sourit tristement.

— Vous vous trompez, gentille Esme. Je suis mauvais et pire encore. Le fait que je ne veuille plus voler la femme de mon frère ne m'empêcherait pas de voler celle d'un autre, si elle me plaisait... Je suis simplement devenu plus sélectif.

— Peut-être faudrait-il simplement en trouver une qui soit libre ?

— Pour qu'elle m'attache ? Non, merci.

Son regard se fit cynique.

— Vous voulez vraiment ma perte ! Non, vous ne comprenez pas...

Il se pencha auprès d'elle, son souffle chaud à son oreille.

— Vous croyez, parce que vous assistez à un moment d'attendrissement de ma part et parce que je ne bats pas les femmes, même quand elles le mériteraient, que je suis une sorte de sauveur ? Un ange noir, venu à votre rescousse ? Vous n'y êtes pas du tout... Si vous me laissiez faire, je vous prendrais bien tout ce que vous avez à donner.

Elle ferma les yeux, pour qu'il ne voie pas que l'idée ne lui déplaisait pas.

Le ton de John se fit plus amer.

— Je vous prendrais même des choses dont vous ne savez pas vous-même que vous les avez et quand il n'y aurait plus rien à vous prendre, je m'en irais et vous n'auriez plus qu'à retourner chez votre père. Alors, il vous faudrait le regarder dans les yeux, et lui expliquer qu'aucun homme honnête ne pourrait plus jamais vouloir de vous. Je sais de quoi je parle, vous savez, je l'ai déjà fait. J'ai de bien pires péchés sur la conscience que celui d'avoir fait cocu mon frère. Ne me demandez pas de causer votre déchéance, à vous aussi. Ce serait la fois de trop.

Sur ces mots, John se leva de table et marcha vers la porte.

# Chapitre 6

Sur le seuil de la salle de bal de Haughleigh, Esme se préparait à être présentée à la bonne société du Devon. Elle devait lutter contre le sentiment de panique qui menaçait de la submerger et la poussait à prendre la fuite. Mais il aurait été bien ingrat de sa part de quitter une soirée dont elle était l'invitée d'honneur.

Il avait été assez stupéfiant de voir sa nouvelle amie Miranda organiser, comme si c'était un jeu, un bal et un dîner de plus de cent couverts, tenir des listes d'invités et des menus composés d'après ceux, fort nombreux, avec lesquels elle avait régalé ses hôtes dans le passé, et s'assurer que les invitations soient bien envoyées, alors même que la famille n'avait pas encore quitté Londres.

Ce devait être à la fois une soirée de bienvenue pour Esme et la célébration du retour du duc et de la duchesse sur leurs terres. Miranda lui avait assuré que tous les voisins seraient ravis d'y assister et que, par réciprocité, les invitations dans le voisinage n'allaient pas manquer de se succéder ensuite.

Tout cela avait plongé Esme dans une grande excitation ; elle n'avait connu aucune saison londonienne, et n'avait assisté qu'à de rares soirées, généralement peu brillantes et ennuyeuses. De plus, jamais encore elle n'avait été l'objet de l'attention générale. Mais ce soir, elle se tenait avec les maîtres de maison pour recevoir les invités et Miranda lui présentait chacun d'eux, en se penchant parfois à son oreille pour lui faire des commentaires sur tel ou tel parti. Esme en arrivait au point qu'elle pouvait déceler, rien qu'à l'ampleur du sourire de son amie, quelles étaient la richesse et les qualités de chaque homme qui se présentait devant elle.

Elle essayait de toutes ses forces de faire ce que l'on attendait d'elle. Son amie Miranda s'était tellement démenée et sa situation était tellement critique qu'il fallait bien participer à tous les efforts pour éviter le mariage que son père voulait lui imposer. Seulement, elle avait toujours rêvé, quand elle imaginait ces bals où elle n'irait jamais et ces soupirants qu'elle ne connaîtrait pas, qu'elle pourrait écouter ses sentiments avant de se choisir un mari.

C'était d'ailleurs là le problème. Elle s'imaginait choisissant et non pas attendant patiemment d'être choisie. Il lui fallait pourtant se souvenir que, sans l'intervention de Miranda, elle n'aurait pas eu de choix du tout. Mais aussi reconnaissante soit-elle, elle ne pouvait s'empêcher de penser que, là non plus, on ne lui laissait pas le choix. Elle devait attendre gentiment qu'un gentleman jette son dévolu sur elle et ne pouvait écouter son cœur. Après avoir vu la plupart des hommes célibataires du voisinage, elle se prenait à souhaiter ardemment qu'aucun d'eux ne veuille prendre l'initiative.

— John, appela Miranda d'un ton sans réplique, venez donc saluer notre invitée. Ce n'est pas parce que vous êtes de la famille que vous pouvez vous dispenser de vous mettre en ligne pour lui présenter vos hommages. Le moins que vous puissiez faire est de venir dire un mot aimable à notre Esme, avant de boire notre champagne…

John roula des yeux grotesquement effarés avant de

répondre, en s'inclinant bien bas et avec une courtoisie exagérée :

— Mille pardons, Votre Grâce, le fait d'avoir vécu ici le plus clair de ma vie m'a conduit à oublier mes devoirs et à me conduire comme si j'étais chez moi…

Esme vit le duc se raidir tandis qu'il se retenait visiblement de répliquer vertement. A côté d'elle, Miranda, en alerte, se tenait prête à désamorcer le conflit qu'elle avait bien involontairement initié en interpellant son beau-frère.

Puis, soudain, John sourit presque timidement et murmura :

— Allons bon, voilà que je recommence… Miranda, vous avez raison. C'était une provocation stupide et je ne veux pas gâcher la soirée par mon comportement.

Il se tourna vers son frère et dit, sincère :

— C'est vraiment merveilleux de voir la vieille maison comme cela. Pendant un moment, je me suis cru revenu à l'époque où nous étions gamins et où mère organisait des soirées comme celle-ci.

Il embrassa du regard la vaste salle.

— Mais il me semble que Miranda la surpasse. A moins que ce ne soit simplement parce que, aujourd'hui, je suis assez grand pour voir ce qu'il y a sur les tables…

Il se pencha vers sa belle-sœur.

— Votre mari vous a-t-il raconté comment il m'entraînait à sa suite hors de la *nursery*, pour descendre en catimini dérober des petits-fours et autres douceurs, quand nos parents organisaient ce genre de soirée ? Je n'ai pas toujours été le mouton noir de la famille, vous savez… Marcus a commis sa part de méfaits et moi, je n'étais le plus souvent que l'innocent fourvoyé qui suivait son grand frère…

Le duc parut un instant décontenancé avant d'avouer :

— Il n'a pas tort, je l'avais oublié. J'ai toujours trouvé que les gâteaux que l'on pouvait chiper sur les tables avaient meilleur goût que ceux que l'on nous faisait monter dans notre chambre pour éviter que nous traînions dans les jambes des adultes. Mais si ma mémoire est bonne, il n'était pas très difficile de t'entraîner dans ce genre d'aventures…

Puis il eut un sourire un peu lointain avant d'ajouter :

— Il n'était pas difficile de t'entraîner où que ce soit, car tu me suivais partout à l'époque…

John se tourna vers Esme.

— Un hommage très formel est-il bien nécessaire, mademoiselle Canville ? Devrai-je me présenter ? J'ai l'impression que nous nous connaissons déjà si bien…

Il se pencha au-dessus de sa main et se releva en plongeant un peu trop longtemps ses yeux dans les siens, jusqu'à la faire rosir joliment.

— Vous êtes absolument ravissante, ce soir…

Bien sûr, il devait dire la même chose à toutes les jeunes femmes, cela signifiait si peu, pour lui…

Mais Esme s'était longuement regardée dans la psyché et elle avait apprécié son reflet. Sa robe de soie rose lui allait divinement, sa coiffure était relevée de véritables perles, empruntées à la duchesse. Et surtout, elle n'avait plus une seule marque sur la peau blanche de ses bras ou de sa gorge. Elle était aussi belle, aussi pure que n'importe laquelle des femmes présentes. Il était heureux, en fait, que son plan initial ait échoué, car elle n'avait pas pensé qu'elle aurait pu, dès ce premier soir, retirer sa robe devant John et exposer ses bleus à sa vue.

Elle laissa momentanément ces idées de côté pour répondre :

— Je vous remercie, milord.

Il lui sourit et elle sentit la boule, qui se formait toujours dans son estomac quand John était auprès d'elle, se détendre quelque peu. Pas seulement quand il était près d'elle, d'ailleurs. Parfois, il suffisait que l'on mentionne son nom pour la mettre en émoi. Sa présence, il faut bien le dire, éclipsait celle de tous les autres hommes de la soirée. Tous étaient peut-être beaux et charmants, mais ils souffraient du désavantage de ne pas être John Radwell.

Il la regardait sans rien paraître déceler d'anormal dans sa physionomie, peut-être ses sentiments n'étaient-ils pas visibles sur son visage ?

— A force d'être aussi jolie, reprit-il, de les regarder avec ces yeux-là et ce sourire plein d'espoir, les célibataires des alentours n'ont guère de chance d'en réchapper. Je remercie le ciel d'être immunisé contre le mariage, sinon je me trouverais moi aussi en bien fâcheuse posture…

Sur ces mots, il s'inclina et se dirigea vers le buffet. Immunisé ? songea Esme.

— John se conduit de façon très acceptable, Dieu merci ! soupira Miranda en souriant, à l'attention de son mari.

— Oui, répondit le duc, c'est surprenant… C'est bien la première fois depuis fort longtemps que je n'ai pas eu envie de l'étrangler dès qu'il a ouvert la bouche.

Peut-être cette envie était-elle voyageuse, car c'était Esme, à présent, qui la ressentait…

— Remarque, la soirée ne fait que commencer. Il fera certainement tout son possible pour me mettre en rage avant minuit. Cependant, ce qu'il dit des soirées de ma mère est vrai… et des petits-fours aussi. Quand mon père était encore en vie…

Esme laissa son esprit s'évader tandis qu'elle suivait John du regard, à travers la salle. Il revenait dans leur direction. Que lui prenait-il ? N'avait-il pas affirmé qu'elle était synonyme d'ennuis, de complications, auxquels il avait la chance d'être assez fort pour résister ? Il allait devoir montrer sa force d'âme en effet, car Esme venait de décider que la seule tête qu'elle avait envie de faire tourner ce soir reposait sur les larges épaules du capitaine John Radwell.

Esme se jeta avec délice dans la frénésie du bal, bien décidée à en retirer autant de plaisir que possible. Elle s'amusait avec énergie, enthousiasme, envoûtée par la joie d'être là, à danser en bonne compagnie, à rire et quand elle alla dîner au bras d'un jeune homme pétrifié de timidité, elle savoura les mets les plus raffinés qu'elle ait goûtés de toute sa vie…

Elle était sincère, cette soirée était la plus exaltante de sa jeune vie, bien que, par moments, le champagne soit un peu amer, le faisan dur, les gâteaux peu moelleux… toutes les fois où, jetant un coup d'œil en direction de John, elle le voyait s'amuser, à une autre table. La voisine du capitaine semblait très flattée de ses attentions, Esme pouvait entendre son rire cristallin chaque fois qu'il racontait une anecdote et la voir rougir, dans la lueur des chandelles, quand il se penchait vers elle. Et voilà que soudain, inexplicablement, la jeune femme se tourna franchement vers elle et lui lança un regard venimeux.

Ecœurée, Esme repoussa son assiette à dessert encore pleine. Qu'avait-elle donc fait pour s'attirer ainsi les foudres d'une parfaite inconnue ? Il était glaçant de penser qu'elle s'était déjà fait une ennemie, à sa première apparition en public. Elle essaya de n'y plus penser et de se concentrer sur la conversation de son voisin de table.

Elle le voulait de toutes ses forces, mais pourquoi était-ce donc si difficile ? M. Webberley était aimable, de bonne compagnie et visiblement, il s'intéressait à elle. Il n'était pas beaucoup plus vieux qu'Esme et, d'après Miranda, il venait d'hériter de pas mal d'arpents de bonnes terres. Bien que ses traits ne soient pas aussi réguliers que ceux de certains hommes présents dans cette salle, sa physionomie était honnête et il ferait certainement un excellent mari…

Mais pas le sien, elle l'espérait.

Après le dîner, M. Webberley l'entraîna dans une danse un brin compassée, puis la ramena à sa chaise et, s'inclinant, il la laissa. Rester auprès d'elle aurait pu paraître un peu trop empressé alors qu'ils venaient de se rencontrer. Elle essaya de l'imaginer affrontant son père furieux ou bien l'enlevant sur son cheval pour l'emmener à bride abattue vers l'Ecosse et un mariage secret, mais c'était si invraisemblable que l'image refusait de se former dans son esprit.

Elle posa un regard distrait sur la piste de danse et aperçut M. Webberley y tournoyer au bras d'une cavalière. Esme détourna les yeux avant de se rendre compte de l'identité de la cavalière.

Webberley dansait avec la même jeune femme qui avait lancé à Esme un regard assassin quelque temps plus tôt, celle qui avait le teint très pâle et était assise à côté de John. Sa cavalière ne devait pas lui être inconnue, à en juger par la gaieté et l'animation qu'il montrait. De même, il se tenait plus droit et son regard sur elle était plus direct.

Esme soupira de soulagement. C'était une bonne chose de faite. Il aurait été bien peu logique de sa part de se montrer jalouse. Puisque quelqu'un d'autre appréciait M. Webberley et qu'il semblait l'apprécier en retour, les deux tourtereaux pouvaient bien passer leur soirée ensemble, si cela leur plaisait. Elle n'avait plus à se soucier de lui.

Elle secoua la tête. Etait-elle folle de dédaigner ainsi un mari potentiel ? Il ne s'agissait pas ici de ses désirs, mais d'absolue nécessité. Un rempart contre cet horrible mariage qui la menaçait. Une solution en valait une autre et il était judicieux de s'occuper de ses propres besoins, avant de penser à ceux d'une parfaite étrangère.

Elle tourna la tête et vit John appuyé nonchalamment au mur, qui regardait le couple de danseurs avec un sourire narquois. Il vit qu'Esme le regardait aussi, elle se troubla et cela sembla l'amuser plus encore. Puis il leva son verre dans sa direction d'un air moqueur, comme s'il lui souhaitait bonne chance.

Esme sentait les émotions se bousculer en elle, si vite qu'elle avait même du mal à les cerner ; elle était honteuse d'avoir été surprise en pleine chasse au mari et embarrassée, car John semblait lire dans ses pensées, même à distance. De la fierté, aussi, à cause de la façon dont son regard l'avait caressée, avant qu'il ne lève son verre. Il l'avait regardée comme une femme et non comme une jeune fille. Quelque chose dans l'attitude du capitaine disait clairement qu'il pouvait lui apprendre ce qu'elle désirait connaître bien mieux que tous ces jeunes blancs-becs avec qui elle dansait.

Il y avait aussi tous ces sentiments qu'elle ne ressentait certainement pas auprès de Webberley. Peut-être pas de l'amour, pas exactement… Quelque chose de plus fort et de plus ardent ; un désir brûlant d'oublier ce qui était bon pour elle, de ne pas s'inquiéter pour l'avenir et de ne penser qu'au présent, dans les bras de John Radwell.

Ce qu'elle éprouvait était presque intolérable. Bien que la soirée soit censée être donnée en son honneur, elle ne pouvait s'empêcher de se sentir dans un monde complètement étranger, parmi ces gens. A la fin de la danse suivante, elle se retira dans le vestiaire des dames pour reprendre un peu ses esprits.

Les conversations cessèrent instantanément quand elle entra et elle se demanda s'il n'y avait pas un code de conduite non-écrit qu'elle aurait involontairement enfreint. Mais il était plus vraisemblable que toutes les dames présentes faisaient front contre l'étrangère qu'elle était, pour protéger l'une des leurs.

Il s'agissait toujours de la même jeune femme, celle qui avait dansé avec Webberley. A la voir ainsi, de plus près, il apparaissait qu'elle était un peu plus âgée qu'Esme, mais qu'elle ne paraissait pas plus à l'aise qu'elle dans cet environnement. Il y avait des traces de larmes sur ses joues, qu'une de ses amies essayait charitablement de camoufler avec de la poudre de riz.

Sans plus réfléchir, Esme s'approcha d'elle et demanda :

— Y a-t-il quelque chose que je peux faire pour vous aider ? Voulez-vous que j'aille chercher la duchesse ?

— Je crois que vous en avez assez fait, merci, dit sèchement l'amie de la jeune femme au visage pâle.

— Ann, je t'en prie, ne complique pas les choses, dit celle-ci d'une voix qui menaçait de se fêler et Esme craignit que ses larmes ne se remettent à couler.

Les yeux de son amie s'étrécirent.

— Comme tu voudras, j'essaie seulement de t'aider…

— Je ne comprends pas, dit calmement Esme. Que suis-je censée avoir fait à votre amie, alors qu'il y a une heure de cela, je ne l'avais jamais vue ?

— Rien, rien du tout, insista la jeune femme au visage pâle en posant la main sur le bras de la dénommée Ann, comme pour la faire taire.

Mais celle-ci ne l'entendait pas de cette oreille.

— Vous ne lui avez rien fait directement, expliqua-t-elle, mais il faut savoir qu'il n'y a pas beaucoup de beaux partis dans les environs et qu'avec vous, le nombre de jeunes filles à marier s'est augmenté d'une unité…

Elle appuya ses paroles d'un regard lourd de reproche.

— Vous venez de Londres et nous sommes de la campagne. Vous êtes jolie, habillée à la dernière mode et surtout, vous êtes différente. Les messieurs des alentours nous connaissent toutes depuis l'enfance. Nous pouvons difficilement leur apporter de la nouveauté. L'un d'entre eux va certainement demander votre main. Ce qui veut dire que l'une d'entre nous va se retrouver sur le carreau. Il semble que ce sera Elizabeth… Bien sûr, qu'elle n'en est pas heureuse ! Maintenant, si vous avez d'autres intentions, ayez donc la courtoisie de nous les indiquer, si elles doivent nous rassurer, nous vous en serons toutes très reconnaissantes.

Plusieurs paires d'yeux accusateurs la fixaient et Esme se figea, se creusant les méninges pour trouver une réponse appropriée. Jamais elle n'avait imaginé qu'un bal puisse s'apparenter à un véritable concours.

— Je n'ai aucune… visée, sur aucun des messieurs présents ce soir, finit-elle par déclarer.

— Ah vraiment ? Vous avez dansé trois fois avec M. Webberley, ce qui est de nature à attirer des commentaires !

Trois fois ? Si c'était vrai, cela ne l'avait pas marquée…

— Je suis désolée, je n'y avais pas fait attention.

Elle esquissa un sourire d'excuses, que le tribunal qui se tenait devant elle ne lui rendit pas.

— Mais à présent que je comprends la situation, je

ferai plus attention à l'impression que peuvent avoir de moi les messieurs des environs. Voulez-vous m'excuser ?

Elle sortit précipitamment de la pièce et retourna dans la salle de bal.

Elle trouva M. Webberley devant le buffet. Il semblait chercher quelqu'un du regard. Bien qu'il lui sourie aimablement quand il la vit, Esme eut nettement l'impression que ce n'était pas elle qui lui manquait.

Elle le remercia en prenant le verre de citronnade qu'il lui tendait et demanda :

— Où est la grande perche avec qui vous dansiez tout à l'heure ? Avec son impossible robe rouge ?

— Impossible ? Ce n'est pas du tout mon avis !

Son ton était réprobateur.

— Elle s'appelle Mlle Elizabeth Warrant.

Esme sourit intérieurement en voyant avec quelle promptitude il prenait sa défense.

— Eh bien, le rouge ne s'accorde pas avec cette saison et cela ne lui va pas du tout, laissa-t-elle tomber avec suffisance. Elle ferait mieux de porter quelque chose de plus clair.

— Sa famille n'a pas les moyens de faire des folies de garde-robe en lui offrant une robe nouvelle à chaque occasion. Mais je trouve qu'elle la porte avec beaucoup d'élégance.

Tout en parlant, il fouillait toujours la salle du regard.

— Je me posais la question parce qu'elle semblait très malheureuse, là-haut, dans le vestiaire des dames, il y a quelques instants. On aurait dit qu'elle se cachait… C'est souvent le cas, quand une femme n'est pas à son avantage. Ou bien peut-être est-elle malade ?

Elle avait parlé d'un ton léger, comme si de rien n'était,

mais remarqua que le jeune homme devint instantanément presque aussi pâle que son amie.

— Elizabeth, malade ? Ses parents sont mes voisins. Si elle est souffrante, mieux vaudrait qu'elle se retire… Bien sûr, c'est dommage, car ses sœurs devront aussi…

— Vous offrez de la raccompagner ? le coupa aussitôt Esme, pour ne lui laisser aucune chance de changer d'avis. Comme c'est gentil à vous de vouloir prendre ainsi soin d'une amie ! Voulez-vous que j'aille voir si elle veut quelque chose, pendant que vous préparez votre attelage ?

— Euh, ce serait mieux, en effet…

Elle le regarda s'éloigner à la recherche de son cocher. Il donnait l'impression d'être persuadé que l'idée de porter assistance à Elizabeth venait de lui. C'était presque trop parfait…

Esme retourna vers le vestiaire des dames, dont elle referma la porte derrière elle d'un geste décidé.

— Ann ?

La jeune fille la regarda d'un air toujours aussi sombre, sans répondre.

— Occupez-vous de votre amie, elle ne va pas bien, lui dit Esme. En fait, elle est malade comme un chien et doit rentrer chez elle immédiatement.

— Pardon ? se rebella l'intéressée, reprenant enfin quelques couleurs. Je n'ai aucunement l'intention de vous laisser…

— Il le faut. J'ai dit à M. Webberley que vous aviez eu un malaise soudain. Il a paru très affecté… Et s'il vous plaît, cessez de rougir, cela va vous donner l'air en bonne santé… Ann, auriez-vous de la poudre de teinte claire ? Il nous faut faire faner les roses de ces joues, immédiatement.

Anne comprit instantanément la situation et lui fit un grand sourire d'approbation.

— Mais je vais bien, protesta Elizabeth.

— Non, tu ne vas pas bien du tout, lui répliqua son amie. Il faut te ramener chez toi séance tenante.

Elle ne ménagea pas la poudre, jusqu'à ce qu'Elizabeth parût plus pâle qu'une morte.

Elle n'avait toujours rien compris…

— Mais je ne veux pas rentrer, insista-t-elle de plus belle. Mes sœurs seront tellement déçues !

— C'est pourquoi tu dois les laisser ici, elles rentreront avec tes parents. Pour toi, il y aura d'autres nuits de bals, mais pas avec un joli clair de lune comme celui-là.

Il n'y avait toujours pas la moindre lueur de compréhension dans les yeux de la malheureuse Elizabeth.

— Si je ne me trompe pas, M. Webberley est en train de demander la permission à vos parents de vous ramener chez vous dans sa voiture. Empruntez une femme de chambre à Miranda, s'il le faut, de préférence une qui ait la vue basse et qui soit un peu dure d'oreille. Mais peut-être la situation permettra-t-elle de faire un accroc aux règles de bienséance, en raison de votre état de faiblesse et du fait que M. Webberley est un ami de votre famille, tout à fait digne de confiance… A en juger par la vitesse avec laquelle il a pris votre défense, lorsque j'ai parlé de vous, et par l'inquiétude que l'on pouvait voir dans ses yeux quand je lui ai dit que vous étiez malade, vous n'avez pas à craindre pour votre réputation. M. Webberley veillera bien sur elle, dès qu'il vous aura proposé le mariage.

— Mon Dieu, je crois que je vais m'évanouir, balbutia Elizabeth.

Esme réprima un sourire.

— Je n'en attendais pas moins de vous. Tâchez d'en user à bon escient…

Elle tourna les talons. Comme elle refermait la porte

derrière elle, elle entendit Ann exhorter son amie à ne pas se conduire comme une sotte et à s'accrocher au bras de Webberley comme si sa vie en dépendait, jusqu'à la fin du monde, s'il le fallait !

Esme se mêla de nouveau à la foule du bal en souriant, avec la satisfaction du devoir accompli. Mais du haut de l'escalier, elle vit une silhouette qu'elle connaissait disparaître dans le vestibule.

John. Il semblait essayer de faire beaucoup d'efforts pour l'éviter ce soir. Il n'avait pas dansé avec elle une seule fois de la soirée, alors qu'il l'avait fait avec d'autres. Mais plus d'une fois, pourtant, elle l'avait surpris à l'observer à travers la salle, sans qu'il cherche pour autant à lui adresser la parole.

Peut-être avait-il envie d'un peu d'air frais comme beaucoup d'autres invités qui sortaient marcher dans le jardin ? Soudain, Esme se sentit mourir d'envie de faire comme eux. Elle se dirigea vers la porte.

Miranda avait fait une très jolie composition en décorant les allées de petites lanternes et en faisant placer des bancs pour que les promeneurs puissent se reposer, profiter du parfum des roses et de la lumière de la lune qui argentait la surface des bassins et de l'étang d'agrément. C'était une bien jolie nuit pour se promener ainsi, bien qu'un peu fraîche. Esme frotta ses bras en regrettant de ne pas avoir pris un châle, avant de quitter la maison.

Elle croisa plusieurs couples bras dessus, bras dessous et un joyeux groupe qui plaisantait et parlait fort à la lueur de la lune. Mais il n'y avait pas trace de John et elle commençait à s'éloigner du château. L'allée n'était plus éclairée. Sans doute Miranda pensait-elle que les invités n'étaient pas censés se risquer jusque-là. Mais Esme n'était pas tout à fait une invitée, n'est-ce pas ? Plutôt une résidente et puis, elle n'avait rien à craindre sur les terres du duc. D'ailleurs, la pleine lune éclairait très bien son chemin. Allons, juste un tout petit peu plus loin…

— Vous me cherchiez ?

Venue de nulle part, la voix de John lui coupa le souffle.

— Non ! Je veux dire… oui… je voulais…

Mais les mots se figeaient dans sa gorge.

— Je vois bien, ma jolie. Toute seule au bout du jardin et loin des autres invités… Mais je vous ai déjà dit non. Croyez-vous donc que je changerais d'avis en vous voyant vêtue de satin, avec des étoiles dans vos yeux ?

Il s'avança tranquillement vers elle. Ses mouvements avaient la grâce d'un félin et ses pas ne faisaient aucun bruit sur le gravier de l'allée.

Etait-il différent ou bien était-ce le clair de lune et le champagne qui semblaient le rendre plus dangereux qu'à la lumière du jour ? Elle le regarda, en essayant de lire dans ses pensées et en ignorant le frisson qui la parcourait à se trouver si proche de lui.

— De tous les hommes les plus odieux, vous êtes…

Il haussa les épaules.

— Mais bien sûr… Je me tue à vous le dire.

Elle secoua la tête.

— Vous mériteriez que je trouve quelqu'un d'autre !

— Je mériterais… ? Hélas, Esme, ce ne serait pas ma première occasion manquée. Cela fait un peu mal mais on y survit, et il serait tout à fait suicidaire de votre part d'affronter le déshonneur avec moi, alors qu'il y a ici pléthore de messieurs respectables, que vous pouvez choisir sans déchoir.

Ce fut le tour d'Esme de lui rire au nez.

— Des messieurs respectables, vraiment ! Et que

feront-ils quand ils apprendront que ma famille n'a pas un sou pour payer tout ceci ?

Elle montrait sa robe, ses chaussures et les bijoux prêtés par Miranda.

— Je suis sûr que beaucoup…

— Vous êtes peut-être un débauché, mais je crois que vous êtes surtout un naïf, John. Hors du consentement de mon père, je n'ai rien qui m'appartienne. Bien sûr, je peux attendre l'âge de m'en passer et faire ce qui me plaît. Mais comment survivre ? Je n'ai pas d'argent par moi-même et ne connais aucun métier. Je ne m'illusionne pas au point de croire que je suis d'une beauté suffisante pour que, devant moi, les hommes perdent leur bon sens ! Il semble par ailleurs que les jeunes filles du voisinage aient déjà jeté leur dévolu sur ces mêmes hommes, parmi lesquels Miranda voudrait que je choisisse. Quoiqu'ils me trouvent probablement distrayante, ils choisiront sans doute, au moment de se marier, des filles du genre de celles qu'ils connaissent.

Elle regarda le château, au bout du jardin, et sourit.

— En fait, j'ai déjà envoyé le premier candidat porter secours à une jeune fille très indisposée de me voir le monopoliser tout au long de la soirée. S'il a pour deux sous de bon sens, il profitera de ce trajet en voiture fermée pour la persuader qu'elle n'a rien à craindre de moi et que ce n'est pas moi qui suis l'objet de ses attentions. Dans ce cas, je crois que la demoiselle en question pourra faire évoluer la situation en sa faveur, en feignant l'évanouissement, par exemple. Si le gentleman ne se sent pas poussé à l'initiative alors que la femme qu'il aime se pâme dans ses bras, alors c'est à désespérer…

John éclata d'un rire joyeux.

— Vous lui avez tendu un piège afin qu'il épouse

quelqu'un d'autre ? Esme, ma chère, je crois que le principe même de la chasse au mari vous échappe.

— C'est pour son bien, je vous assure. Miranda n'y voyait pas malice, mais il me paraît évident que ce M. Webberley n'est pas fait pour moi. Je ne pouvais pas le chiper à cette pauvre demoiselle…

Elle se détourna de lui, les yeux fixés sur les arbres du parc, et serra les bras autour de sa poitrine. Il ne faisait vraiment pas chaud.

— Je n'aurais jamais dû accepter de venir ici, murmura-t-elle. C'était folie de croire que je pourrais résoudre à la campagne des problèmes qui m'accablaient chez mon père. Et puis, ce n'est pas bien que Miranda soit obligée de s'occuper de moi…

Elle le sentit qui s'approchait d'elle. Une vague chaleur l'enveloppa aussitôt.

— Ne vous inquiétez pas, lui dit-il. Vous n'êtes pas du tout un fardeau pour ma famille. Miranda est ravie de vous avoir ici. Tâchez donc de vous détendre et faites-lui confiance : elle vous trouvera le candidat idéal.

— Et si je n'en veux pas ?

Elle n'avait pas eu l'intention d'être tout de suite aussi franche, mais les mots étaient sortis tout seuls et il était trop tard pour les retenir.

— Vous n'allez pas recommencer, n'est-ce pas ? Petite folle que vous êtes ! Je croyais avoir été assez clair ; il n'y a qu'une seule chose que je puisse vous donner…

Esme se tourna pour lui faire face. Elle était tout près de lui. Il lui aurait suffi d'ouvrir les bras pour l'enlacer.

— C'est précisément cela que je veux. Mais vous ne voulez pas me l'offrir pour autant.

Elle sentit qu'il se raidissait, mais il ne s'écarta pas.

— Vous offrir quoi ? La ruine de votre réputation ? Une mort sociale assurée ?

Il s'approcha encore et elle sentit ses mains sur sa taille, qui l'attiraient à lui.

— Le mal serait déjà fait, d'ailleurs, si quelqu'un nous surprenait ici.

Il se pencha et ses lèvres effleurèrent les cheveux d'Esme.

— Vous devriez savoir qu'il ne faut jamais encourager un homme à prendre des libertés avec vous, et surtout pas un homme comme moi... Vous avez de la chance que, depuis peu, j'aie appris à me tenir.

Il l'écarta de lui et fit mine de vouloir tourner les talons.

— Appris à vous tenir, vous ?

Elle le revoyait en train de se disputer avec sa maîtresse au vu et au su de tous et ne put se maîtriser : ce souvenir la fit éclater de rire. Alors il revint vers elle, la prenant par le menton pour lui faire lever les yeux vers les siens.

— Après tout peut-être, lui dit-elle bravement. Oui, peut-être ne méritez-vous pas votre sulfureuse réputation...

Sa voix baissa jusqu'à n'être plus qu'un murmure.

— Je suis près de vous, nous sommes seuls dans le noir et tout ce que vous faites, pourtant, c'est parler... En effet, ce n'est pas le comportement d'un libertin.

Il l'attira de nouveau contre lui et ses lèvres cherchèrent les siennes.

— J'ai fini de parler, murmura-t-il d'une voix rauque. Ouvrez un peu cette bouche, que je vous embrasse mieux que cela.

Surprise, elle obéit, se demandant un peu ce qu'il voulait dire exactement par là, mais elle ne fut pas longue à se poser la question, car tout de suite, la langue de John fut en elle, roulant et caressant la sienne, tandis que d'une main, il lui maintenait la nuque, si bien qu'elle ne pouvait s'échapper.

Elle n'en avait d'ailleurs pas la moindre envie… Esme se détendit et laissa John prendre sa bouche. Elle se pressa contre lui, avide de nouvelles sensations, glissa ses bras nus sous la jaquette de son habit de soirée en se laissant envelopper dans sa chaleur. La fraîcheur de la nuit était bien oubliée…

Elle s'appliquait à lui rendre son baiser, mais au bout de quelques secondes de ce manège, il s'écarta brusquement en repoussant les mains de la jeune fille.

— C'est bien ce que je pensais, dit-il avec humeur. Totalement inexpérimentée !

— Ai-je… fait quelque chose qu'il ne fallait pas ? Parce que je peux apprendre…

Elle essaya de poser sa main sur le bras de John, mais il la repoussa de nouveau, sans douceur.

— Oui, sans doute, si j'avais la moindre envie de devenir votre professeur. Seulement voyez-vous, je préfère une femme qui sait ce qu'elle fait, plutôt qu'une timide et hésitante jeune fille qu'il faut soigneusement éviter d'effaroucher ou de choquer. Je n'ai aucun goût à jouer les initiateurs. Le jour où je voudrai une vierge pour mieux m'ennuyer au lit, je réfléchirai. Mais pour le moment, chère Esme, vous ne pouvez m'offrir ce que j'aime chez une femme. Epousez donc un de ces jeunes godelureaux qui vous attendent dans la salle de bal. Entrez dans la danse, puis dans un an ou deux, quand votre mari et vous serez suffisamment lassés l'un de l'autre, alors revenez me voir, riche de votre expérience acquise et nous nous entendrons parfaitement. Mais pour le moment, s'il vous plaît, laissez-moi donc en paix !

Ce n'était plus de froid qu'Esme tremblait, c'était de

honte. Elle prit ses jambes à son cou et courut vers le château, loin de cet homme qui la rejetait et la blessait.

John observa Esme s'éloigner. Il sentait toujours en lui la vague de désir qui l'avait envahi et refusait de refluer. Elle s'était accrochée à lui, avait pressé son corps contre le sien, gémi doucement quand il prenait sa bouche. Et puis sa langue, sur la sienne… Cela aurait été si facile !

Il ferma les yeux et dit tout haut, vers un point, quelque part dans l'obscurité :

— J'espère que tu as tout vu ?

Son frère sortit de derrière un arbre et s'avança vers lui.

— Bien sûr que j'ai tout vu, tu savais que j'étais là, nous sommes sortis ensemble dans le jardin…

— Tu aurais tout de même pu nous laisser seuls, au lieu de rester dans le noir à me regarder l'embrasser. Quel rôle joues-tu ? Chaperon ou voyeur ?

John s'attendait à une réplique cinglante de Marcus, une explosion de colère, mais celle-ci ne vint pas.

— J'espérais que tu ferais ce que nous t'avions demandé de faire et rien de plus, répondit-il. Je te faisais confiance.

John regarda attentivement son frère, dont le visage était aussi impénétrable que l'obscurité qui régnait autour d'eux dans le jardin.

— Tu me faisais confiance, mais pas assez pour me laisser seul avec elle. Je te remercie, mon cher frère, ta… confiance, comme tu dis, me va droit au cœur.

Il y avait de la lassitude dans la voix de Marcus quand il répliqua :

— Après ce qui s'est passé autrefois, crois-tu vraiment que je puisse faire autrement ?

— Je suppose que non, soupira-t-il. Mais je pense avoir fait ce que Miranda demandait : je lui ai brisé le cœur en autant de morceaux que possible. Pourrais-je m'en aller, à présent ?

Il y eut un long silence, durant lequel John attendit la réponse de Marcus, désirant et redoutant à la fois son verdict. Alors, le duc haussa les épaules.

— Si tu la laisses désormais tranquille, tu peux bien rester ou partir, comme tu voudras.

Figé comme une statue, John réfléchit aux paroles de son frère. Ainsi, Marcus se moquait qu'il demeure à Haughleigh ou bien qu'il rentre à Londres. Il n'était pas habitué à tant d'indifférence, mais plutôt à une animosité ouverte et au rejet. Ce soir, son frère et lui avaient discuté d'une façon presque normale, sans agressivité. Peut-être y avait-il de l'espoir, après tout…

— Crois-moi, répliqua-t-il, je n'ai pas l'intention de la séduire et j'espère vivement qu'elle me laissera en paix, elle aussi.

Pourtant, il en doutait. Au contraire, il était certain qu'Esme ne le laisserait pas tranquille un instant, s'il restait.

— Tu connais les règles et on dirait que tu acceptes de les observer. Alors, fais comme bon te semble.

John adressa un sourire ironique à son frère.

— Je crois plutôt que je devrais faire ce que toi, tu veux, remarqua-t-il.

— Cela te pose-t-il un problème ?

— Jusque-là, non. En fait, tu ne m'as rien… suggéré que je n'avais l'intention de faire avant de venir te voir. Il est simplement désagréable d'en recevoir l'ordre.

Marcus allait répliquer quelque chose, mais John le coupa avant qu'il ait pu ouvrir la bouche.

— Tu sais, je n'ai plus cinq ans, ni même vingt. Si tu ne me traites pas comme un enfant gâté, je promets de ne pas me conduire comme si j'en étais un.

Le rire de son frère résonna dans le silence et le surprit.

— Très bien, alors reste, si tu veux.

Sur ces mots, le duc tourna les talons et rentra au château, laissant John seul dans le silence et l'obscurité.

# Chapitre 7

Comme toujours à Haughleigh, le petit déjeuner était délicieux et Esme tentait de faire la part des choses en se concentrant sur ce qui était positif. Le bal de la veille n'avait certainement pas été un triomphe mais il avait été bien plus agréable que tous ceux auxquels elle avait assisté jusque-là. Miranda avait veillé à ce qu'elle soit à son avantage et beaucoup des messieurs avec qui elle avait dansé lui avaient fait de beaux compliments. La musique avait été enivrante, le champagne aussi, ainsi que le dîner. Quant à elle, elle avait été la reine de la soirée.

Bien sûr, elle n'avait pas été fiancée, contrairement à ce que Miranda avait espéré, mais pour une première présentation à la société des environs, tout s'était bien déroulé. Il aurait été très ambitieux de vouloir la marier dès sa première soirée. Esme ne s'inquiétait pas de ne pas avoir reçu de demande.

Au lieu de cela, elle avait sauvé la mise à une soi-disant rivale et avait acquis le respect, ainsi que la gratitude, de toutes les jeunes filles à marier présentes à la fête. Cela pouvait forcément être mis à son actif…

Et puis elle avait reçu son premier baiser. Son cœur battit plus vite à ce souvenir. Cela avait été tout à fait délicieux, au début. Le goût de la langue de John, de ses lèvres, la chaleur de son corps, sa force, c'était tout ce dont elle avait pu rêver. Si seulement elle avait pu oublier les derniers instants, ceux où il s'était moqué d'elle et l'avait durement repoussée, alors cette nuit aurait été la plus belle de sa vie.

Elle leva les yeux. De l'autre côté de la table, John était aussi charmant, aussi chaleureux qu'à son habitude. Puisqu'il n'avait même pas eu l'élégance de quitter le château, il aurait pu au moins avoir la décence de la laisser tranquille, de continuer à lui battre froid, comme la veille. A bien y réfléchir, il y avait tout de même pour elle quelques motifs de satisfaction : il semblait avoir passé une fort mauvaise nuit. Sans doute avait-il fait quelques excès de boisson, car ses yeux étaient rouges et sa main tremblait. De même, le moindre bruit, tintement de fer ou de porcelaine, semblait lui être difficilement supportable. Esme racla intentionnellement sa fourchette sur le rebord de son assiette et elle eut la satisfaction de le voir tressaillir et fermer les yeux.

Le duc, à qui on venait d'apporter le courrier, tendit une enveloppe à la jeune fille.

— Une lettre de votre père, mademoiselle Canville. Il s'enquiert probablement de votre santé.

— Merci, Votre Grâce.

Elle prit le pli et eut la satisfaction de constater qu'elle ne tremblait pas en brisant le cachet.

*Ma chère fille,*

*J'espère que cette lettre te trouvera en bonne santé…*

En pensée, Esme entendit son père prononcer ces mots tout simples et sa bouche s'assécha, tandis qu'elle s'imaginait combien il avait pu y mettre de venin.

Elle but une gorgée de thé avant de continuer sa lecture.

*Je ne sais quelle coupable fantaisie t'a poussée à quitter la maison ce fameux soir. Espérais-tu échapper aux responsabilités qui t'incombent ? Plus vite tu accepteras la vérité, oublieras toutes ces folies et rentreras à la maison et mieux cela vaudra pour toi, comme pour moi. Tu sais que je n'aime guère attendre...*

Esme se souvenait de la dernière fois où elle avait défié l'autorité paternelle. Son père recevait quelques amis à dîner et elle avait refusé de jouer les maîtresses de maison, en raison d'une forte migraine. Il n'avait pas vraiment besoin d'elle pour cela ; le dîner était prêt et la table de jeu avait été dressée dans la bibliothèque pour la suite de la soirée. De toute façon, le groupe de vieux messieurs qui étaient les invités habituels faisait rarement attention à elle, ne la remarquait pas pendant le dîner et à peine quand elle se retirait. Pourtant, son père avait insisté pour qu'elle soit présente. Esme avait fait la sourde oreille, refusant de quitter sa chambre et se blottissant sur le lit avec l'impression qu'un étau lui broyait le crâne. Pourquoi aurait-elle dû s'asseoir au milieu des invités en souffrant ainsi le martyre ? Elle n'aurait pu que l'embarrasser devant ses amis, il devait bien le comprendre...

Finalement, il était monté la chercher. Sa voix, à travers la porte, était restée raisonnable. Il ne l'avait pas élevée de peur que quelqu'un l'entende et le découvre dans une situation embarrassante.

— Ne rends pas les choses plus difficiles, Esme. Tu sais que ma colère grandit en même temps que mon impatience.

Elle avait murmuré qu'elle était désolée, sachant trop bien ce qui allait suivre. Puis, assez fort pour qu'il puisse entendre, elle avait répondu :

— Je suis désolée, Père. Je me sens trop mal pour pouvoir être des vôtres.

La voix se fit plus sèche et plus insistante.

— Tu n'échapperas pas à ta punition en me faisant attendre. Je commence à compter… lentement… un, deux, trois…

Fallait-il s'excuser encore ? Serait-ce pire, s'il devait forcer la serrure et l'entraîner au-dehors ?

Esme s'était levée et avait déjà la main sur le bouton de porte.

— Quatre, cinq, six…

La canne de son père marquait impatiemment le rythme, sur le dallage du corridor.

Esme s'était assise au bord du lit, figée, sachant bien que c'était folie d'attendre ainsi, mais trop effrayée pour pouvoir seulement oser ouvrir la porte.

— Sept, huit…

Finalement, elle avait surmonté sa peur et tourné le bouton.

— Je suis désolée, Père, vraiment désolée.

Sans un mot de plus, il l'avait repoussée dans sa chambre et avait refermé la porte. Alors, il l'avait plaquée contre le mur et avait commencé à compter en la frappant sur le dos et les épaules. Il avait compté jusqu'à huit, avant de la regarder avec indifférence s'effondrer sur le sol à ses pieds.

— La prochaine fois, tu descendras plus vite quand on t'appelle, lui dit-il. Tu sais que je n'aime pas attendre. Maintenant, arrange-toi un peu et viens déjeuner. Les invités doivent se demander ce qui se passe.

— Esme ?

La voix était bien réelle et la ramena à l'instant présent. Elle ouvrit les yeux et vit le regard inquiet de John, posé sur elle.

— Quelque chose ne va pas ?

— Non, non, tout va bien.

— On ne le dirait pas. Cet air, sur votre visage…

— N'est pas plus inquiétant que celui que vous arborez sur le vôtre, j'en suis certaine. Vous êtes bien placé, je pense, pour savoir quelle peut être la conséquence d'un excès de vin et d'un manque de sommeil ? Vous devriez compatir, au lieu de me faire les gros yeux !

Elle se frotta les tempes, comme si elle essayait d'apaiser une migraine imaginaire.

Les yeux de John s'étrécirent.

— Trop de vin ? Quand vous m'avez quitté, hier soir, au jardin, vous ne sembliez pas avoir trop bu.

— Plus que de raison, je vous assure, répliqua-t-elle du tac au tac.

— Vraiment ? Moi qui croyais que vous m'en vouliez encore…

Avant qu'elle n'ait recouvré tout son contrôle sur elle-même, John avait ramassé la lettre sur la table, là où elle l'avait laissée.

— John, l'avertit Miranda, laissez notre amie tranquille !

Esme sursauta et rougit de honte. Elle avait oublié qu'ils n'étaient pas seuls. Miranda et le duc la regardaient tous deux avec inquiétude.

John déplia la lettre.

— Je vous prie de me pardonner cette impertinence, lui dit-il.

Il jeta un coup d'œil rapide sur le texte.

— J'avais peur qu'il y ait là-dedans quelque chose qui doivent nous alerter… Mais cela ne semble pas être le cas. Tout ceci semble bien innocent.

Pâle de fureur, Miranda se tourna vers son beau-frère.

— Cela ne vous donne pas le droit de lire une lettre

qui ne vous est pas adressée, lui dit-elle. Rendez-la-lui immédiatement et faites-lui vos excuses !

— Ce n'est rien, dit Esme aussi calmement que possible.

Elle se remit à manger, feignant un appétit aussi féroce que soudain.

— Il n'y a vraiment pas de mal…

John la regardait toujours, elle pouvait sentir ses yeux sur elle, si brûlants qu'elle ne put s'empêcher de lever les siens à leur rencontre.

— Je crains bien que si. Je suis désolé, Esme. Je vous fais mes plus humbles excuses pour tout le mal que je vous ai fait.

Il avait prononcé ces mots lentement et avec tant de conviction qu'elle soupçonnait que ce n'était pas tant de la lettre, qu'il parlait, que de ce qui s'était passé la veille.

— Ce n'est rien, vraiment, murmura-t-elle en baissant les yeux sur son assiette.

Elle l'entendit qui repliait la lettre et la lui glissait sur la table, devant elle. Elle s'en saisit prestement et la mit dans sa manche.

— Esme ?

Sa voix était douce, mais insistante.

— Esme, regardez-moi.

Elle leva les yeux, de nouveau. Le visage de John était grave, mais avenant et ouvert.

— Je suis désolé de vous avoir… rendue malheureuse. Je vous assure qu'il vaut bien mieux que Miranda et mon frère trouvent pour vous une meilleure solution…

Il s'interrompit.

— Et quand bien même ils ne pourraient pas la trouver, il n'y a rien que je pourrai faire pour vous, vous comprenez ? Même si cela vous a paru très cruel sur le moment, je vous assure que ce n'était que pour votre bien.

Sur ce, il avança sa main et pressa doucement la sienne. Le cœur d'Esme fit un bond à ce simple contact, mais elle répondit néanmoins d'une voix soumise :

— Merci, John, je comprends.

Elle comprenait surtout qu'il voulait peut-être son bien, mais ne se préoccupait pas de savoir ce qu'elle désirait, elle. A présent qu'elle avait échappé à la tyrannie de son père, elle ne se donnait pas longtemps pour apprendre à John Radwell ce qui était bon pour eux deux.

Esme sourit au-dessus de ses œufs et reprit une bouchée.

John ferma les yeux et des taches de soleil dansèrent longtemps derrière ses paupières closes. Au-dessus de lui, la brise agitait les feuilles. Il était bien plaisant d'être assis ainsi sous les arbres du parc, en se demandant simplement si une petite sieste avant le déjeuner serait en mesure de lui ouvrir l'appétit.

Mieux valait pourtant ne pas trop s'habituer à ce genre de plaisir. S'il restait trop longtemps au château de son frère, Marcus ne tarderait pas à s'interroger sur ses réelles motivations. Pas question de lui dire que ses poches étaient vides et qu'il avait besoin qu'on lui fasse la charité. C'était fini, cela. L'humiliante vérité, le fait qu'il ne pouvait pas même se permettre de vivre ailleurs que sous le toit d'un membre de sa famille, ruinerait à jamais ses efforts pour prouver au monde entier qu'il était bel et bien capable de s'en sortir tout seul.

Les rayons du soleil réchauffaient son visage. Un tiède et doux soleil anglais, songea-t-il. Finis les printemps portugais, tantôt pluvieux et glacés, tantôt brûlants comme l'été. Finies les batailles et les tueries. C'était du passé.

Au temps où il n'avait encore jamais entendu parler d'Esme Canville...

Comment pouvait-il se détendre alors qu'il devait se garder constamment de cette fille ? Il lui avait dit aussi doucement, aussi poliment que possible, au petit déjeuner, que rien n'était possible entre eux. Elle avait souri de son sourire mystérieux, et avait paru tout à fait d'accord. Si vite et avec tant de facilité qu'il la soupçonnait de ne pas l'être du tout. S'il n'y prenait pas garde, il se trouverait bientôt dans la position ridicule d'un homme obligé de défendre son honneur en face d'une jouvencelle !

L'idée le fit sourire. La vie était beaucoup plus simple cinq ans auparavant, quand il n'avait pas d'honneur à défendre. En ce temps-là, il aurait regardé les beaux yeux bleus d'Esme et aurait succombé sans l'ombre d'une hésitation. Il imagina alors ce qui se serait produit ensuite et se laissa dériver vers une douce rêverie où la charmante et consentante Esme tenait le premier rôle, tandis qu'il se laissait bercer par le bourdonnement des insectes au-dessus de sa tête.

Mais avant de sombrer tout à fait dans ce qui promettait d'être un rêve passionnant, il fut ramené à la réalité par des voix d'enfants, encore lointaines et qui se rapprochaient. Celle d'une fillette, un peu hésitante, et celle d'un garçon, plus ferme et insistante.

Il sourit. Le futur duc, le fils de Marcus, s'essayait visiblement à l'autorité... John se leva et se dirigea vers eux, se guidant au son de leurs voix. Ce n'était en rien une violation des ordres de son frère, puisqu'il s'agissait seulement d'observer les deux enfants à distance.

— On n'a pas le droit, disait la petite Charlotte. Nounou ne sait pas où nous sommes. Elle sera fâchée...

— Elle ne va pas nous chercher tout de suite, Lottie.

A quoi ça sert d'être à la campagne, si c'est pour rester enfermés à apprendre ses leçons, comme d'habitude… Et puis, tu veux voir les chevaux, n'est-ce pas ?

Le petit John tirait sa sœur par la main, mais celle-ci refusait de bouger. En fait, elle paraissait réfléchir. Au bout de quelques instants, d'une voix hésitante, elle répondit :

— Bon, d'accord !

— Bien ! Alors, on va aux écuries.

John regarda autour de lui. Pas de trace de ladite Nounou, la nurse des enfants. Au diable les règles édictées par Marcus ! Il était leur oncle et ne pouvait laisser ces deux-là sans protection. Il les suivit donc à distance, tandis que le petit Johnny traînait toujours sa sœur vers les écuries, devant parfois redoubler d'éloquence pour la faire se remettre en marche.

Quand ils parvinrent au bâtiment bas qui abritait les chevaux, John s'attendait à voir paraître un palefrenier, qui les renverrait immédiatement au château. Mais aucun adulte n'était en vue. Il hésita un instant, puis leur emboîta le pas à l'intérieur.

Il faillit faire un bond quand il les vit tout deux plantés devant un étalon, directement à la portée de ses redoutables sabots. L'animal les regardait avec méfiance, les oreilles déjà couchées, tandis que le futur duc expliquait à sa sœur que ce serait là sa monture, une fois qu'il en aurait parlé à leur père.

John s'avança, doucement, pour ne pas effrayer l'étalon, posant sa main sur son encolure et se plaçant entre lui et les enfants.

— Ce ne sera jamais ton cheval, mon garçon, si ton père te prend à venir ici sans sa permission. Les chevaux peuvent être dangereux avec les gens qu'ils ne connaissent pas. Je suis sûr que ton papa ne verra aucun inconvénient à te les montrer lui-même, si tu le lui demandes.

Le petit garçon fit la moue.

— Il n'a pas le temps, grogna-t-il.

— Peut-être pas aujourd'hui, mais il le fera, j'en suis sûr.

— Il dit que toi et lui, vous vous sauviez tout le temps et que vous aviez plein d'aventures, quand vous étiez petits, dit Johnny.

John oublia un instant les enfants pour se replonger avec tendresse dans ses propres souvenirs d'enfance. Mais il ne fallait pas trop s'attendrir.

— Il t'a dit aussi tous les ennuis que nous avions, quand nous faisions cela ? Nous étions lourdement punis par grand-père, pour des bêtises comme celle que vous êtes en train de faire. Nous étions deux garçons et nous l'avions bien mérité. Mais ça te plairait que ta petite sœur paye pour tes bêtises ?

Johnny parut légèrement déstabilisé.

— Ou bien qu'elle reçoive un coup de ces gros sabots-là parce qu'elle se sera approchée trop près ?

Le petit garçon baissa la tête.

— Non, je n'y avais pas pensé…

— J'en étais sûr. Mais tu as le temps, il y aura de nombreuses aventures, été après été. Un peu de patience, mon garçon… Ne fonce pas la tête la première sinon tu feras blanchir les cheveux de tes parents avant l'âge. Aujourd'hui, il n'y a pas de mal et si vous vous dépêchez, vous pouvez rentrer au château sans que Nounou ne vous voie. Passez par le potager et par la cuisine, personne ne se rendra compte de votre désobéissance. Votre père et moi nous l'avons souvent fait. Allez, filez !

Les enfants ne se le firent pas dire deux fois et John

exhala un soupir de soulagement en les voyant tourner l'angle du bâtiment.

— John Radwell prêchant la patience et l'obéissance ? dit une voix qui s'élevait calmement d'un coin sombre. Qui l'eût cru ?

John sursauta en reconnaissant son frère.

— Ce sont tes enfants, répliqua-t-il. Tu aurais pu leur faire la leçon toi-même.

Marcus entra dans l'écurie et referma la porte derrière lui.

— Et manquer ce beau discours ? J'étais venu chercher les enfants, justement. Je sais que les petits garçons sont toujours attirés par les chevaux.

John hocha la tête.

— Seulement je ne m'attendais pas à te trouver avec eux…

Il y avait de la tension dans la voix de Marcus.

— Je croyais t'avoir dit de te tenir à l'écart de ma famille…

— Pour les préserver du mauvais exemple ? Car je suppose que si j'en étais un bon, la règle ne s'appliquerait pas…

Il tapota l'encolure de l'étalon, qui secoua la tête et montra les dents.

— Et lui, tu l'as vu ? demanda-t-il en regardant son frère. Je ne pouvais pas laisser tes enfants se mettre en danger et me retrancher derrière l'observation des règles, n'est-ce pas ?

— Tu aurais pu, dit doucement Marcus. Johnny est l'héritier du titre. Il est sur ton chemin.

— Quel chemin ? Je n'ai aucun désir de devenir duc, tout cela m'est passé, avec d'autres folies de jeunesse. Je me suis beaucoup fourvoyé et je le sais. Pour ce qui est du domaine, les fermiers ont l'air prospère, le château est bien tenu. Depuis que tu y sièges, on n'entend pas davantage de sottises proférées à la Chambre des Lords qu'auparavant. Non, la terre et le titre sont à toi et ils te vont bien. Tu peux en jouir autant que tu voudras.

— Tu as vraiment changé, alors ?

John caressa un instant la tête de l'étalon, sans répondre, puis il soupira :

— Tu vois, je n'ai jamais commis de crime fratricide, même si je t'en ai autrefois menacé. Ce n'était pas de véritables menaces, au fond, et je n'étais pas un aussi grand danger que tu le croyais ou que je le croyais moi-même. Mais si j'ai changé, c'est parce que j'étais assez sage pour m'interroger sur mon propre compte et pour faire le bilan de mes actions.

Il pouvait lire clairement la surprise, sur le visage de son frère.

— Et l'autre jour, à déjeuner ? demanda celui-ci.

— Je te l'ai dit, je faisais la sieste, soupira John. Dans ma chambre, comme celle que j'essayais de faire tout à l'heure sous un arbre du parc, quand j'ai vu passé les enfants qui se dirigeaient vers l'écurie.

— Il y a une raison pour laquelle tu n'arrives pas à dormir dans ton propre lit la nuit, qu'il te faille dormir le jour ? insista Marcus. Une conscience pas très tranquille, peut-être…

— Figure-toi que c'est à peu près ça, je dois l'admettre. Quand on a passé quelque temps à la guerre, il arrive que l'on ait peur de fermer les yeux. Parce que l'on voit toujours les mêmes choses, toutes les nuits, des rêves extrêmement réalistes et que l'on aimerait bien ne pas refaire, encore et encore…

Marcus hocha la tête, par un réflexe de sympathie involontaire.

— Je m'en arrange comme je peux, continua John. En prenant des drogues la nuit pour m'abrutir, et en essayant de prendre du repos le jour, comme je le peux. Au risque de te décevoir gravement, le seul service que je peux demander à tes femmes de chambre, c'est de me réveiller, si elles me voient m'enfoncer dans un cauchemar.

— C'est effrayant, dit son frère, impressionné, tu parles comme un vieillard.

John eut un petit rire bref.

— Oui, la guerre te fait vieillir avant l'âge. Mais vois-tu, la nuit, quand je pensais à la mort qui pourrait survenir au matin, je me disais quel bonheur ce serait, si j'avais la chance de survivre, que de retourner chez mon frère. Car même si je me sentais vieux et affaibli, tu serais toujours plus vieux que moi. Etrangement, cela me faisait me sentir mieux…

Marcus eut un rire bref à son tour, mais plutôt joyeux.

— Je préfère t'entendre parler comme ça, John, lui dit-il.

Son cadet acquiesça.

— Je suis heureux d'y être tout de même parvenu, acheva-t-il. Pour résumer, j'éviterai ta famille, comme je te l'ai promis, sauf lorsqu'un danger peut la menacer, comme aujourd'hui.

Embarrassé, Marcus s'éclaircit la gorge.

— Il n'est peut-être pas nécessaire d'observer cette règle trop strictement. Si tu veux être un peu avec les enfants, je ne vois aucune raison de te l'interdire.

— Ton fils te ressemble beaucoup, non seulement physiquement, mais dans ses manières, aussi.

Il vit qu'il avait dit ce qu'il fallait, car Marcus se mit à rayonner de fierté.

— Je pense qu'il va être difficile, en grandissant,

répondit-il en jetant un coup d'œil en direction du château. Difficile et entêté, comme son père.

— Peut-être bien, mais tu auras une douce et jolie fille, pour compenser ces petits ennuis. Elle ressemble beaucoup à Miranda…

En entendant mentionner son épouse, Marcus ne dit rien, mais il y eut soudain comme un froid qui s'installa entre eux. Alors, John parla de nouveau.

— C'est vrai, j'ai été jaloux de toi sur ce point, autrefois. Ta femme est belle et charmante, tu ne peux pas le nier. Mais le temps a passé, sur cela, comme sur le reste. A présent, je t'envie, tout simplement, et j'espère un jour avoir la même chance que toi. Mais Miranda est ton épouse. C'est un chapitre clos.

Il plongea sa main dans la poche de sa jaquette et en sortit l'écrin du collier.

— Tiens, dit-il, et avant que tu regardes ce qui se trouve à l'intérieur, souviens-toi que la fierté court dans notre famille au moins autant que l'entêtement. Alors prends ceci et ne le refuse pas. Donne-le à ta fille, quand elle sera plus grande. Puisse-t-il lui porter bonheur, c'est tout ce que je souhaite.

Et avant que son frère ne réponde, John tourna les talons et s'en fut.

# Chapitre 8

De nouveau pris au piège d'un bal de présentation qu'organisait Miranda pour Esme, John serrait les dents et comptait les heures où il devrait se montrer aimable envers les invités de son frère et de sa belle-sœur. S'agissant des soirées dansantes ou autres, l'agenda des Haughleigh n'avait rien à envier au plus fort de la saison londonienne, entre celles qu'ils organisaient et celles où les invitaient leurs voisins. John en était malade ; la musique et la danse le tenaient éveillé presque toutes les nuits et le jour, les thés et les garden-parties, avec leurs joyeux participants qui envahissaient tous les recoins du château, l'empêchaient également de trouver le repos.

Sans le laudanum, il n'aurait pu fermer l'œil depuis des jours et des jours, et il se sentait épuisé. Il n'aurait rien aimé davantage qu'une soirée tranquille au coin du feu, avec un bon livre. Au lieu de cela, il devait rester en tenue de soirée durant des heures, en alerte et prêt à éviter les pièges que lui tendait la demoiselle Canville ou toute péronnelle des environs.

En fait, il les avait à peu près toutes effrayées par sa froideur et ses regards sombres. Toutes, sauf Esme.

Elle avait essuyé des rebuffades qui en auraient expédié plus d'une dans leur chambre, pour cacher leurs larmes. Mais les mots durs ne lui faisaient pas peur, la froideur ne l'impressionnait pas et si John se refusait à tenter de l'effrayer par des manifestations de lubricité, moyen d'intimidation bien trop dangereux à son goût, il soupçonnait que celles-ci seraient plutôt accueillie avec curiosité, qu'avec effroi…

Esme continuait imperturbablement à répondre à toutes ces provocations par un sourire patient et parfois même par un regard de connivence, qui laissait entendre qu'elle savait, au fond de son cœur, qu'il ne voulait pas lui faire de mal.

Et bon sang non, bien sûr, qu'il ne le voulait pas ! Et elle le savait aussi bien que lui. Jamais il n'aurait dû lui faire des excuses, pour ce baiser au fond du jardin. Mais ce matin-là, à la table du petit déjeuner, elle paraissait si triste et si solitaire que John n'avait pas pu le supporter. Comment voulez-vous apprécier vos œufs au bacon quand de jolis yeux bleus pleins de tristesse vous fixent par-dessus la table, vous brisent le cœur et vous coupent l'appétit ?

Il n'en restait pas moins vrai qu'en quelques mots, il avait détruit tous ses efforts de la soirée précédente pour dissuader Esme Canville de s'intéresser à lui. Depuis, il faisait tout ce qu'il pouvait en ce sens. L'embrasser entre les arbres du parc, cette nuit-là, avait été une prise de risque absolument contre-productive, même si Marcus, caché dans un coin, veillait au grain. Mieux valait conserver une distance prudente et faire le vide autour de lui par un jet continu de sarcasmes, propres à repousser toute créature femelle hors d'un rayon d'une lieue autour de lui.

N'importe quelle jeune fille sans expérience, traitée de cette façon, aurait dû prendre le large, et c'était d'ailleurs ce que toutes celles des environs avaient fait. Une femme expérimentée, confrontée au même procédé n'aurait pas davantage insisté, elle aurait répondu par de l'ironie, voire par une ostentatoire gentillesse pour l'embarrasser.

Esme, elle, présentait un curieux mélange de naïveté et de désenchantement qui agaçait John et l'intriguait à la fois. Il aurait presque souhaité…

Il se reprit avec vigueur. Il ne souhaitait rien du tout, rien d'autre que retrouver son appartement de Londres et ses habitudes de célibataire, loin de ces maudits bals, de ces orchestres et de ces bataillons de péronnelles bourdonnant comme des mouches autour d'un morceau de sucre. Après quelques jours de repos et une bonne nuit de sommeil, il trouverait un moyen de consolider la trêve fragile qui s'était établie entre son frère et lui, avant de le convaincre qu'assortir celle-ci d'une garde assidue aux côtés de Mlle Canville, de jour comme de nuit, n'était pas vraiment nécessaire et que le duc pouvait le laisser rentrer chez lui. De son côté, John pourrait donner régulièrement de ses nouvelles par courrier et revenir non moins régulièrement à la table familiale pour Noël et les jours de fête.

Appuyé contre le mur, il cultivait une attitude d'ennui distingué, en regardant les danseurs tourbillonner tout en s'efforçant de suivre le rythme de la musique. A cet instant, Esme passa devant lui avec un sourire resplendissant. Ses cheveux clairs étaient relevés sur sa tête, par une élégante coiffure en bandeau dans laquelle étaient piqués de petits boutons de roses. Le tissu doré de sa robe en satin éclairait joliment sa peau, que l'on devinait aux crevés de ses manches et à son décolleté. L'homme avec qui elle dansait lui murmurait quelque chose à l'oreille et les diamants qu'elle portait captaient la lumière des chandelles et tressautaient tandis qu'elle riait.

John s'attendait à ce que, très vite, elle regarde dans sa direction, cherchant sur son visage des traces de jalousie ou du moins d'intérêt, à la voir flirter avec un homme. C'était la même chose à chaque soirée que Miranda donnait.

Elle le suivait des yeux à travers la salle, comme un aigle surveille sa proie, guettant la moindre manifestation de sa part. Le fait de devoir se forcer à arborer toujours dans ces circonstances un air nonchalant et détaché était encore plus ennuyeux que ces soirées elles-mêmes et demandait à John encore davantage d'énergie.

Mais étrangement, ce soir, elle ne le regardait pas.

Il se sentait curieusement désemparé, comme si ce regard posé sur lui lui manquait. Pour le moment, elle ne regardait personne d'autre que son partenaire de danse et souriait à celui-ci.

Elle avait passé beaucoup de temps, beaucoup trop, en fait, avec ce godelureau. La plus grande partie de la soirée. John se força à essayer de retrouver son nom... Quelque chose de pompeux, peut-être bien avec un trait d'union. Pas de titre de noblesse ou bien un patronyme fameux, non, rien que de la prétention. Des vêtements de prix, mais pas de sources de revenus bien identifiés. Joli garçon, certes, du genre dont certaines sottes s'entichaient, mais certainement fat et bon à rien. Combien de danses avaient-ils partagées tous les deux ? Probablement assez pour que les langues commencent à se délier...

Au tour de piste suivant, la main du godelureau glissa sur la hanche d'Esme, la caressant au passage. Les yeux de la jeune fille s'agrandirent de surprise, mais elle n'eut pas l'air de se sentir insultée et elle ne repoussa pas la main de l'homme, lequel faisait semblant de ne s'être aperçu de rien, pour que son geste paraisse tout à fait accidentel.

A cet instant, John se rendit compte qu'il observait la scène avec les poings serrés. Il détendit ses doigts et son regard revint immédiatement se poser sur les danseurs.

Le morceau de musique était terminé et le godelureau entraînait Esme au-delà du buffet, puis de la salle de bal vers les marches qui menaient au jardin. John sentit ses cheveux se hérisser sur sa nuque. Là, on allait droit aux ennuis. Il fit le tour de la salle du regard. Marcus remplissait ses obligations d'hôte à l'autre bout, ignorant tout de ce qui se tramait. Et Miranda ? A quoi pensait-elle donc de laisser cet homme entraîner Esme au-dehors ? C'était un coureur de dot, à l'évidence, et la jeune fille était bien trop inexpérimentée pour pouvoir se méfier.

Il fallait donc que ce soit lui, John, qui se préoccupe de la situation. C'était d'une ironie exquise…

Il les suivit à distance. Le godelureau avait niché le bras d'Esme au creux du sien et elle se penchait vers lui, d'une façon que John jugeait beaucoup trop proche pour deux personnes qui venaient de faire connaissance et dont l'une des deux était une pure jeune fille.

Il les observa en train de bavarder…

Le sourire du garçon était aimable et paraissait franc, mais dans ses yeux John put déceler une lueur qui dénonçait le prédateur, de même qu'une certaine dureté autour de la bouche, camouflée derrière un sourire ironique. Ce type était visiblement en train d'évaluer la richesse d'Esme, en l'interrogeant sur son père, à la recherche de tout renseignement pouvant lui être utile. Et ce qu'elle lui répondait devait lui plaire, car il se rapprochait d'elle encore.

Esme le regardait, lui souriait de toutes ses dents, penchait la tête en l'écoutant et en lui montrant son cou magnifique. Décidément, elle était trop près de lui, bien trop près. Sans doute croyait-elle cela nécessaire pour mieux suivre la conversation et l'autre s'en rendait bien compte, car il parlait visiblement de moins en moins fort, pour lui faire tendre l'oreille.

Le vaurien ! De nouveau, le poing de John se serra

dans sa poche. Retournant vivement dans la salle de bal, il appela son frère à le rejoindre. Marcus approcha.

— Tu m'as appelé, tu t'amuses ?

— Pas du tout, je m'ennuie à périr.

— Tu parais bien agité pour quelqu'un qui s'ennuie…

Le petit sourire satisfait de Marcus, son air entendu étaient des plus agaçants.

John montra ceux qu'il surveillait dans le jardin.

— Je regardais ce type, là, qui discute avec Esme.

— Smythe ?

Marcus haussa les épaules.

— Il est depuis peu dans les parages et déjà très populaire auprès de ces dames. Miranda le considère comme une « possibilité ».

John fit la grimace.

— Eh bien, si tu veux mon avis, tu ferais bien de tenir ce personnage à l'œil, si tu veux jouer les chaperons.

— Qu'est-ce qui te fait dire ça ?

— Mais regarde-le, voyons ! répliqua John en ne faisant aucun effort pour dissimuler son dégoût.

Marcus ne semblait pas convaincu.

— Eh bien quoi ? Ils vont très bien ensemble !

— Je te parie que c'est un coureur de dot…

— Tu peux parier, mais tu perdrais. Pour ce que je sais, sa réputation est sans tache.

— Tu ne sais peut-être pas tout. Il est possible que certaines choses t'échappent.

Marcus eut un rire bref.

— Au moins, je lui ai déjà parlé, ce qui n'est pas ton cas. Toi, tu n'as aucun élément du tout.

— Je sais ce que je vois. Ce type a l'air faux.

— Et en quoi cela te regarde-t-il ?

Marcus examinait son frère avec bien plus d'intérêt qu'il ne surveillait ses invités.

— En rien ! Je veille simplement aux intérêts d'Esme, c'est tout. Nous faisons tout cela pour elle, non ?

— Tu as davantage l'air d'un amoureux jaloux que d'un ami inquiet, fit remarquer son frère.

John émit une sorte de petit rire bref, sec et agacé.

— Ne sois pas ridicule, je me sens responsable de ce qui lui arrive, c'est tout. J'ai besoin de savoir qu'elle aura un meilleur destin que celui auquel elle tente d'échapper chez elle.

— Tu devrais lui faire confiance pour cela, alors…

— Non, je ne la trouve pas du tout raisonnable. Aussi jolie qu'elle puisse être, je trouve qu'une telle petite tête de linotte ne devrait jamais sortir sans un chaperon.

Marcus sourit.

— On dirait qu'elle t'aime bien, elle aussi.

— Voilà ce que j'appelle une évidence !

— Pense ce que tu voudras, mais Esme est parfaitement en sécurité parmi mes invités. Si tu tiens absolument à ce qu'elle danse avec quelqu'un d'autre, c'est ton problème, à toi.

Et sans écouter davantage les protestations de son frère, Marcus s'éloigna d'un pas tranquille.

Ainsi, le duc le laissait seul pour surveiller ce charmant petit couple… Il devait être aveugle s'il croyait Esme en sécurité auprès de ce Smythe. Cet homme était dangereux, bien du genre à faire tourner la tête à une fille naïve et inexpérimentée comme elle. Son habit de soirée était fort bien coupé. Sans doute gardait-il dans sa poche la note impayée de son tailleur, ainsi qu'un billet doux d'une femme mariée… John connaissait fort bien ce genre d'homme, il en avait vu un dans son miroir chaque matin durant des années.

Et puis il y avait Esme, qui souriait, qui riait, qui regardait Smythe et se penchait de plus en plus vers lui. Lui aussi se penchait et même, il lui parlait à l'oreille. Voilà qu'il prenait sa main, à présent et qu'il la portait à ses lèvres !

John observait toute la scène à travers un brouillard rouge. Tout à coup, Esme tourna les talons et revint seule vers la salle de bal. Au passage, elle croisa son regard. Durant une fraction de seconde, elle leva le menton et son sourire s'élargit. Ses yeux étaient pleins de malice.

John resta tranquille jusqu'à ce qu'il la voie se fondre dans la foule. Smythe, lui, restait dans le jardin. Il faisait même quelques pas qui l'éloignaient à chaque instant davantage du château. John le suivit à une distance suffisante pour ne pas être remarqué. Quand ils furent assez loin, sans plus d'autres invités dans les parages, il lui posa la main sur l'épaule.

— Smythe ?

Le jeune homme se tourna et le considéra d'un œil froid.

— Je ne crois pas que nous ayons été présentés, lui dit-il.

— Je crois, moi, que nous pourrons nous passer des civilités pour cette fois, lui répliqua John. Voulez-vous me donner ce que vous avez pris à la demoiselle qui vous accompagnait à l'instant, afin que je le lui rende dans les plus brefs délais ?

— Je ne vois pas du tout…

John sourit.

— Non ? Eh bien, regardez donc dans la poche de votre gilet, vous y trouverez une boucle d'oreilles en diamants.

— Oh ! Ça…

L'homme fit un geste de la main comme s'il balayait une objection.

— Je l'ai trouvée sur le plancher de la salle de bal, j'allais le rendre à notre hôte.

— Vous l'avez pris à l'oreille de la demoiselle en question en vous penchant sur elle, tout à l'heure. Maintenant, je suppose que vous allez me dire que vous cherchiez mon frère, ici, dans le parc ? Il est beaucoup plus probable, monsieur, que vous essayiez de vous éclipser discrètement avec le diamant dans votre poche. Vous n'avez pris qu'une boucle d'oreille, c'est assez malin, car la disparition d'une boucle, c'est une perte, tandis que celle de deux, c'est un vol.

L'homme haussa les épaules.

— Je n'en ai pris qu'une parce qu'il ne me fallait pas davantage, répondit-il.

Il fouilla dans sa poche et en tira la boucle d'oreille, qu'il tendit à John.

— Votre frère est le duc ? Alors, vous devez être John Radwell. Je me suis laissé dire qu'il vous avait mis à la porte à cause de votre mauvais caractère.

John eut un ricanement bref.

— Votre présence ici semble attester du fait que mon frère n'est pas trop regardant quant à la bonne réputation de ses hôtes... Mais quand il m'a mis à la porte, comme vous dites, il n'avait pas encore pris l'habitude d'inviter des voleurs à ses soirées.

Smythe s'adossa à l'arbre qui était juste derrière lui.

— Ah, c'est que je ne suis pas tout à fait un voleur comme les autres. Jusqu'ici, je ne m'étais encore jamais fait prendre. Mais comme on dit, il faut un voleur pour en attraper un autre...

John se détendit un peu.

— On m'a appelé de bien des noms, dans ma vie, soupira-t-il ; voyou, tricheur, ivrogne, débauché... Mais c'est la première fois qu'on me traite de voleur.

— En face, peut-être. Mais je gage qu'il y a bien des maris qui ont dû vous appeler ainsi derrière votre dos.

— Touché, vous marquez un point. Mais si vous escomptez que je vous provoque en duel, vous allez être déçu.

Smythe éclata de rire.

— Un duel ? Quelle répugnante idée ! Mais j'avais pensé que vous tiendriez peut-être à me provoquer pour l'honneur de cette fille, peut-être, ou pour celui de la maison de votre frère…

— Je laisse mon frère protéger ses propriétés. Toutefois, je vous serais reconnaissant de ne plus rien voler, tant que vous serez sur ce domaine.

Smythe eut à son tour un sourire bref.

— Je ne pense pas que j'en aurai de nouveau l'occasion, ayant été pris la main dans le sac. Vous n'aurez qu'à glisser un mot à votre frère et je serai banni de ce château aussi vite que vous l'avez été vous-même.

John soupira.

— Je vais essayer de me faire bien comprendre. Un duel entraînerait des ennuis sans nombre. D'abord, il ne me faudrait certainement que quelques minutes pour vous hacher menu sur le pré et il m'incomberait alors la lourde tâche d'expliquer pourquoi nous nous sommes battus. Le tout me retomberait dessus et ne me mettrait pas dans une position particulièrement flatteuse.

Smythe hocha la tête et John poursuivit :

— Je suppose que votre réputation est au-dessus de tout soupçon, sinon mon frère ne vous admettrait pas chez lui. Vous avez sans doute une mère âgée, une sœur qui vous pleurera beaucoup… moi, je suis le frère indigne du duc, qui n'a jamais attiré que des ennuis à tout le monde, depuis des années. Les gens n'auront aucun mal à croire que c'est moi qui vous ai défié. Nous ne nous battrons donc pas en duel. Les diamants étaient empruntés à la duchesse, au fait. Mon frère pourrait remplacer celui-ci sans grand dommage, mais je ne veux pas que Mlle Canville puisse être affectée de sa disparition.

Smythe claqua ses doigts.

— Ah, mais j'y suis, dit-il. C'est mon intérêt pour cette fille qui vous déplaît !

John soupira.

— Disons que je me sens responsable de la sécurité de cette « fille », comme vous dites. Si je découvre que vous lui avez de nouveau emprunté quelque chose ou seulement trouvé un objet qui lui appartient, si je vous retrouve à tourner autour d'elle, à lui faire des yeux de merlan frit et à vous intéresser à sa dot, d'ailleurs inexistante, ou à ses bijoux, tous prêtés, vous le regretterez. Comme je vous l'ai déjà dit, je souhaite éviter le scandale et la mauvaise publicité d'un duel. Aussi je n'hésiterai pas à vous mettre la main au collet, à vous traîner dans un coin sombre et à vous ouvrir la gorge d'une oreille à l'autre. Ainsi je pourrais dormir plus tranquille, sachant le monde débarrassé d'une belle fripouille.

Smythe sourit.

— Vous présentez les choses de façon très persuasive…

— J'étais sûr que vous seriez sensible à mes arguments. Nous sommes d'accord ?

— Si nous l'étions, cela mettrait-il un terme définitif à l'incident ?

— Je n'ai pas l'intention d'aller voir la police, si c'est ce que vous voulez dire, pas plus que de prévenir mon frère. Vous êtes assez grand pour décider de filer ou non sur la mauvaise pente, que ce soit par besoin ou simplement par ennui. Peu m'importe, aussi longtemps que vous laisserez mon frère, sa famille et ses invités tranquilles. Et… « cette fille », naturellement. Elle n'a rien pour vous intéresser, de toute façon. Elle est pauvre et, à ce que je sais, déjà fiancée à un comte.

— Elle a d'autres attraits… La boucle d'oreille, c'était plutôt pour ne pas perdre la main…

Il vit flamboyer l'œil de John et le prit, à juste raison, pour un avertissement.

— Mais il serait bien indélicat de ma part de poursuivre de mes assiduités une aussi charmante jeune fille.

— Je suis heureux que nous en tombions d'accord. Vous allez donc vous retirer, bonsoir.

Smythe tendit le cou en direction du château.

— Je pensais que peut-être… une dernière danse…

— Je vais être clair : c'était une affirmation et non une proposition. Je présenterai vos regrets à notre hôte ainsi qu'à Mlle Canville. Je pense que votre voiture est de ce côté…

John lui désignait l'allée qui menait à la grille. Il regarda le jeune ruffian tourner les talons et s'enfoncer dans l'obscurité. Quand il fut bien sûr que son ordre était exécuté, il revint vers le château.

En entrant dans la salle de bal, il vit Esme qui cherchait visiblement quelqu'un par la porte fenêtre donnant sur le jardin. Son regard glissa sur lui sans s'arrêter. Il en fut agacé. Faisait-elle semblant de ne pas le voir ? Si elle voulait jouer à ce petit jeu, elle allait avoir quelques surprises… Il marcha droit sur elle, la prit par le coude et l'entraîna vers l'escalier.

— John ? Que veut dire…

— Nous devons parler.

— Eh bien, nous pouvons le faire aussi bien ici que…

— Du diable si nous le pouvons !

— Il est inutile d'user de violence !

D'un geste, elle se libéra.

Il resta un instant décontenancé. Avait-il agrippé son bras un peu trop fort ?

— Je vous ai fait mal ? Je n'en avais pas l'intention…

Il toucha de nouveau son bras, d'une main hésitante cette fois, comme pour se rassurer. S'en apercevant et se jugeant ridicule, il laissa retomber sa main le long de son corps.

— Non, vous ne m'avez pas fait mal, admit Esme. Mais vous n'avez pas besoin de me secouer comme ça… Demandez-le-moi, simplement, et je vous accompagnerai au-dehors.

— Comme vous le faites, en effet, avec tous ceux qui vous le demandent !

John n'avait pu déguiser l'amertume, dans sa voix.

— Qu'est-ce que… ? Quoi, M. Smythe ?

Elle sourit.

— Nous ne sommes restés absents qu'un moment et personne ne nous a remarqués.

— Si, moi, et je vous ai suivis.

Elle le regarda avec surprise.

— Vous nous avez épiés ?

— Nous ? Il n'y aura pas de « nous » avec ce monsieur. J'y veillerai.

— Tiens, vous veillez toujours sur mon honneur ?

Elle se moquait ouvertement de lui, il pouvait le lire dans ses yeux.

— Il faut bien que quelqu'un le fasse !

— Et ce quelqu'un, c'est vous ? Ce n'est pas un peu comme le loup qui garderait la bergerie ?

— C'est toujours mieux que ce Smythe ! Il prenait des libertés avec vous.

— Il s'est conduit comme un parfait gentleman, alors

que j'en ai connu un autre, qui m'embrassait d'abord et m'insultait ensuite.

— Un gentleman, voyez-vous ça !

John ne put s'empêcher de rire en mettant la main à sa poche pour y prendre la boucle d'oreille.

— Parfaitement, un gentleman ! Il m'expliquait qu'il me trouvait charmante, mais que son cœur étant engagé ailleurs, il ne demanderait pas ma main. Et quand je lui ai dit que je comprenais parfaitement, il l'a baisée, ma main, en me disant que, normalement, on ne devait pas le faire à une jeune fille, mais que lui, il y voyait une marque de respect.

— De respect, vraiment !

Esme ne souriait plus et sa colère éclata.

— Oui, de respect ! Un mot qui n'a pas beaucoup de sens pour vous. D'abord vous m'embrassez, puis vous me repoussez, vous me dites que je dois trouver un mari, mais quand un monsieur que je pourrais trouver à mon goût manifeste un peu d'intérêt pour moi, vous venez me chercher au milieu du bal, me traînez dehors et m'accablez de sottises. Après tout, vous êtes peut-être comme mon père et ne serez satisfait que lorsque je serai mariée et malheureuse. Pourquoi M. Smythe m'aurait-il menti, quel intérêt aurait-il eu à le faire ? Et est-ce donc si difficile à comprendre, pour vous, qu'un homme puisse résister à la tentation, même pour une brève aventure, quand il aime ailleurs ? Votre cœur doit être aussi froid que vous le dites, puisque vous voyez toujours le mal partout !

Les mots atteignirent davantage John qu'il ne l'aurait cru et sa main se crispa sur la boucle d'oreille dans sa poche.

— Très bien, lui dit-il, je vous concède que les motifs de cet homme pouvaient être honorables et que je ne devrais pas mettre tous vos prétendants dans le même sac. Si ce que vous dites est vrai…

Il vit de nouveau la colère flamboyer dans les yeux d'Esme et corrigea :

— Je ne doute pas que ce soit le cas, je n'ai nulle raison pour cela. Puisque vous me dites qu'il ne s'est rien passé, je ne m'étendrai pas sur le sujet. Mais je vous en prie, à l'avenir, méfiez-vous et ne sortez pas avec n'importe qui. Il ne faudrait pas vous promener au clair de lune avec trop de jeunes gens…

Esme roula des yeux effarés.

— Et c'est vous qui me dites cela, vous qui m'avez déjà emmenée deux fois, de nuit, dans le parc ? C'est bien, John, je ne vous y suivrai plus, même lorsque vous insisterez pour me parler seul à seule. Et maintenant, puis-je retourner danser, s'il vous plaît ?

John sentit le rouge monter à ses joues, mais il préféra l'ignorer.

— C'est bon, dit-il, je pense que j'ai été clair. Ah, euh… Esme…

Il remit la main à sa poche et en tira la boucle d'oreille.

— J'ai trouvé ceci dans l'herbe, tout à l'heure. Vous avez dû la perdre.

La jeune femme mit nerveusement la main à son oreille et constata qu'il disait vrai. Elle revint vers lui.

— Oh, mon Dieu, dit-elle, la main sur le cœur, merci, John. Si j'avais dû expliquer à Miranda que je l'avais perdue, j'en serais morte de honte !

Elle lui souriait et sa gratitude était si grande, si évidente, sans calcul ni arrière-pensée, qu'il se sentit instantanément désarmé. Il n'y avait aucune acrimonie en elle, que du soulagement, de la reconnaissance et une sorte… d'admiration. Il était le héros qui lui rendait son diamant, même si les circonstances qui l'avaient mené à cela étaient un peu particulières.

— Eh bien, vous n'aurez pas à le faire, lui dit-il. Je suis heureux d'avoir pu vous rendre ce service, vraiment très heureux.

Etrangement ému, il butait sur les mots. Elle le regardait de ses grands yeux pleins de lumière.

Esme prit la boucle d'oreille et, d'une main tremblante, essaya de la remettre en place.

— C'est difficile, sans un miroir, murmura-t-elle.

— Laissez-moi faire…

Pourquoi diable avait-il dit cela ?

Elle aurait pu aller l'ajuster tranquillement dans le vestiaire des dames, cela aurait été le plus simple et le plus convenable, pour elle comme pour lui.

Au lieu de cela, il s'approcha plus près. Comme il se penchait vers elle, il sentit son parfum et resta un moment à le respirer, en essayant de ne pas trop penser au frémissement de sa main tandis qu'il replaçait le bijou sur l'oreille de la jeune fille.

Ceci fait, il trouva tout naturel de laisser un instant sa main sur la nuque d'Esme, tout en se reculant très légèrement, pour juger de l'effet obtenu.

— John ? murmura-t-elle.

Elle penchait doucement la tête sous sa main et ses lèvres étaient tout près des siennes, trop près.

C'était à devenir fou. Combien de femmes avait-il rencontrées dans sa vie, au juste ? Et avec combien s'était-il trouvé… en communion d'esprit, comme avec celle-ci ? Jamais il n'avait ressenti cela avec personne, jamais il n'avait eu la bouche sèche, jamais ses mains n'avaient tremblé quand il les touchait…

Il brisa délibérément l'enchantement et écarta sa main.

— Je voulais seulement m'assurer... qu'elle tenait bien, cette fois. Il semble que ce soit le cas. Oui, tout est bien...

— Peut-être feriez-vous mieux de me ramener, alors, avant que l'on remarque notre absence.

— Oui, vous avez raison.

Mais il ne put s'empêcher de penser qu'il aurait bien voulu n'avoir rien dit à Esme Canville, ce soir, ne pas lui avoir parlé, ne pas même l'avoir vue.

# Chapitre 9

— John, il faut que je te parle !

La voix du duc résonna dans le corridor, par la porte ouverte de son cabinet de travail.

John soupira. Pas de chance… Six ans plus tôt, cette porte serait restée fermée et Marcus ne se serait pas même donné la peine d'essayer de le chapitrer. Mais à présent, alors qu'il ne souhaitait rien d'autre que faire enfin une petite sieste dans le jardin où il espérait trouver un peu de paix, il ne pouvait passer par là sans que son frère le remarque et l'interpelle, à toute heure du jour.

Il serra les dents et se prépara à jouer de nouveau le rôle du frère qui avait beaucoup à se faire pardonner.

— Voilà, Votre Grâce. Qu'est-ce que j'ai encore fait ? Je peux dire, rien qu'à la façon dont tu carres tes épaules, que je vais encore ramasser une bonne salve. Seulement voilà, cette fois, je ne vois pas ce que j'ai pu faire pour la mériter…

— Tu n'as rien fait de mal, à ma connaissance, et à ma grande surprise, je dois l'admettre. J'ai seulement besoin de connaître ton opinion sur quelque chose…

— Mon opinion ? répéta John, pris de court.

— Oui, espèce d'idiot ! Contrairement à ce que tu penses, je me soucie de l'opinion des autres. Et je peux difficilement demander son avis à Miranda, comme tu vas vite le comprendre…

Marcus posa quelques feuillets sur le bureau, devant lui. John s'assit dans un fauteuil, juste en face de son frère.

*Votre Grâce,*

*Comme vous le savez, il y a maintenant des semaines que ma fille se trouve chez vous et je pense qu'à présent, son petit problème doit être en bonne voie de règlement. Il n'est pas bon de trop dorloter une jeune fille qui se trouve dans ce genre de dispositions ou pire, de l'encourager à la désobéissance.*

John leva les yeux de sa lecture.

— Il n'a pas tout à fait tort, tu l'encourages objectivement à la désobéissance.

— *Nous* l'encourageons… Et seulement parce que tu nous as amené ce problème. Si tu n'avais pas déposé Esme sur notre seuil, elle aurait pu désobéir tout son soûl, je ne m'en serais jamais aperçu… Tiens, lis ce qu'il écrit là…

John obéit et ses sourcils se haussèrent de surprise.

— Il semble insinuer que tu la retiens contre son gré.

— Il va même pratiquement jusqu'à l'insulte, à mon avis !

Le ton de Marcus était furibond et John était heureux de voir sa colère dirigée pour une fois contre un autre que lui.

— Bah, ce Canville n'est personne, dit John. Jette donc ses lettres au feu et n'y pense plus…

Marcus fit claquer d'autres feuillets sur le sous-main de cuir.

— Dans celle-ci, il menace d'écrire au *Times* et de faire un scandale si nous ne lui rendons pas sa fille. Ce type est fou, à l'évidence, mais je ne vois pas ce que nous pouvons faire pour le calmer. J'ai répondu à ses courriers, pour essayer de gagner du temps. Je pense y être arrivé pour le moment. Mais j'ai tout de même consulté mes avocats. Si Canville devient pressant, il n'y a rien d'autre que nous pourrons faire, sinon lui rendre sa fille. Il est parfaitement dans son droit, elle est mineure et nous ne pouvons pas la garder sans sa permission. Je ne veux ni décevoir Miranda ni qu'il arrive quelque chose à Esme, mais le fait est que notre marge de manœuvre est extrêmement étroite.

John soupira.

— Je suis désolé de t'avoir entraîné dans cette histoire. Je voulais seulement aider Esme et je n'avais pas mesuré les conséquences.

Marcus secoua la tête.

— A dire vrai, moi non plus… Je crois que cela m'aiderait si j'en savais un peu plus sur les relations exactes qu'elle a avec son père. Qu'y avait-il dans la lettre que tu lui as prise au petit déjeuner ?

— Il serait incorrect de le répéter, objecta John.

— Il l'était tout autant de la lui prendre et de la lire, répliqua son frère. Mais puisque le mal est fait, rends-toi un peu utile et dis-moi ce que le vieux Canville lui raconte.

— Rien d'aussi enflammé que ce qu'il t'écrit. Il lui disait qu'il était impatient qu'elle revienne. Elle paraissait sur ses gardes, mais peut-être davantage à cause de mon attitude qu'à cause de la lettre elle-même. Tu as assisté à la scène qui s'est déroulée au bal, n'est-ce pas ?

Il ne put empêcher de donner à sa voix un ton assez accusateur.

— Si nous ne lui trouvons pas un prétendant acceptable, elle devra rentrer chez elle, fit observer son frère sans répondre directement. Je suppose que tu n'as rien à objecter à cela ?

John trouva que Marcus le regardait étrangement. Avec

l'intérêt de l'entomologiste qui observe un insecte rare, qu'il s'apprête à punaiser sur un bouchon.

— Je trouve au contraire que c'est une excellente idée et qu'il faut procéder en toute hâte.

— Je vais préciser ma pensée, reprit Marcus. Je vous ai observés, hier soir, en effet, et j'avoue m'être demandé si tu ne prenais pas un intérêt… personnel à la situation de cette jeune fille.

John le regarda un instant sans comprendre.

— Tu m'as accepté ici dans le seul but que je lui serve de mauvais exemple et je suis désolé si je ne remplis pas exactement cette fonction. Je trouve assez déplaisant de devoir jouer avec les sentiments d'une jeune fille, sans même espérer la récompense que devrait m'attirer un véritable jeu de séduction. Mais si je suis plutôt inquiet pour elle quand je la vois au bras d'un coureur de dot, cela ne veut pas dire que je pense moi-même au mariage.

— J'ai pourtant vu la façon dont tu la regardais. Tu ne peux pas nier qu'elle t'intéresse, n'est-ce pas ?

— Ni plus, ni moins que beaucoup d'autres jeunes filles de la bonne société et ce n'est pas pour cela que je veux les épouser, elles non plus.

Comme à son habitude, Marcus balaya l'objection d'un geste.

— Tu as trente-trois ans. Il est plus que temps que tu songes à te marier.

John éclata de rire.

— Et parce que tu as sous la main une jeune fille qu'il faut caser d'urgence, tu ferais bien d'une pierre, deux coups, c'est ça ? Eh bien, écoutez-moi, Votre Grâce : c'est toi qui avais besoin d'un héritier et non moi. Moi, je suis le cadet sans argent. Je n'ai ni les moyens, ni l'envie d'aliéner ma vie à quiconque et encore moins à une jeune fille aussi pauvre que moi. Si tu me faisais miroiter une héritière, à vingt mille livres de rente annuelle plus un hôtel particulier à Londres, je pourrais y réfléchir.

Marcus plongea la main dans un tiroir de son bureau et en tira l'écrin de joaillier que John lui avait donné peu de temps auparavant. Il l'ouvrit, prit le collier entre ses doigts et fit miroiter les émeraudes dans la lumière de l'après-midi.

— Il y a là de quoi prendre un nouveau départ, tu ne crois pas ?

— Sans doute, répondit John, agacé. Dois-je te rappeler que je m'en suis déjà servi à cet usage ?

— Pourquoi nous l'avoir rendu, alors, au lieu de le garder pour un nouveau départ ?

Le duc avait parlé très calmement, il baissa encore la voix.

— Ce que tu as fait là n'était pas nécessaire.

— Pour toi, peut-être…

— Il n'est pas raisonnable d'avoir dépensé tout ton argent pour cette babiole alors que tu aurais pu acheter une maison, ou garder une somme pour t'établir. A moins que tu veuilles retourner dans l'armée ? Si tu ne veux pas rester en Angleterre et te marier, alors il n'y a rien de déshonorant à faire une carrière militaire, à moins que tu aies reçu quelque blessure qui t'empêche de…

— Je t'en prie, Marcus ! le coupa son frère. D'abord, ce collier n'a rien d'une babiole. Quand je l'ai dérobé, ici, dans ce château, il faisait partie des trésors de la famille. Il est curieux que cela ne t'apparaisse pas, toi qui as le titre et les terres. Mais pour moi, il était important de vous le rendre. Ensuite, non, je n'ai pas le projet de retourner dans l'armée, bien que je n'aie reçu aucune blessure. Il est inutile de t'inquiéter à ce sujet. C'est seulement que…

Il ne pouvait pas partager les sordides détails de son existence récente, même pas avec son frère. Il était adulte et n'avait pas à justifier ses décisions.

— Il était plus que temps pour moi de quitter le service, j'ai été démobilisé avec les honneurs et je n'y retournerai pas. Maintenant, à propos de mes trente-trois ans. Tu as raison, je ne suis plus le gamin dégingandé que tu as flanqué à la porte de cette maison il y a six ans. Je ne suis pas non plus un de tes fermiers, ou un de tes domestiques, pour que tu me donnes des ordres. Je suis désolé si mon apparente indécision t'inquiète, mais dis-toi que j'ai peut-être des projets dont il m'est difficile de te parler pour l'instant. Bien que je sois touché que tu te soucies de mon avenir, je ne te laisserai pas me donner des leçons, particulièrement en ce qui concerne Esme Canville.

» Et maintenant, si tu veux bien m'excuser, je crois que cet entretien a assez duré. Si tu veux me chasser de nouveau de cette maison pour manque de respect et de discipline, eh bien, vas-y ! Mais à l'avenir, je te demanderai de ne pas te mêler de mes affaires, comme j'ai promis de le faire avec les tiennes. Très bonne journée, Votre Grâce !

Et pour la première fois, d'aussi loin qu'il pouvait se souvenir, John vit son frère la bouche ouverte, incapable de répliquer.

# Chapitre 10

John regardait le feu dans la cheminée de sa chambre, en essayant d'empêcher son esprit de battre la campagne. Il ne savait plus s'il était davantage troublé par cette fille ou par la situation. Se retrouver dans cette maison après toutes ces années et naviguer à vue entre les interdits de son frère était déjà bien assez prenant ; s'il fallait y ajouter le problème Esme, cela devenait plus que ce qu'un homme pouvait supporter.

Au bal, le soir précédent, Esme était pourtant bien tombée d'accord avec lui. Depuis, elle se montrait discrète et coopérative, mais il avait toujours cette maudite impression qu'elle feignait la soumission et faisait exactement ce qu'elle voulait. Au départ, le plan de Miranda lui avait paru simple : se laisser approcher par elle, d'abord, puis bien lui montrer qu'elle n'avait rien à espérer. Enfin, quitter la place…

Seulement, une femme qui s'intéressait à vous et que vous soumettiez à ce genre de traitement était censée s'effondrer en larmes, céder au désespoir et non pas encaisser les rebuffades sans vous lâcher d'un pouce. Jamais il n'aurait cru un jour devenir le poursuivi, plutôt que le poursuivant…

Plus d'une fois, depuis qu'il était à Haughleigh, Esme l'avait mis sur la défensive, avant de lui dédier son sourire innocent et de faire comme si de rien n'était. Si seulement il avait été un peu plus reposé, il se serait certainement joué de ses manœuvres, mais ses nuits sans sommeil le laminaient et les quelques siestes qu'il arrivait à voler dans la journée ne suffisaient pas à le remettre d'aplomb. Il avait besoin de repos. De vrai repos.

A son arrivée à Haughleigh, il s'était promis de ne plus prendre de laudanum. Au tout début de son séjour, quand la famille était encore à Londres, cela avait été facile : personne ne remarquait ses horaires décalés et son étrange comportement.

Il n'en était plus de même à présent et il lui fallait trouver un peu de repos, sinon il ne pourrait se dépêtrer ni de ses problèmes de famille ni de celui de cette fille. Si un prétendant acceptable n'était pas trouvé très vite, la pression à laquelle, l'air de rien, Marcus le soumettait, allait augmenter. Miranda y ajouterait certainement son grain de sel et John finirait par se retrouver devant l'autel, Esme à son bras pour toute la vie, au lieu de seulement quelques semaines.

Peut-être bien qu'un peu de laudanum maintenant, dans son brandy, ne lui ferait pas de mal. Cela lui permettrait enfin de passer une nuit calme et demain, son esprit serait plus vif, sinon beaucoup plus clair. Il se versa un verre d'alcool et fouilla dans ses poches à la recherche d'un flacon de sédatif. Toby, qui n'approuvait pas cette habitude, en avait fait disparaître un, mais il n'avait pas fouillé toutes les poches de ses vêtements…

John fit tomber quelques gouttes dans le brandy, puis agita un peu son verre, pour mélanger le tout. Avec un peu de chance, avant de sombrer dans le sommeil, il aurait, dans un rêve, la visite de la douce et complaisante Esme de ses fantasmes.

En fait, à peine eut-il approché le verre de ses lèvres qu'il se mit à rêver d'elle. Il se souvenait comment la drogue avait vite eu raison d'elle, comme elle était pâle, sur son canapé, hors d'elle-même et du monde. Et c'était lui, lui qui lui avait fait cela, même s'il ne l'avait pas fait exprès.

Pourtant, elle ne lui avait pas reparlé de l'incident et ne lui avait fait aucun reproche. Aucune allusion, même, à ce qui s'était passé, à part cette fois où elle lui avait parlé de son manque de contrôle de soi.

Elle avait bien raison, il en manquait singulièrement, mais ce n'était pas ce qui comptait pour le moment. Il avait besoin de sommeil et c'était pour cela qu'il devait prendre ce sédatif. Il porta le verre à ses lèvres.

Alors il vit la lueur qui brillait toujours dans l'œil d'Esme et la courbe voluptueuse de ses lèvres. Elle avait vu clair en lui et reconnu sa soi-disant bravoure pour ce qu'elle était réellement : une illusion.

Elle était mille fois plus courageuse que lui, elle qui était venue le voir, absolument prête à tout pour pouvoir échapper à son père et à un mariage malheureux. N'importe quel homme, oui, n'importe lequel serait fier qu'elle soit à lui, après avoir vu à l'œuvre son merveilleux tempérament.

Une fois encore, il leva son verre, comme pour porter un toast à Esme. Mais il avait devant les yeux l'image des siens et quelque chose le retint de boire.

Il ne méritait pas l'intérêt qu'elle manifestait pour lui. Il n'aurait pas voulu le mériter, d'ailleurs. Mais à présent, il répugnait à boire ce sédatif, car il savait trop qu'elle le jugerait faible, si elle le savait esclave du laudanum.

Il en avait besoin, pourtant… une fois de plus, il leva son verre. « Aux amis absents. » Puis, sans crier gare, il le versa dans le feu. Il y eut un court sifflement, une brève petite flamme et ce fut tout.

Alors, il défit la ceinture de son peignoir, le retira et

se glissa entre les draps froids. Que les démons du passé aillent au diable, cette nuit, il allait dormir. Il ferma les yeux, sans pour autant recouvrer son calme et toujours en pensant à Esme. Chère et douce Esme… Il l'imaginait lui souriant. Toujours avec un brin d'ironie…

Il était difficile de penser à elle sans voir, sur son visage, ce sempiternel air d'en savoir plus long qu'elle ne voulait bien en dire. Il était presque dommage qu'elle soit, en fait, une jeune fille innocente et non la créature libre et délurée qu'elle rêvait de devenir avec lui. Il pouvait aisément imaginer ce même sourire, alors qu'elle serait contre lui dans un lit, ses cheveux blonds éparpillés sur l'oreiller, son visage en feu, ses yeux pleins de passion.

L'Esme de ses rêves était consentante, se pliait à tous ses désirs et ne demandait pas mieux que de le déshabituer du laudanum en lui offrant une autre addiction. Il n'y avait qu'à le lui demander…

S'il remplissait de nouveau son verre, s'il le buvait, il savait qu'il sentirait ses bras blancs se nouer autour de son cou, qu'elle se renverserait avec lui sur le lit et l'embrasserait jusqu'à ce qu'il oublie tout ce qui n'était pas elle.

Mais non, elle ne ferait rien de tout cela. Elle était une jeune fille sage et pudique, qui serait extrêmement choquée qu'on puisse lui proposer ce genre de jeux et plus qu'horrifiée encore de savoir qu'elle était l'objet de fantasmes nocturnes, dans sa chambre à coucher.

Mais quel mal y avait-il à se laisser aller à ce genre de rêveries, aussi longtemps qu'il se refuserait à les transposer dans la réalité ? Il lui avait dit clairement, dès le départ, qu'il n'était pas intéressé par une relation physique avec elle. Aussi longtemps qu'il gardait ses désirs et ses pensées secrètes, elle n'avait pas besoin d'en savoir davantage. Et puis, il lui fallait bien trouver quelque chose qui l'aide à se détendre et à trouver un sommeil véritablement réparateur. Si ce n'était pas le laudanum, alors ça pouvait bien être son Esme imaginaire, objet de tous ses rêves et de tous ses fantasmes.

Les voix semblaient venir de loin, comme ces bruits que l'on peut entendre à travers un grand volume d'eau. Celle d'Esme, qui criait « John ! » avec effroi et puis un homme qui prononçait un juron étouffé.

Le coup arriva sans prévenir sur sa tempe et le fit chanceler.

C'était étrange. Au lieu de sombrer dans les ténèbres, en perdant connaissance, il était inondé de lumière. Beaucoup de lumières, des chandelles qui illuminaient une chambre, tandis que sa vision des choses devenait un peu plus claire. C'était bien une chambre à coucher, en effet, mais ce n'était pas la sienne et à cet instant, il sentit la fraîcheur de l'air sur sa peau nue.

— Je t'ai dit de te lever, bon Dieu !

C'était la voix rageuse de Marcus et John sentit, plutôt qu'il ne vit, qu'on lui arrachait le drap qui le recouvrait.

— Pour que tu puisses me frapper, de nouveau ?

Mais il se remit sur ses pieds, cependant, et secoua la tête pour tenter de reprendre ses esprits.

— Couvre-toi !

Il était nu et il frissonnait. A tâtons, il reprit le drap et le noua autour de sa taille, avant de se tourner et de voir… le visage effaré d'Esme ! Elle était blottie sur le lit, les genoux levés et l'édredon remonté jusqu'au menton.

Mais de nouveau, Marcus venait se camper entre eux et le giflait à toute volée.

Si jamais son cerveau restait encore embrumé, ce coup-là achèverait de le réveiller. Les brumes se dissipaient…

— Je peux tout expliquer…, commença-t-il, avant de s'apercevoir que non, il ne le pouvait pas.

Pas d'une façon que son frère pourrait comprendre, en tout cas.

— C'est la dernière fois que tu abuses de mon hospitalité, John.

La voix du duc était glaciale et l'on pouvait y déceler une véritable envie de meurtre.

— Nous réglerons cela sur le pré, si tu trouves quelqu'un qui veut bien te seconder.

— Je ne peux pas me battre avec toi, voyons !

C'était vrai. Un duel aurait été désastreux pour l'un comme pour l'autre. Marcus pouvait se débarrasser de lui très aisément, simplement en le chassant de sa maison.

— C'est… un accident, je te le jure. Ce n'est pas ce que tu crois. Si tu veux bien écouter…

— Non, je ne t'écouterai plus. Tu en profites toujours pour tortiller la vérité de façon à gagner ma sympathie.

Marcus le saisit par les épaules et le poussa hors de la chambre de la jeune fille, dans le corridor. John s'empêtra dans son drap et tomba sur le plancher, contre le mur.

Marcus le regarda, la lèvre tordue de dégoût.

— Je t'ai déjà bien trop souvent écouté dans le passé. Et cette fois, comme un imbécile, je t'ai cru. Je t'ai fait confiance, je me suis laissé persuader que tu avais changé.

Marcus secoua la tête, comme s'il avait de la peine à croire à sa propre naïveté.

— Je t'ai cru quand tu disais que tu ne voulais pas déshonorer cette jeune fille et que tu ne souhaitais que son bien. Et voilà que tu fais quelque chose de pire que tout ce que j'aurais pu imaginer !

— Tu ne peux tout de même pas croire que j'ai voulu…

John luttait pour se dépêtrer du drap et se remettre sur ses pieds.

— Je ne te laisserai pas transformer la maison de nos ancêtres en mauvais lieu, John. Nous nous battrons au petit jour et n'essaie pas de te sauver avant comme un voleur, sinon je jure par Dieu que je te rattraperai et que je t'abattrai sur la route, comme un chien !

Marcus ne dit plus un mot. Il tira une chaise dans le couloir pour monter la garde devant la porte d'Esme et ne laissa d'autre choix à son frère que de rentrer dans sa chambre et d'attendre le matin.

Le soleil pointait à peine à l'horizon et l'herbe était humide de rosée. Le pied y glissait facilement et ce n'était pas l'idéal pour un duel, bien qu'il n'y ait pas assez de vent pour dévier la balle d'un pistolet et que la température soit assez idéale, ni trop chaude, ni trop fraîche. Après tout, il s'était battu dans des conditions bien pires en maintes occasions, au Portugal. Mais devoir affronter son propre frère lui soulevait le cœur, que ce soit par cette belle matinée ou autrement.

— Je te dis que tu fais erreur, répéta-t-il encore.

— C'est toi qui en as fait une. Il est trop tard pour présenter des excuses et tu devrais bien le savoir.

Il y avait toujours de la colère, sur le visage de Marcus, mais aussi une grande lassitude. Il semblait tout à coup beaucoup plus vieux que son âge.

Et il ne savait pas ce qui allait se passer. Comment l'aurait-il pu ? John alla rejoindre le jeune domestique tout tremblant qui avait été désigné pour lui servir de second, quand Toby, son propre valet, avait refusé tout net de lui rendre ce service.

Toby, qui l'avait regardé droit dans les yeux et lui avait dit :

— Si Monsieur veut tuer un homme, que ce soit pour une meilleure raison que pour l'honneur d'une femme. Je préférerais aider Monsieur à assassiner un passant que de l'écouter me parler d'honneur, puis de le voir tuer milord le duc qui n'a rien fait.

Ainsi, même son valet refusait d'être à ses côtés. Le duel n'était pourtant pas de son fait. Il avait présenté des excuses, verbales puis écrites, par l'entremise des domestiques, mais Marcus était resté intraitable.

John avait sérieusement songé à fuir. Au moins, cela épargnerait à Marcus ce qui risquait bien de lui arriver s'il se battait. Mais cela aurait voulu dire qu'il fuyait aussi, loin d'Esme, en lui laissant penser qu'il aurait pu avoir de mauvaises intentions à son égard. Et puis il y avait l'idée, qu'il ne s'avouait pas vraiment, qu'il aimait mieux mourir sur ce maudit carré de luzerne, que de s'enfuir comme un lâche. S'il ne pouvait décidément se réconcilier avec son frère, mieux valait terminer cette querelle dans le sang, comme Marcus l'en avait maintes fois menacé.

John examina les armes qu'ils allaient utiliser. Comme le défi ne venait pas de lui, la règle lui en laissait le choix. Il avait tout de suite écarté les pistolets, pour le caractère fatal et définitif de la balle qu'ils délivraient. Bien ajusté, le coup ne pardonnait pas. Une fois que l'on avait appuyé sur la détente, on ne pouvait guère revenir en arrière.

Alors, Marcus avait décroché du manteau de la cheminée de son cabinet de travail les deux rapières qui y rouillaient depuis le temps de leur arrière-grand-père.

— Tu te souviens ? lui avait dit John. Nous jouions avec quand nous étions petits…

Il fit fendre l'air à la lame et en tâta la pointe et le fil. Les épées n'avaient pas été entretenues, ni affûtées comme elles auraient dû l'être. Elles ne seraient guère tranchantes mais justement, dans la situation présente, c'était un avantage. Il fallait être prudent.

— Père nous a fouettés parce que ce n'étaient pas des jouets.

La voix de Marcus paraissait distante, alors qu'ils étaient à côté l'un de l'autre.

— Ce ne sont toujours pas des jouets…

John s'éloigna de quelques pas et regarda son frère prendre l'autre épée en main. Avant le signal, il fit une dernière tentative :

— Je n'ai pas voulu la déshonorer, que tu le croies ou non.

Ce fut au tour de Marcus de faire fendre l'air à sa lame.

— Tu étais nu et dans sa chambre. Peu m'importe qu'elle t'y ait invité.

— Bon Dieu, Marcus, gronda John, suffisamment furieux pour en découdre, si tu tiens vraiment à la réputation d'Esme, tu ferais bien de retirer immédiatement ce que tu viens de dire. Elle ne m'a pas invité. Elle n'est pas fautive. C'est un malencontreux hasard, très embarrassant, mais si quelqu'un doit payer, alors ce sera moi.

— Si tu y tiens toi-même, il y a un autre moyen de réparer, répliqua Marcus qui salua le premier et se mit en garde, d'une façon un peu raide qui sentait le manque de pratique.

— Tu veux m'envoyer devant l'autel à la pointe de l'épée ? demanda John avec un rire bref. Voilà qui plairait fort au révérend Winslow, j'en suis sûr. Pour rompre la monotonie des offices de mariage, rien de mieux que la famille Radwell !

— J'avoue que l'idée m'en a traversé l'esprit. Mais son père pourrait refuser son consentement. Alors le plus simple serait que vous partiez tous deux pour Gretna Green, où la loi traditionnelle écossaise s'applique et où on peut se passer du consentement paternel. Je suis sûr qu'elle le voudra bien. Elle te fait les yeux doux depuis que nous sommes arrivés de Londres. La voiture est prête et n'attend que vous. Il te suffit de dire un seul mot et cette mascarade est terminée.

— Encore faudrait-il que je veuille l'épouser, ce qui n'est pas le cas, je te l'ai déjà dit. Et surtout pas pour défendre son honneur, ni le mien. Si tu tiens à me tuer, Marcus, finissons-en. Je commence à être fatigué de tes menaces continuelles.

Il se mit lui aussi en garde.

— Mais j'aimerais savoir une chose avant : est-ce pour Esme que nous nous battons, ou pour Bethany ? A moins que ce ne soit pour Miranda ?

C'était un coup bas mais il eut l'effet escompté. Marcus se rua en avant, l'épée haute, et John esquiva facilement le coup, enchaînant par une feinte.

Marcus, qui avait retrouvé son calme, para le coup d'une contre-taille.

— Disons que c'est pour des années de mauvaises actions dirigées contre notre famille.

— C'est assez bien trouvé. Et nous en serons quittes, quand l'un de nous sera étendu mort sur le pré ?

Il enchaîna par une attaque nonchalante qu'il lui laissa parer pour étudier la vitesse des actions de son frère. Ce n'était pas si mal, pour un homme qui n'avait pas d'entraînement particulier.

Mais pas vraiment suffisant, néanmoins, pour s'en tirer sans dommage.

Le souffle de Marcus était plutôt court lorsqu'il déclara :

— Je pense que la mort seule pourra t'empêcher de continuer à te déshonorer !

— Je ne vois pas très bien comment ta mort pourrait m'en empêcher, lui rétorqua John.

Il engagea sa lame contre celle de son frère par une série d'attaques rapides que Marcus parait avec de plus en plus de difficultés.

— Car c'est de cette manière que tout ceci risque de se terminer, tu n'es pas à la hauteur contre moi, j'ai été à trop rude école. Après plusieurs années de guerre au Portugal et en Espagne, on n'a guère de mal à sécher son homme ! Et c'est ce que je ferai de toi, si tu continues tes menaces !

Il reprit le contrôle de la lame de son frère et le força à reculer, parant rapidement trois de ses attaques, l'une après l'autre.

Marcus se fatiguait vite et son pied glissa sur l'herbe mouillée. John ne profita pas de cet avantage et fit une pause, se mettant en garde le temps que son frère retrouve son équilibre. Marcus se reprit et se fendit en avant, en une attaque que John para avec une lenteur étudiée. Il attendit l'éclair fulgurant de douleur de la lame pénétrant son épaule, mais rien ne vint. L'épée de Marcus glissa, déchirant sa chemise et laissant une trace sanglante sur le haut de son bras.

Il regarda sans émotion le sang couler sur sa manche, puis leva les yeux vers son frère, qui était aussi pâle que si c'était lui qui avait été blessé.

— Tu ne devrais pas prendre le risque de te battre, remarqua-t-il froidement, si tu ne peux pas supporter la vue d'un peu de sang. Tu ne vaux pas mieux, à cet exercice, que n'importe quel paysan à son premier jour d'instruction militaire… Je t'avais pourtant laissé une large ouverture, mon cher frère, pourquoi ne pas en avoir profité pour m'embrocher comme un poulet ?

— Crois-tu obtenir ma clémence en me rappelant notre lien de parenté ?

John éclata de rire.

— Je ne t'ai rien demandé de tel depuis bien longtemps. Allez, bats-toi, puisque tu y tiens tant. Je suis fatigué d'attendre.

De nouveau, il para l'attaque du duc avec une lenteur délibérée, attendant le trait de feu de la lame pénétrant ses chairs. Cette fois, la pointe entailla légèrement son autre bras.

Il regarda sa blessure avec dégoût.

— Le chat de la cuisinière m'aurait davantage égratigné que cela. Vas-tu cesser cette comédie ou bien veux-tu vraiment que nous continuions ?

Marcus recula d'un pas pour se remettre en garde.

— Encore une fois, John, tu cherches une échappatoire, lui dit-il d'un ton de mépris, et tu souhaites me laisser me débrouiller seul avec les conséquences de tes actes. Si tu es incapable de laisser cette fille tranquille, alors épouse-la. Je suis fatigué de ta couardise.

John sentit le sang lui monter à la tête et la rage l'envahir. Il se força à se contenir, économisant sa colère pour la suite du combat.

— Cette fois, Marcus, tu vas trop loin, lui dit-il d'une voix blanche. Tu crois que parce que tu trônes sur ton précieux domaine avec ta charmante épouse, que tu as de l'argent, du pouvoir et aussi la bonne fortune d'être né le premier, tu as le droit de décider de mon avenir à ma place ? Seulement, tu n'as pas même le courage de te battre réellement contre moi et tu as le front de m'appeler couard !

Sur ces mots, il enchaîna rapidement plusieurs vigoureuses attaques, obligeant son frère à reculer.

— Je vais devoir finir le travail, puisque tu n'en es pas capable. Si tu ne me tues pas tout de suite, tu ne verras pas la fin de cette journée. Je fais d'avance toutes mes excuses à ta femme et à tes enfants.

Il fit une pause et sourit, offrant à son frère une dernière opportunité d'attaque.

— Mais ne t'inquiète pas pour eux. Lorsque tu seras parti pour un monde meilleur, j'en prendrai soin comme s'ils étaient les miens.

Marcus se rua de nouveau en avant, trop furieux pour imaginer la moindre stratégie, la lame haute. John para le coup de la sienne, l'enveloppa, et, les deux coquilles en contact, poussa sèchement sa main vers le haut, projetant les deux gardes de leurs épées au visage de son adversaire. Le nez de Marcus se mit à saigner et il resta un instant comme étourdi, ce qui permit à son frère de faire sauter son arme de sa main. Puis, John se fendit, la pointe de sa lame sur la gorge de son adversaire. De nouveau, Marcus perdit l'équilibre et tomba dans l'herbe, sur le dos. Tout de suite, il eut le genou de John sur l'estomac et son avant-bras sur son cou. Alors, l'officier vit passer dans les yeux de son frère ce qu'il avait vu dans ceux de tant d'hommes, sur le champ de bataille. L'étrange et glauque lueur de la mort que l'on attend et que l'on accepte, presque. Sa main s'ouvrit et il lâcha son épée.

Il roula sur le côté et s'écroula auprès de Marcus, les yeux fermés, en écoutant la respiration précipitée du vaincu. L'herbe était trempée et froide. Le jour se levait à peine. Depuis combien de temps se battaient-ils ? Sans doute quelques minutes, seulement. Mais John savait qu'il n'en fallait pas davantage pour cueillir une vie. Il en avait souvent fait l'expérience. D'ailleurs, le vaincu et le vainqueur étaient-ils bien ceux que l'on croyait ? Il y avait bien des années qu'il n'en était plus très sûr.

Il y avait comme une tentation, un instinct de mort, cela, il le savait aussi. Il n'était pas si difficile de ne plus lutter, de rester couché là et de se laisser glisser doucement hors de la vie. Paisiblement. Il pouvait entendre les premiers chants d'oiseaux du matin dans les arbres. Et puis, une ombre passa sur son visage. C'était Marcus qui se penchait sur lui.

— Si tu finissais le travail ? lui dit doucement John.

La voix de son frère était rauque quand il répondit :

— C'est toi qui as gagné, il me semble et puis, je ne peux pas tuer un homme désarmé.

John eut un rire bref et il sentit une larme sur sa joue.

— Moi je le peux… ou je le pourrais, je crois. Tuer est une chose à laquelle je suis plus habitué que toi. Mais je doute que je puisse te prendre la vie, même pour m'avoir traité de couard. Pourtant, c'est peut-être vrai, puisque je n'ai pas eu le courage de me supprimer. Je suis désolé, grand frère, mais il y a quelque chose que tu vas encore devoir faire pour moi.

Il se tourna, sa joue fiévreuse dans l'herbe. C'était apaisant.

— C'est bien tranquille, ici, murmura-t-il. Fais ce que tu voulais faire, Marcus. Maintenant. Je t'en prie !

La voix de son frère était plus rageuse encore quand il répondit :

— Debout et bats-toi, bon Dieu ! Ou bien sois maudit !

John tressaillit.

— Tu n'as pas besoin de me maudire, Marcus, murmura-t-il. Je m'en suis chargé moi-même. Avant mon départ à l'armée, d'abord. Puis, à mon retour. Parce que, vois-tu, autrefois, il n'y avait que du déshonneur sur mon nom. Maintenant, j'ai du sang sur les mains. Beaucoup, beaucoup de sang. Ils m'ont dit que j'étais un héros à cause de ça.

Il rit d'un rire nerveux, saccadé, jusqu'à ce que son corps en tremble.

— Mais moi, tu vois, j'ai encore les cris dans les oreilles. Sans le laudanum, je ne pourrais pas passer une seule nuit tranquille. Tu as vu ce qui arrive, quand je suis privé de cette drogue. Quand je suis dans cet état, je ne sais plus ce que je fais. Mais je sais en revanche de quoi je suis capable. Et jamais je ne voudrai infliger cela à personne. Je suis fatigué, grand-frère, bien fatigué. De la drogue et de la vie, aussi. Mon Dieu, faites que cela s'arrête et vite !

Il y eut un son qui ressemblait à un sanglot et il sentit que son frère s'allongeait de nouveau à côté de lui dans l'herbe. Marcus lui souleva la tête et plaça en dessous sa propre jaquette pliée, en guise d'oreiller.

— Repose-toi, lui dit-il, je reste près de toi, tu n'as rien à craindre.

Et l'espace d'un instant, il le crut.

Plus tard, bien plus tard, il se réveilla. Le soleil était haut dans le ciel et Marcus était debout, appuyé à un arbre, à quelques mètres de là. John se dressa sur un coude et demanda :

— J'ai dormi longtemps ?

— Une heure, peut-être un peu plus…

John se leva, défroissa de la main la jaquette de son frère et la lui rendit.

— Je te remercie, lui dit-il, c'est davantage de sommeil que je n'en ai eu depuis des semaines.

Son frère secoua tristement la tête.

— Finalement, ce duel qui devait arriver et régler les choses une bonne fois pour toutes entre nous, il s'est bien produit, mais tu t'es endormi au milieu. Mon amour-propre ne s'en remettra pas.

— Tu as été un formidable adversaire.

Marcus eut un sourire triste.

— Tu ne mens plus aussi bien qu'autrefois, constata-t-il. Tu as été plus honnête pendant que nous nous battions. Tu as raison, je suis un fermier et tu es un soldat. J'étais fou de te défier et j'ai de la chance d'être toujours en vie.

— J'ai dit n'importe quoi, je n'en pensais pas un mot. Et que tu sois vivant ou mort, ta maison et ton épouse n'auront jamais que mon respect. Je sais que je ne pourrai jamais réparer mes torts envers toi, mais au moins je peux te laisser en paix et ne pas pourrir davantage la situation. Je vais partir.

— Partir, grogna Marcus. Alors que tu viens seulement de rentrer à la maison ?

Le duc tira une flasque en argent de sa poche et but une longue gorgée avant de la tendre à son frère.

— Il y en a suffisamment pour deux, si d'aventure tu étais intéressé…

John lui sourit.

— Merci, je crois que je le suis.

Ils renvoyèrent la voiture et revinrent à pas lents vers le château. John se sentait le cœur léger, pour la première fois depuis bien longtemps. C'était étrange, en fait, il ne se souvenait plus quand il avait ressenti cette impression pour la dernière fois. Il regarda son frère, qui marchait en silence à côté de lui.

Sans le regarder, Marcus lui tendit de nouveau la flasque. Non, il n'était pas seul. Il prit une autre gorgée. Le brandy était bon, même sur son estomac vide. Sur le seuil, le duc s'effaça pour le laisser entrer le premier. John sourit en voyant Miranda devant lui. Mais son sourire s'effaça quand elle se jeta dans ses bras, toute en larmes et en sanglots bruyants. Par-dessus l'épaule de la duchesse, il pouvait voir Esme, recroquevillée sur l'escalier, en pleurs elle aussi, mais muette de soulagement.

Marcus entra à son tour.

— Miranda, dit-il doucement, voudriez-vous vous contenir et lâcher mon frère ?

Hébétée, Miranda leva les yeux quant elle entendit sa voix, puis se jeta dans les bras de son mari.

— Nous ne savions rien et quand j'ai vu John, je croyais que tu étais mort ! s'exclama-t-elle, oubliant l'étiquette.

Elle renifla ses vêtements.

— Du sang ? Et du brandy ?

Sans lâcher Marcus, elle se tourna vers John, l'air accusateur.

— Que lui avez-vous fait ?

Le duc eut un petit rire bref et prit son mouchoir.

— Il m'a cassé le nez et gâché une excellente chemise, je le crains ! Mais vous remarquerez que je lui ai fait de belles blessures, moi aussi, aux deux bras...

— Il aurait pu me tuer, vous savez, appuya John pour se rendre utile. Mais il ne l'a pas voulu.

Sur l'escalier, Esme poussa un petit cri d'effroi.

— Des enfants, vous n'êtes que des enfants qui n'ont pas grandi, gronda Miranda. On aurait dû vous donner des sabres de bois !

A bout de nerfs, elle se jeta de nouveau dans les bras de son mari en pleurant, s'accrochant à son cou. John se dit que cela devait être très douloureux pour Marcus. Il ne l'avait pas spécialement ménagé ; son frère aurait de nombreuses marques, demain. En guise d'excuse, il lui lança un regard navré. Marcus roula les yeux d'un air fataliste en réponse et d'un signe de tête, lui montra Esme qui pleurait sur l'escalier.

Les larmes de la jeune fille coulaient toujours et elle tremblait comme une feuille quand il monta les marches pour la rejoindre. Il s'arrêta juste en dessous d'elle, et s'assit à ses pieds.

— Mademoiselle Canville, lui dit-il doucement, je suis bien désolé d'avoir envahi votre chambre la nuit dernière. Je ne puis que vous demander humblement pardon, bien que je sache pertinemment que ma faute est impardonnable.

— Je vous ai cru mort, murmura-t-elle. Et c'était ma faute.

Il la regarda et lui dit avec franchise :

— Ce n'était que la conclusion d'une vieille querelle et puis, nous n'avons jamais tellement eu besoin d'excuses pour nous battre…

Il s'interrompit et reprit :

— Non pas que je considère mon manque de respect envers vous comme de peu d'importance. Au contraire, je…

Esme secoua la tête.

— Ce n'était rien, si votre frère ne nous avait pas découverts, il n'y aurait pas eu de problème.

— Pas de problème ?

Il baissa la voix de façon à ne pas être entendu par le couple, dans le vestibule en dessous d'eux.

— Bien sûr que si, il y en avait un, voyons ! Vous aviez un homme nu dans votre chambre.

— Mais c'était vous, cet homme, John, et je n'ai rien à craindre de vous, n'est-ce pas ?

Elle sourit.

— D'ailleurs, je n'avais jamais vu un homme tout nu, auparavant. C'était, en somme… éducatif.

Après des années passées dans les bordels et les maisons de jeu, plus cinq dans l'armée, John, à sa grande confusion, se sentit devenir rouge comme une pivoine. Il avait fallu, pour en arriver là, qu'il fasse la connaissance d'Esme Canville !

— Vous n'auriez pas dû regarder ! lui reprocha-t-il, et vous ne devriez pas y faire allusion.

— Voyons, John, ce n'est pas comme si j'en parlais à la table du dîner. Et puis, vous êtes très beau sans vos vêtements, peut-être même davantage qu'avec. Vous ne pouviez pas vous attendre à ce que je ne regarde pas en venant à moi, nu dans la nuit.

— Je ne suis pas venu à vous, comme vous le dites, petite effrontée ! Pas intentionnellement, en tout cas. Je n'étais pas conscient de mes actes.

Embarrassé, il baissa la tête.

— Il m'arrive parfois d'être somnambule.

— Vous voulez dire… de vous déplacer dans votre sommeil ?

— Oui.

— Donc, une fois que vous vous êtes débarrassé de tout ce fatras de conventions et d'interdits que vous vous imposez consciemment, vous êtes venu à moi, c'est bien ça ?

— Je ne pense pas que ce soit aussi simple, non, protesta-t-il en espérant qu'elle ne se doutait pas à quel point elle était proche de la réalité.

— Vous êtes venu en dormant et vous avez enlevé tous vos vêtements ?

— Il n'y avait rien à enlever. Je ne porte rien lorsque les nuits sont chaudes, comme en ce moment.

Elle se pencha vers lui et murmura :

— C'est vrai ? Je ne savais pas. Les hommes font souvent ça ?

Il s'écarta d'elle et passa nerveusement la main dans ses cheveux.

— J'espère bien que vous ne saurez pas de sitôt ce que font les hommes, vous ne devrez connaître les habitudes que d'un seul, votre mari !

Elle secoua la tête, visiblement pas convaincue.

— Et si aucun ne veut de moi, cela veut dire que je devrai rester dans une crasse ignorance jusqu'à la fin de mes jours ?

John leva les bras en un geste d'impuissance.

— Eh bien, oui, sans doute !

Elle sourit.

— Remarquez, grâce à vous, il est déjà trop tard pour que je conserve une complète innocence…

— Grâce à moi ? Grâce à votre incroyable légèreté, vous voulez dire, et à votre aptitude à faire voler en éclats votre propre honneur !

Elle se pencha presque à le toucher, de nouveau, ses yeux remplis d'étoiles.

— J'ai eu très peur pour vous et je pense que c'est votre fierté masculine qui est la responsable. D'ailleurs, vous l'avez vous-même admis. Vous n'avez pas pris le temps une seconde de penser à autre chose qu'à votre envie de vous battre. La pauvre Miranda et moi, nous vous avons attendus des heures, pétrifiées de peur et n'osant pas parler, chacune sachant que le soulagement de l'une verrait le désespoir de l'autre. Quand vous avez passé cette porte, j'ai eu honte, parce que j'ai su que je me moquais que le duc puisse être étendu mort quelque part, même si le cœur de ma seule amie devait en être irrémédiablement brisé. Tout ce que je savais, c'était que vous étiez en vie. En vie !

La gorge serrée d'émotion, s'apercevant qu'il tenait

toujours sa petite main dans la sienne, il entrelaça ses doigts avec les siens.

— Oui, je suis vivant et mon frère aussi, répondit-il. Les choses n'ont jamais été mieux entre nous depuis des années. Je vous dois des remerciements pour cela, de la gratitude. Mais je ne veux pas gâcher cette nouvelle et fragile situation en abusant de son hospitalité. Ne me le demandez pas, s'il vous plaît… Et puis, Esme, il faut que vous compreniez que je ne peux pas vous donner ce que vous voulez. Si j'achève de vous déshonorer, aucun honnête homme ne voudra vous épouser et moi, je n'ai vraiment rien à vous offrir.

Elle pleurait de nouveau, à fendre l'âme. Il essaya de se durcir le cœur et de rester sourd.

— Je vous en prie, Esme, laissez Miranda vous trouver un mari ou bien rentrez chez vous pour épouser celui que votre père a choisi pour vous. Une fois mariée, vous serez à l'abri et aussi libre de beaucoup de ces restrictions qui vous sont imposées aujourd'hui. Mariez-vous vite, je vous en conjure. Avec n'importe qui, mais pas avec moi.

Puis, il lâcha sa main et redescendit l'escalier pour rejoindre son frère.

# Chapitre 11

Esme se tourna et se retourna dans son lit, incapable de trouver le sommeil. Le tic-tac de l'horloge, sur le manteau de la cheminée, semblait plus bruyant que d'habitude, comme un rappel du temps qui passait, indifférent à ses problèmes.

Elle tapa du poing fermé dans son oreiller et se retourna encore, à la recherche d'un peu de fraîcheur. Le plan qu'elle avait élaboré n'avait plus aucun sens. Elle avait espéré trouver la liberté en jetant sa vertu par-dessus les moulins, en se vendant au premier venu, en somme. Mais à présent, il semblait impossible que Miranda lui trouve un mari et elle devrait probablement rentrer chez elle et se plier aux volontés de son père.

Tout cela n'était pas le plus grave. Elle savait depuis que, dans l'angoisse, elle avait attendu l'issue du duel, qu'elle était assez folle pour être tombée amoureuse. Et de John Radwell, encore ! Si elle avait voulu trouver un moyen sûr de se faire briser le cœur, elle n'aurait pu imaginer mieux !

Il y avait pourtant plus que de l'amitié entre eux. Il la désirait, comme un homme peut désirer une femme, même s'il protestait qu'il n'en était rien.

Elle gémit et se retourna encore, enfouissant sa tête sous son oreiller. Il était bien temps qu'il se rachète une conduite honorable, juste au moment où elle aurait eu besoin qu'il soit un peu moins rigide dans ses principes. S'il se laissait de nouveau aller à prendre quelques libertés avec elle, il ne pourrait certainement pas échapper au mariage. Elle avait beaucoup entendu parler de son passé libertin, mais l'homme qu'il était devenu était bien différent.

C'était comme s'il la tenait à bout de bras, hors d'atteinte, pour soi-disant la protéger, même si cette protection devait l'empêcher de trouver le bonheur. Il refusait qu'elle soit à lui, la réservant pour un autre, n'importe quel autre. Si cet inconnu providentiel ne se manifestait pas, alors il faudrait qu'elle rentre chez elle. Elle n'avait de choix qu'entre un mariage sans amour ou une vie de célibataire recluse chez son père, à expier les fautes passées de sa mère.

Esme rejeta violemment les couvertures et posa les pieds sur le plancher. Très bien, elle ne dormirait pas. Pas avec le souvenir de John nu devant elle, la nuit précédente. Son corps paraissait doré dans le clair de lune et elle s'était repue de cette vision, avant de l'appeler doucement pour le sortir de sa transe.

Ce qui, sans doute, prouvait que son père avait bien raison. Une « vraie » jeune fille, digne de ce nom, aurait été horrifiée, se serait évanouie ou encore, aurait appelé à l'aide. Au moins, elle aurait détourné les yeux de ce spectacle. Esme, elle, aurait voulu toucher, explorer, et avait espéré que John ferait quelques pas de plus, qu'il monterait sur le lit et couvrirait son corps avec le sien.

Elle avait été bien déçue lorsque le duc, croyant venir à son secours, avait tout gâché.

A présent, l'idée de ce qui aurait pu se passer la maintenait éveillée et brûlante dans le confort de sa chambre, et elle avait envie de rejeter sa chemise de nuit et de rester ainsi, nue entre les draps frais, comme John devait l'être lui-même.

Esme se leva et s'écarta du lit, comme pour éviter les tentations. Pas question de sonner pour une tasse de thé à cette heure-ci, évidemment, mais peut-être qu'aller chercher un livre dans la bibliothèque…

Faire quelques pas la calmerait un peu et un recueil de sermons était à peu près la seule lecture qui pourrait apaiser son esprit enfiévré. Les sermons la faisaient toujours dormir, à l'église, le dimanche. On pouvait espérer qu'ils auraient le même effet sur elle, aujourd'hui.

Elle longea le corridor jusqu'au grand escalier et le froid du marbre, sous ses pieds nus, la fit frissonner. Il était agréable d'écouter les craquements de la grande demeure endormie, en se sentant délicieusement seule et en paix.

Elle s'immobilisa sur le seuil de la bibliothèque, sentant « sa » présence avant de le voir. Les chandelles étaient allumées et il y avait une carafe de brandy, ainsi qu'un verre plein sur le guéridon, à côté du canapé. Celui qui l'avait rempli ne paraissait pas y avoir encore touché. Esme pouvait voir la tête de John, de dos, au-dessus du dossier du sofa, ses cheveux qui paraissaient presque dorés, dans la lumière.

— Entrez, Esme, dit-il sans se retourner, la porte ouverte crée un courant d'air.

— Comment savez-vous… ?

Il eut un petit rire.

— Que c'était vous ? Qui d'autre troublerait mes nuits, jusqu'à me poursuivre jusqu'ici ?

Elle se rembrunit.

— Si je vous dérange, je peux m'en aller.

— Ne soyez pas bête, je vous taquine. J'ai simplement respiré votre parfum.

Il la regarda par-dessus son épaule.

— Mais on dirait que ma plaisanterie ne vous amuse pas. Tant pis. Qu'est-ce qui vous amène, à cette heure ?

— Cela me semble évident. Qu'est-ce qui peut vous amener dans une bibliothèque au milieu de la nuit ?

— L'insomnie et le besoin de trouver un livre.

— Evidemment ! répondit-elle avec plus d'amertume qu'elle ne l'aurait voulu. Et vous, vous vouliez un brandy avant de vous coucher ?

— Cette heure de la nuit me trouve rarement au lit, si c'est ce que vous voulez dire.

Elle vint s'asseoir dans le fauteuil à côté du canapé.

— Je me sens bien seule, dans le mien…

— C'est ainsi que les choses doivent être. Vous ne m'y trouverez pas ce soir, même si j'ai failli y entrer la nuit dernière.

— Non, constata-t-elle avec humeur. Jamais, n'est-ce pas ? Jamais avec moi, c'est cela ? Vous pourriez au moins avoir le courage de dire franchement que l'idée vous répugne !

Il esquissa un sourire triste et une sorte de brume passa dans son regard.

— Ne croyez surtout pas cela, chère Esme. Vous n'avez vraiment rien de répugnant. Si vous saviez…

Il s'interrompit, comme perdu dans ses pensées…

Et quand il parla de nouveau, ce fut d'une voix sèche.

— En fait, je pourrais prendre beaucoup de plaisir avec vous, ma douce, si j'en avais le droit. Vous êtes si jeune, si tendre, si naïve… Mais j'ai donné ma parole à mon frère de ne pas choquer ses invités tant que je serai sous son toit. Alors je dois continuer à vous regarder de loin, comme cela, et à rêver à ce qui aurait pu être et ne sera jamais.

Puis il soupira, sur un ton plus moqueur :

— Je dois m'habituer à nier l'évidence, je n'y étais pas habitué et c'est un exercice difficile, surtout quand je vous vois là, devant moi, vos pieds nus dépassant de votre chemise de nuit, prête à enflammer mon imagination.

— Nier l'évidence ? C'est pour cela, demanda-t-elle d'un ton ironique, que vous vous réfugiez dans la bibliothèque avec de l'alcool et de la drogue ?

Il releva la tête, le regard plein de honte et de reproche. D'un geste vif, il prit le verre sur le guéridon et en renversa le contenu dans la cheminée. Le brandy flamba tout de suite en une courte flamme bleue qui miroita sur le cristal du verre et s'estompa aussitôt.

— Voilà, vous êtes satisfaite ? demanda-t-il d'une voix qui claquait durement. Il n'y aura pas de drogue cette nuit, ni de sommeil, non plus, car je n'ai pas envie de courir le risque de me promener de nouveau dans les corridors, prêt à déshonorer mon nom et ma famille davantage que je ne l'ai déjà fait.

Esme s'approcha et voulut poser sa main sur son bras, mais il s'écarta comme si elle l'avait brulé.

— Ne me touchez pas, si vous tenez le moins du monde à votre vertu !

Il recula en direction du canapé et se laissa tomber lourdement sur les coussins, les yeux dans le vide, regardant le feu sans le voir. Esme s'approcha et vint s'agenouiller devant lui, interceptant son regard, qu'il ne pouvait plus détourner.

— Vous êtes encore là ? lui lança-t-il d'un ton rogue. Je crois pourtant vous avoir dit que je préférais me passer du plaisir de votre compagnie !

— Non, je n'ai pas compris cela, murmura-t-elle, et je ne vous ai pas touché. Mais je ne vous laisserai pas alors que vous avez visiblement besoin de moi.

— Besoin de vous ? grogna-t-il.

— Besoin d'une présence auprès de vous. Il ne faut pas que vous restiez seul et il n'y a personne d'autre que moi, dans cette pièce. A moins que vous vouliez que j'appelle le duc ?

— Non…

Il avança sa main et la tira doucement par le poignet, puis ferma les yeux.

— Non, s'il vous plaît. Je ne voudrais pas qu'il me voie comme cela. Pour la première fois, il m'a traité comme un égal, aujourd'hui et non comme une source continuelle de désagréments. Que Marcus me découvre ainsi, incapable de trouver le repos sans l'aide du laudanum, ne serait pas précisément du meilleur effet…

— Laissez-moi vous aider, alors.

John ouvrit les yeux et les plongea au fond de ceux d'Esme avec un sourire triste.

— J'accepterais, si je pouvais être sûr que ce n'est pas mauvais pour vous.

— Mais non ! Si vous ne pouvez pas dormir sans l'aide de la drogue, eh bien je vais simplement rester éveillée avec vous et vous tenir compagnie jusqu'à ce que vous soyez suffisamment fatigué pour aller au lit. Je vais vous distraire…

Un pli amusé souleva la lèvre de John et il ne put s'empêcher de laisser son regard s'attarder sur la silhouette de la jeune fille.

— Nul doute que vous puissiez être très distrayante, mais je pensais vous avoir fait part de ma position, sur ce point.

Elle ne put s'empêcher de rougir et essaya de se détourner pour qu'il ne le voie pas trop.

Elle s'approcha de la table près de la fenêtre.

— Mais non, idiot ! J'ai vu un jeu de cartes, ici, dans le tiroir. Peut-être que quelques mains nous permettraient de tuer le temps agréablement. Une partie de whist, peut-être ?

Il esquissa un sourire.

— Il faut être quatre pour jouer au whist. Soyez honnête, Esme, que savez-vous des cartes ?

— Très peu de choses. Cela fait partie de tout ce que mon père trouvait bien trop frivole pour que j'aie le droit de m'y intéresser.

Elle tira vers eux la petite table de jeu et lui passa le tapis.

— Vous devrez m'apprendre et j'ai bien peur d'être une mauvaise élève. Heureusement que nous avons la nuit devant nous…

Il sourit et secoua la tête.

— Je suis seul dans le noir avec une jolie femme à peine vêtue et nous avons la nuit devant nous, comme vous dites. Elle s'est agenouillée devant moi, m'a proposé de soulager mes souffrances… et nous jouons aux cartes. Vous allez me promettre une chose, Esme Canville ; jurez-moi que jamais aucune allusion à cette nuit ne passera vos lèvres, sinon non seulement votre réputation, mais aussi la mienne auprès des dames sera perdue, à jamais.

Il déplia le tapis et soupira :

— Bon, les cartes, donc. Sans parier d'argent, car cela ne serait pas honnête de ma part avec une partenaire inexpérimentée. Commençons donc par quelque chose de simple, une partie de vingt et un, par exemple.

Quand il l'envoya se coucher, l'horloge venait de sonner 4 heures et la jeune fille dodelinait de la tête.

— Allez dormir, Esme, lui murmura-t-il. Le sommeil est en train de vous visiter, il ne faut pas le laisser passer.

— Et vous ?

Il avait les traits tirés, mais pas autant que certaines fois précédentes, elle l'avait bien noté.

— Moi ?

Il eut un timide sourire.

— Je crois que je vais rester encore un peu. J'aime bien l'aube. C'est un moment de la journée où la paix règne, je le sais depuis longtemps. C'est souvent au premier chant des oiseaux que je trouve enfin le repos.

Il la raccompagna jusqu'à la porte de la bibliothèque, s'arrêta sur le seuil, puis, impulsivement, prit sa main, qu'il porta à ses lèvres pour baiser doucement les doigts d'Esme.

— Merci, lui dit-il. Vous aviez raison, cela m'a fait beaucoup de bien.

Esme sentit son cœur bondir dans sa poitrine et s'envoler comme le premier oiseau du matin.

— Je reviendrai, lui dit-elle, demain !

Il secoua la tête.

— Je ne crois pas, non. Je me préoccupe de votre réputation, figurez-vous, si vous en faites vous-même bien peu de cas !

Il soupira.

— Et je suis fatigué.

Elle sourit.

— Alors, vous avez bien tort, lui dit-elle. Je ne peux pas vous faire trouver le repos, mais je peux au moins vous soulager, en restant avec vous et en vous faisant passer le temps. Vous avez fait beaucoup pour moi, en m'amenant ici, en me donnant un avant-goût de liberté et en m'offrant l'amitié de votre famille. Moi, je n'ai rien fait que vous attirer des ennuis. Laissez-moi faire cela pour vous.

— Bon… Très bien.

Et il referma doucement la porte derrière elle, la laissant regagner sa chambre.

Le lendemain soir le trouva dans la bibliothèque, où il faisait les cent pas comme un animal en cage. Il essaya plusieurs trajectoires différentes dans la pièce, avant de retourner s'asseoir sur le canapé, car il craignait qu'Esme le trouve ainsi et interprète sa nervosité comme un signe de faiblesse.

Il se releva bien vite toutefois. Peu importait après tout ce qu'elle pensait, car il n'allait pas la laisser s'installer à côté de lui. Ce n'était pas convenable. On pouvait certes lui objecter que leurs parties de cartes étaient bien innocentes, mais il ne fallait pas creuser bien loin pour deviner ce qu'il pouvait y avoir derrière. Et puis, le jeu n'était-il pas un vice, lui aussi ?

Pourtant, il avait trouvé si agréable qu'Esme reste auprès de lui la nuit dernière qu'il avait à peine vu passer les heures. Et puis comment résister à quelqu'un qui vous propose avec tant de candeur de vous venir en aide ? Il n'en avait eu ni le courage ni le désir.

L'horloge sur la cheminée sonna les douze coups de minuit et John se surprit à tambouriner nerveusement des doigts sur la table. La veille, elle était arrivée plus tôt. Avait-elle, cette fois, jugé plus raisonnable de s'abstenir ? Ou bien, après tout, était-elle tellement épuisée d'être restée debout toute la nuit précédente, qu'elle s'était retirée tôt et avait oublié sa promesse de le rejoindre ?

Il avait souri, à l'église, en la voyant sommeiller sur le banc réservé à la famille ; Miranda avait été obligée de lui envoyer des coups de coude durant tout le sermon. Ce devait être cela : elle avait certainement besoin de repos et il aurait été cruel de sa part de vouloir l'en priver.

Seulement, il trouvait la perspective d'une soirée sans elle absolument insupportable. A l'aube, quand elle l'avait quitté, il était resté dans la bibliothèque, comme il le lui avait annoncé et avait somnolé doucement sur le canapé pendant que le soleil se levait. C'est là que Marcus l'avait trouvé, il l'avait réveillé en le poussant du bout de sa botte et en lui demandant ce qu'il fichait là.

John avait d'abord invoqué ses insomnies, mais Marcus avait jeté un coup d'œil sur le jeu de cartes et son frère avait dû reconnaître que faire des réussites pouvait effectivement lui calmer les nerfs, quand il ne trouvait pas le repos, la nuit.

C'est alors que Marcus s'était tourné vers le fauteuil à côté du canapé, puis avait eu un autre regard, éloquent, en direction de son frère. L'air de rien, Marcus lui avait fait remarquer que les cartes étaient une façon tout à fait inoffensive de passer le temps, pourvu qu'on soit bien sûr de savoir à quel jeu on jouait…

Et il avait laissé sa phrase en suspens.

John en avait gardé l'impression que son frère en savait bien plus long sur ce qui s'était passé dans la bibliothèque qu'il voulait bien le dire. Mais si c'était le cas, sa remarque valait aussi permission, implicitement, d'y rencontrer Esme sans chaperon, au cœur de la nuit.

Décidément, l'état d'homme marié avait adouci le caractère de son frère ou, du moins, lui avait ouvert l'esprit.

Il entendit des pas dans le corridor et se rua sur le canapé pour y prendre en hâte une pose décontractée. La porte s'ouvrit et Esme entra.

— Vous venez passer avec moi les dernières heures de la nuit, finalement ? lui dit-il.

— Comme je vous l'avais promis.

Elle s'assit en face de lui et commença à battre les cartes.

— Je pensais que, peut-être, vous aviez changé d'avis…

— Miranda est venue dans ma chambre pour connaître mes sentiments à propos des messieurs qu'elle m'a présentés lors du dernier bal. Et aussi pour me mettre en garde au sujet de mon honneur. Je crois qu'elle s'inquiète que je sois trop attachée à vous. Je ne pouvais tout de même pas la renvoyer sous prétexte que nous avions rendez-vous, n'est-ce pas ?

Le mot le fit tiquer.

— Ceci n'est pas un rendez-vous.

Amusée, elle pencha la tête de côté.

— Non ? Et comment appelleriez-vous ça ? Je suis ouverte à toutes les suggestions.

— Je préfère rester dans le flou. Il s'agit simplement de deux personnes qui jouent aux cartes, avec une table entre eux. Le terme de rendez-vous évoque…

— La clandestinité ? Ma foi, c'est le cas…

— Non. L'intimité.

— C'est aussi plutôt intime, John, peut-être pas physiquement, mais…

— Non, pas du tout ! En aucun cas !

Il lui prit les cartes des mains et se mit à les battre machinalement.

— Je parlais d'intimité émotionnelle, précisa-t-elle en souriant. Il est de fait que, en quelques semaines, vous en êtes venu à me connaître mieux que la plupart des gens.

— Je pense que votre mari…

— Quand j'en trouverai un et si j'en trouve un !

Elle saisit les cartes qu'il venait de lui distribuer.

— L'homme que mon père veut que j'épouse n'a pas même éprouvé le besoin de me rencontrer avant les fiançailles. Dois-je supposer qu'un intérêt soudain pour ma conversation va éclore en lui au soir de nos noces ?

John regarda furtivement la silhouette d'Esme et avala sa salive avec difficulté. Sa chemise de nuit était très chaste et d'ailleurs, son peignoir la dissimulait presque totalement. Mais il savait bien qu'il y avait peu de barrières entre sa peau laiteuse et l'air de la nuit et qu'il ne serait pas bien difficile de lui retirer tout cela. Il se força à la regarder dans les yeux.

— Je doute que votre époux, quand vous en aurez un, songera beaucoup à faire la conversation lorsque vous vous retrouverez seuls.

— Pourtant, vous, vous conversez volontiers avec moi. Peut-être parce que, comme vous me l'avez abondamment répété après m'avoir embrassée dans le parc, je ne vous intéresse pas ?

Elle sourit, d'un sourire un brin trop éclatant pour être parfaitement innocent.

— Donc vous me parlez librement, comme une égale, et cela fait que vous me connaissez mieux que n'importe quel autre être humain.

— A propos de ce baiser…

Il s'interrompit. La dernière chose qu'il avait envie de lui dire, c'était à quel point l'expérience avait été plaisante, sinon, elle allait encore se montrer ingouvernable.

— Eh bien quoi, ce baiser ? lui répliqua-t-elle. Je préférerais ne plus y penser. Il était agréable, mais vous l'avez gâché. C'était mon premier, mais cela, vous l'avez remarqué, puisque vous m'avez reproché mon inexpérience. Il faut bien débuter, pourtant. Je pourrai progresser, sûrement, lorsque j'aurai l'opportunité d'embrasser de nouveau…

Elle tapota un peu nerveusement le rebord de la table.

— Revenons aux cartes, à présent…

Elle se souvenait suffisamment des règles pour le battre à chaque main. C'eût été moins facile s'il avait pu se concentrer sur son jeu, plutôt que sur les lèvres de son adversaire et sur l'idée qu'elle pourrait être embrassée de nouveau. C'était dans l'ordre des choses, avant et pendant des fiançailles, mais cela signifiait pour John qu'il ne serait pas celui qui l'embrasserait…

Son premier baiser, oui, certes, mais elle y avait montré une aptitude naturelle et une bonne volonté évidente à satisfaire son partenaire.

Il fallait que Miranda lui trouve un mari présentable et vite. Car Esme avait raison sur un point. C'était du gâchis que de réserver de tels baisers à un vieillard, même très riche, même avec la perspective d'échapper définitivement à son père.

Elle perdrait son innocence de plus d'une manière, en entrant dans le rôle que l'on avait préparé pour elle et ce, dès sa nuit de noces. Sa nature confiante et joyeuse ne tarderait pas à se changer en cynisme. En peu de temps, elle ressemblerait à n'importe laquelle des dames de la bonne société. Sans doute ne tarderait-elle pas à le rejoindre en cachette de son mari, comme il le lui avait prédit. Plus de charmantes conversations alors, plus de jeux de cartes. Juste une étreinte rapide et furtive avant qu'elle ne retourne au domicile conjugal. Jusqu'à la prochaine fois, lorsque l'envie se ferait trop forte et qu'elle reviendrait. Il n'aurait jamais le cœur de la renvoyer d'où elle venait…

John soupira.

Surprise, elle leva les yeux vers lui.

— Vous pensez à quelque chose ? demanda-t-elle.

— Non. A rien du tout.

Elle baissa les yeux sur ses cartes.

Oui, quand elle serait mariée, leurs rencontres seraient

bien différentes de celle-ci et lorsqu'elle le croiserait en plein jour, elle détournerait les yeux. Elle n'aurait pas envie de rire ou de parler avec lui. Elle l'éviterait plutôt, par prudence, pour s'épargner les soupçons et les ragots.

Elle ne faisait pas non plus attention à lui, d'ailleurs, pour le moment, entièrement concentrée qu'elle était sur son jeu, élaborant des combinaisons en se mordant légèrement la lèvre.

Sans prévenir, John se pencha au-dessus de la table, agrippa fermement Esme par les épaules et posa ses lèvres sur les siennes.

— Oh ! John, il ne faut pas !

Elle lutta un moment avant de jeter ses cartes et de l'agripper par les revers de sa jaquette.

Lui, il goûtait sa langue entre deux mots de protestation et pouvait sentir son corps se détendre dans ses mains, rendre les armes, tandis que leur baiser s'approfondissait.

Quand il passa de sa bouche à son oreille, elle respira profondément et balbutia :

— Enfin… nous ne devrions pas, sûrement… Oh, mon Dieu !

Puis elle cessa de parler et quémanda sa bouche pour qu'il l'embrasse encore. Avec un peu d'hésitation, elle lui rendit son baiser en explorant timidement ce territoire tout nouveau pour elle. Elle s'interrompit un instant et John comprit qu'elle s'attendait plus ou moins à une rebuffade de sa part, comme celle qu'elle avait subie ce fameux soir dans le parc. Mais comme aucune réflexion ne venait, elle s'enhardit et bientôt, elle perdit toute crainte.

John s'enflammait, mais il était gêné par la table de jeu entre eux. Esme se penchait par-dessus, le bas de son peignoir balayant les cartes abandonnées sur le plancher.

Embarrassée par la table, elle aussi, elle grimpa à demi sur le plateau et enroula son bras autour du cou de John.

Elle se sentait grisée d'être ainsi tout contre lui, contre son corps, dans l'attente fiévreuse de quelque chose qu'il n'allait probablement pas oser lui donner. Il avait posé ses paumes à plat sur la table pour s'empêcher de caresser les cheveux de la jeune femme, son visage et surtout ses seins, qu'elle plaquait contre son torse.

Il y eut un craquement, un pied du léger petit meuble céda brusquement et ils se retrouvèrent tous deux précipités sur le beau tapis d'Aubusson, parmi les morceaux de bois.

Ce fut un horrible moment, quand John vit Esme étendue de tout son long, face contre terre et sans faire un bruit. Il eut peur qu'elle se fût brisé quelque chose, exactement comme la table. Mais à son grand soulagement, elle roula bien vite sur le dos, secouée d'un grand rire silencieux. Il se souleva sur un coude et la regarda rire en songeant que c'était bien étrange : il l'avait vue souvent sourire, mais très rarement céder ainsi à l'hilarité. La jolie coloration de ses joues et ses yeux qui brillaient, tandis qu'elle essuyait ses larmes de rire, formaient le spectacle le plus éblouissant qu'il ait jamais vu.

Finalement, elle parvint à reprendre suffisamment son souffle pour pouvoir parler.

— Je suis obligée de le reconnaître, John, vous êtes un homme dangereux. Voilà qu'en passant simplement quelques heures avec vous, je casse le mobilier de mes hôtes. Qu'est-ce que je vais bien pouvoir raconter à Miranda ?

Elle se tourna vers lui sans se relever, en faisant mine d'épousseter les revers de sa jaquette.

— Mais c'est simple, vous n'avez qu'à rien lui dire du tout, répondit John.

Il se leva, épousseta vaguement ses culottes ajustées et examina l'épave de la table.

— Voyez, les tasseaux qui retiennent le pied sont simplement sortis de leur logement. C'est facile à réparer…

Il engagea à peu près la pièce de bois dans sa position initiale et la remit en place d'un coup sec du plat de la main, puis il porta la table avec précaution à sa place, près de la fenêtre.

— Voilà, dit-il, ni vu, ni connu.

Esme semblait douter de l'efficacité de sa réparation.

— La prochaine fois que quelqu'un va l'utiliser…, commença-t-elle.

— Peut-être, peut-être pas. Elle cassera si quelqu'un tente de… d'opérer un rapprochement dessus. Cela, je crois que nous en avons fait la démonstration… Je pense que l'on pourra sans dommage continuer à y jouer aux cartes, si la partie ne devient pas trop endiablée. Et maintenant, ma très douce, je suggère que nous allions nous coucher. Mieux vaut nous éloigner de la scène du crime en priant pour que la table ne s'écroule pas avant le lever du soleil.

Il lui tendit la main et elle se mit debout avec beaucoup de grâce, mais en se relevant, elle se tint un peu plus près de lui que ne l'exigeait la décence. Il sourit mais recula d'un pas.

— Fine mouche ! Vous ne m'aurez pas à ce petit jeu, lui dit-il en l'entraînant vers la porte. Je n'ai pas l'intention de renouveler ce petit incident, même si l'idée peut en être très plaisante…

Esme sourit en réponse et John vit qu'elle n'avait pas du tout l'intention de le démentir.

— Je sais maintenant que vous n'étiez pas sincère, cette fameuse nuit dans le parc. Vous ne voulez pas être mon professeur, bon… mais, mon John chéri, c'est peut-être moi qui serai le vôtre, finalement…

Sur ces mots, elle tourna les talons et disparut dans l'obscurité du couloir.

# Chapitre 12

— Vous êtes sûre qu'aucun des deux ne conviendrait ?

C'était l'heure du petit déjeuner, que l'on prenait dans la petite et confortable salle à manger réservée à cet effet. Miranda mâchonnait le bout de sa plume, mais ne semblait que très médiocrement préoccupée par son peu de succès dans le rôle de marieuse.

Esme acquiesça.

— Ils sont tous deux déjà engagés ailleurs. Je dois dire qu'en ce qui concerne M. Smythe, j'en ai pris note avec un léger regret.

Miranda sourit.

— Il a bien du charme en effet. Joli garçon, toujours très bien habillé et très galant, avec un air légèrement canaille. Il me fait d'ailleurs un peu penser à John. Qu'en dites-vous ?

Esme prit le temps de mâcher et d'avaler une petite bouchée de son scone, puis de boire une gorgée de thé avant de répondre prudemment :

— Ah, vous trouvez ? Je n'avais pas vraiment remarqué. Ils ont bien un point commun toutefois : ils m'ont tous deux dit très clairement qu'un mariage avec moi était impossible. Mais M. Smythe a eu, lui, l'élégance d'avoir l'air de le regretter…

— Hmm… C'est bien dommage. En ce qui concerne M. Smythe, du moins, car John serait bien le plus mauvais parti que nous puissions vous trouver. Il peut être tellement insupportable, par moments…

Malgré la dureté de ses mots, Miranda affichait un grand sourire, réduisant considérablement la portée de ses paroles.

— Cela dit, continua-t-elle, je crois qu'il ferait un mari très dévoué, très amoureux, c'est un indécrottable romantique, mais qui craint toujours de mettre son cœur à nu, de peur qu'on ne le brise.

A moins que ce ne soit les meubles qu'il brise ! songea Esme qui dut baisser la tête et tourner sans raison sa cuillère dans sa tasse pour ne pas éclater de rire.

— Je suppose qu'il fera un très bon parti pour celle qu'il choisira, dit-elle d'un ton faussement léger, quand il sera décidé.

— Remarquez que votre père n'approuverait jamais un tel mariage. Lord Baxter lui conviendrait certainement mieux. De la maturité. Du sérieux.

Ennuyeux comme la pluie, à dire vrai. Mais en ce qui concernait les affaires de mariage, Miranda ne badinait pas.

— Je ne veux pas me marier avec quelqu'un qui plairait à mon père, reprit Esme, mais avec quelqu'un qui voudrait bien de moi et que je voudrais aussi. Je doute que mon père, lui, s'arrête à ces détails. A dire vrai, peu importe celui que je choisirai, mon père ne l'aimera pas.

Elle pensa à la lettre qu'elle venait tout juste de recevoir. Le ton n'en était pas particulièrement menaçant. Pas encore. Mais il était de plus en plus bref et direct. Son père lui commandait de cesser ses errements et de rentrer à la maison au plus vite pour faire la connaissance de son fiancé. Esme pouvait imaginer l'expression de son visage, quand il avait écrit ces lignes, et le ton de sa voix s'il avait pu les prononcer. Celui qu'il employait toujours pour commenter les soi-disant mauvaises actions de sa fille.

— Voyons si mon dernier candidat pourrait vous plaire, dit Miranda en souriant, la tirant de ses sombres pensées. Pour la rencontre, je pense à quelque chose de moins formel que les fois précédentes : quelques couples pour faire des tables de quatre… La simplicité même.

— Une partie de cartes ?

Esme songea à celle qu'elle venait tout juste de disputer avec John et le rouge lui monta instantanément aux joues.

— Oui, vous jouez bien au whist, n'est-ce pas ?

— Assez mal.

Miranda balaya l'objection d'un revers de main.

— Ne vous inquiétez pas, nous aurons l'occasion de nous entraîner. Quelques parties dans la bibliothèque feront l'affaire… Vous pourriez faire équipe avec John, tiens !

— Oui, ce serait une idée, répondit Esme en essayant de garder un ton aussi neutre que possible.

Le soir même, ils étaient tous les quatre assis autour de la fameuse table de jeu de la bibliothèque. John était en face d'Esme, et Marcus en face de Miranda. Esme faisait de son mieux pour se concentrer. Cela aurait été plus facile si elle avait pu faire équipe avec un partenaire moins prompt à la faire rire.

Au cours d'une main un peu serrée, Miranda commenta :

— Esme, John et vous, vous jouez très bien ensemble, vous voyez ?

— Peut-être pas au point de gagner cette manche, soupira Esme.

— Gagner n'est pas tout. Il y a aussi le plaisir de passer

une agréable soirée en bonne compagnie. Regardez votre partenaire… ça lui est égal de perdre. N'est-ce pas, John ?

— Miranda, regardez donc plutôt vos cartes, dit le duc d'une voix placide.

— Ah, parce que nous perdons ? dit John d'une voix rêveuse. Je ne l'avais pas remarqué. En fait, j'étais occupé à admirer cette belle table. Elle est neuve ?

Esme s'étouffa à moitié de rire dans son jeu de cartes et décocha un coup de pied à son partenaire, sous la table. Elle eut la désagréable surprise de voir le duc tressaillir en réponse. Mais il ne fit aucun commentaire sur ce coup qui se trompait de cible et répondit à son frère :

— Cette table et l'autre, là-bas, qui est identique, sont dans la bibliothèque depuis toujours et tu le sais parfaitement. Cesse donc de dire des bêtises et joue.

— Elle paraît très solide malgré son âge, commenta John en secouant la table, qui ne montra aucun signe qu'elle allait se disloquer d'un instant à l'autre.

Marcus reprit son verre en main, pour que le contenu n'en soit pas renversé.

— Si tu pouvais attendre que j'aie fini mon porto avant de détruire le mobilier, je t'en serais infiniment reconnaissant, lui dit-il.

— Vous voyez, Esme, Marcus m'en donne la permission, dit John en se tournant vers la jeune fille, un sourcil levé.

— Plus de porto pour toi, ce soir, dit le duc en prenant le verre de son frère et en en versant le contenu dans le sien.

— Il y a une table identique ? demanda Esme, surprise.

— Vous n'aviez pas remarqué ? Elle est juste là, sous la fenêtre, répondit John. Il y en avait même une troisième, je suppose qu'elle est cassée… Elles sont fragiles. Les pieds se déboîtent facilement.

— Cette troisième table est au-dessus, dans la galerie

de portraits. Tiens, John, vous pourriez montrer la galerie à Esme, suggéra Miranda.

— Il pourrait aussi continuer à jouer aux cartes, lui répliqua le duc d'un air entendu.

Puis le groupe garda le silence, tranquille, seulement ponctué, de loin en loin, par un petit rire de John.

Plus tard, Esme se retira en même temps que le duc et la duchesse avant de reparaître dans la bibliothèque en chemise de nuit. Elle se campa devant John, les poings sur les hanches.

— Vous n'avez pas honte ? lui dit-elle, de m'avoir fait croire pendant la moitié de la soirée que la table allait voler en morceaux, alors que vous saviez pertinemment que c'en était une autre ?

Il sourit.

— Elles sont très faciles à différencier, en fait, expliqua-t-il. Il y a une rayure sur le plateau de celle que nous avons cassée. Celle-ci n'en a pas — il montra celle sur laquelle ils avaient joué toute la soirée — et elle est parfaitement solide.

Il la contourna pour aller s'asseoir dans le fauteuil.

Esme le regarda. La fatigue, sur ses traits, était encore plus évidente que la veille. Il allait bien falloir qu'il finisse par dormir, sinon il mourrait d'un manque de sommeil. Voilà à présent qu'il mettait ostensiblement la table entre eux, comme un rempart. C'était ridicule. Un homme qui avait affronté Napoléon aurait dû savoir qu'il n'avait rien à redouter d'elle.

— Voulez-vous que nous pratiquions un peu, pour vous faire faire des progrès ? proposa-t-il. On ne peut pas faire de vraies parties à deux seulement, mais nous pouvons nous entraîner.

Il étendit le bras pour se saisir d'une carafe et d'un verre, qu'il remplit.

Elle le regarda d'un air soupçonneux.

— Non, pas de drogue, je vous l'ai promis, la rassura-t-il en souriant. Il s'agit seulement de ce porto dont mon frère est si avare. Avec raison, d'ailleurs ; il est excellent. Venu tout droit du Portugal, comme de juste. Il serait criminel de le gâcher par des mélanges. Goûtez-le, si vous voulez...

Il poussa son verre devant elle et s'en servit un autre.

Le porto était délicieux et propre à vous échauffer le sang. Esme n'y détecta aucune trace du sédatif qu'elle avait absorbé à Londres. Elle le reposa.

— Vous avez raison, dit-elle, il est très bon. Mais je ne pourrais pas le finir. A cette heure de la nuit, j'ai besoin de toute ma tête.

Il acquiesça.

— Voilà qui est sage...

Elle le regarda par-dessus la table, se souvenant de ses baisers et de l'étreinte de ses bras. Tout compte fait, elle n'avait pas du tout envie d'être sage. Reprenant le verre, elle but une nouvelle gorgée, se laissant envahir par la chaleur de l'alcool.

— Je suppose qu'en présence d'une jeune fille qui aurait un peu trop bu, certains messieurs pourraient se sentir encouragés à prendre... quelques libertés.

— C'est possible...

Il reposa son verre.

— Mais vous, bien sûr, vous ne feriez rien. Rien avec moi, j'entends.

Elle soupira et il regarda sa poitrine monter et descendre

au rythme de sa respiration. Il voyait aussi les flammes de la cheminée se refléter dans ses yeux. Mais il ne bougea pas.

— Vous me décevez, lui dit-elle. Vous avez pourtant la réputation d'être un homme dangereux.

— Ce fut une réputation méritée, répondit-il calmement. Mais c'est du passé. Aujourd'hui, je vous assure que vous ne risquez rien auprès de moi.

— Du passé ? Et que faisiez-vous donc, dans ce fabuleux passé ? Racontez-moi un peu.

— Je n'ai jamais fait boire une femme pour abuser d'elle, si c'est ce qui vous tracasse.

Il sourit en se remémorant ses frasques.

— Ce genre de procédé n'a jamais été de mon goût, ni de ma nature. Je préférais passer du temps à faire abandonner aux dames leurs dernières notions de pudeur, à force de persuasion.

— Vraiment ? Est-ce que les dames en question étaient très dévergondées ? Et vous, vous l'étiez ?

Elle essayait de ne pas avoir l'air trop intéressée par ses confidences mais elle ne pouvait dissimuler la curiosité dans sa voix.

John reprit son verre et le remplit lentement.

— Pas dévergondées, non, mais elles n'avaient rien contre le fait de passer un plaisant après-midi avec moi, seuls dans un certain coin très discret de la propriété.

— Un bel endroit ?

— Un très bel endroit.

— Il faudra me le montrer demain.

Il la regarda.

— Certainement pas. Je ne ferai pas l'erreur d'emmener une jeune fille dans les bois sans chaperon. Mon frère m'arracherait la tête rien que pour y avoir pensé. Celles qui partageaient mon pique-nique lors de telles sorties devaient savoir ce qu'elles voulaient. Et il ne s'agissait pas d'observer les oiseaux ou de prendre seulement le bon air de la campagne.

Elle parut déçue.

— Alors vous n'étiez pas vraiment un séducteur expérimenté, puisque la séduction n'était pas nécessaire ?

— Je l'étais au contraire car j'aime beaucoup cela, ma douce. Lorsqu'un homme veut persuader une femme de prendre un moment de plaisir avec lui, il doit toujours le faire avec grâce et avec style, même si le résultat est acquis d'avance.

Il but une gorgée de porto, la savourant en bouche avant de l'avaler.

— Et quelle était donc votre méthode ?

Elle attendit la réponse, qui ne vint pas. Il restait seulement à la regarder en souriant. Alors elle soutint son regard, tandis que s'écoulaient les secondes, que l'atmosphère se faisait plus pesante et que des pensées inavouables se pressaient dans son cerveau.

— Pourquoi souriez-vous ainsi, au lieu de me répondre ?

— Eh bien, d'abord, je m'assurais que j'avais toute l'attention de la dame en question.

Il parlait d'une voix très douce et Esme était obligée de se pencher un peu vers lui pour bien entendre. Elle s'en aperçut et se redressa, reprenant le verre de porto et buvant une gorgée.

— Qu'arrivait-il quand vous aviez toute leur attention ?

— Tout dépendait de ce qu'elles souhaitaient qu'il arrive.

Il avança sa main, lui prit le verre où elle avait bu et posa ses lèvres où elle avait mis les siennes.

Elle frissonna en imaginant cette bouche sur la sienne.

Il sourit.

Elle le regarda en silence réchauffer le porto dans sa main en coupe comme s'il caressait le verre.

— Oh, mon Dieu…, murmura-t-elle.

John regarda le tissu de son peignoir se tendre et les jolies petites pointes apparaître dessous. Comme elle se sentait regardée, l'effet s'accentua.

Mais quand il parla, sa voix était calme et son visage reflétait la plus parfaite innocence.

— Je ne sais pas comment j'ai pu acquérir cette réputation de coureur de jupons, mais il semble que je n'ai pas besoin d'en dire ou d'en faire beaucoup pour que les femmes que je rencontre aient d'étranges idées. Je me trouve par exemple en train de dîner agréablement avec une jeune veuve et, l'instant d'après, elle tient absolument à me faire boire du champagne dans son nombril. Je ne sais pas à quoi cela tient…

— Vous n'êtes pas obligé de leur obéir, fit remarquer Esme qui sentait une chaleur de plus en plus insistante irradier du bas de son ventre.

— Il serait bien indélicat de refuser ce simple plaisir à une charmante dame et, d'ailleurs, j'aime assez le champagne…

Il la regardait intensément par-dessus le rebord de son verre.

Le cœur d'Esme battait la chamade et l'atmosphère devenait de plus en plus chaude dans la pièce. Sa tenue de nuit, qui lui avait paru si légère, lui pesait soudain comme une redingote, et une curiosité peut-être avivée par le porto la dévorait.

— Ce que vous avez bu vous fait de l'effet ? lui demanda-t-il.

La main sur l'encolure de son peignoir, elle répliqua :

— De l'effet, pourquoi ?

Il vit la lueur dans ses yeux et sentit que le piège qu'il redoutait était en train de se refermer sur lui.

— Non, rien, marmonna-t-il. C'est stupide de ma part de le mentionner. Ce doit être la fatigue et puis quelques verres en trop, pour moi aussi.

Le peignoir d'Esme était retenu par plusieurs liens. Elle défit le premier et laissa béer l'encolure.

— Ah bon ? dit-elle d'un air faussement innocent. Je croyais que vous discutiez de votre méthode pour mon édification personnelle. Que vous vouliez satisfaire ma curiosité pour une raison bien précise…

Elle défit le deuxième lien.

— Arrêtez, Esme. Tout de suite.

— Bien sûr. Aucun problème. Nous avons été interrompus les deux nuits précédentes. Il n'y a pas de raison que ce soit différent cette fois-ci.

— Je vais remonter dans ma chambre et vous laisser ici, la prévint-il.

— Eh bien, j'en doute. Je pense plutôt que vous ne voulez pas être le séducteur, mais le séduit, pour ne pas encourir de blâme. Vérifions tout de suite si j'ai raison…

Et elle tira sur le lien suivant, pour dégager complètement sa poitrine.

— Fermez votre peignoir et allez au lit, lui dit-il fermement. J'ai bu assez de porto pour ce soir et vous, bien plus qu'assez…

Il voulut prendre son verre, mais elle fut plus rapide. Cependant, dans le mouvement qu'elle fit pour lui soustraire, elle le renversa et le vin trempa le fin coton de sa chemise de nuit, qui lui collait maintenant à la peau.

John poussa un juron étouffé en regardant fixement ses seins.

Elle baissa les yeux. Sa chemise de nuit était devenue

pratiquement transparente. Elle pouvait voir les aréoles aussi nettement que lui. Elle ne se démonta pas pour autant.

— Comment les trouvez-vous ? demanda-t-elle, le menton levé.

— Oh ! parfaits, vraiment parfaits, marmonna-t-il comme pour lui-même.

Esme se détendit.

— C'est vrai ? C'est toujours bon à savoir... Mais je crois qu'il faut que je monte me changer. Regardez un peu le gâchis que j'ai fait là !

— Vous feriez mieux, c'est sûr, répondit John d'une voix rauque.

Soudain, sans crier gare, il poussa la table et, poussant Esme dans le fauteuil, il plaqua ses lèvres sur son sein droit, par-dessus le coton trempé de porto.

Elle retint son souffle tandis qu'il enfouissait son visage contre sa poitrine, cherchant à écarter sa robe pour laisser sa peau nue. Le vin était frais mais les lèvres de John étaient chaudes, comme sa main qui écartait le tissu pour faire glisser le corsage vers sa taille. Puis, il la souleva de son fauteuil et l'allongea sur le tapis.

Et tout à coup, il s'écarta. Il prit son verre de porto et revint s'allonger auprès d'elle. Alors, il plongea son doigt dans le verre, pour recueillir quelques gouttes, qu'il fit couler lentement sur les pointes de seins d'Esme. Enfin, il la caressa du bout des doigts, dessinant de petits cercles sur toute cette zone si sensible. Puis il pencha la tête et du bout de la langue, lécha toute trace du vin.

Il avait pris très délicatement une pointe entre ses dents, à présent, et il tirait légèrement dessus. Esme arqua son dos, ses mains agrippant la laine du tapis. Elle caressa ses cheveux, tandis qu'il s'occupait de son autre sein. Elle leva les yeux vers le plafond, sentant le monde tourner follement autour d'elle, comme un manège sans maître. Les mains de John descendirent vers sa taille, pour la caresser sans que ses lèvres n'interrompissent jamais leur travail affolant. Elle se tordait sous lui, avide de ses caresses.

Sans crier gare, il s'interrompit. Il reprit son verre et Esme suspendit son souffle tandis qu'il versait du porto sur son ventre. Il reposa son verre un peu plus loin et couvrit les seins d'Esme de sa main, avant de tracer une ligne nonchalante de sa langue sur la chair de son abdomen pour lécher chaque goutte de vin qu'il y avait répandue. Finalement, il leva la tête et la regarda dans les yeux.

Mais tout de suite, il se figea. Il avait entendu du bruit derrière la porte. D'un geste, il fit signe à sa compagne de rester où elle était, allongée sur le tapis, hors de vue. Puis, il sauta sur ses pieds et alla se rasseoir sur le canapé, non sans avoir soufflé quelques chandelles pour que la pièce fût moins éclairée.

— Monsieur John ?

— Oui, qu'y a-t-il, Wilkins ?

— Je ne savais pas que Monsieur était encore debout. Avez-vous besoin de quelque chose ?

— Non, merci. Je viens souvent passer la fin de soirée ici, je n'ai besoin de rien.

John fit une pause.

— Mais attendez une seconde…

Il attrapa la carafe de porto ainsi qu'un seul verre et s'avança vers la porte pour les tendre au majordome.

— Disposez donc de tout ceci, avant qu'il me vienne la mauvaise idée de vider la carafe. C'est bien connu, mieux vaut ne pas rester seul avec ses pensées… et une bouteille pleine…

— Bien, Monsieur.

Esme entendit la porte se refermer, mais elle resta

immobile, à écouter le sang qui battait à ses tempes, comme un tambour. Puis, John se leva pour venir se pencher au-dessus d'elle, à demi dans l'ombre et à demi éclairé par les braises du feu qui se mourait. Il lui offrit sa main, afin qu'elle puisse se remettre sur ses pieds. Puis, il l'attira contre lui et lui murmura :

— Maintenant que ma curiosité est satisfaite, nous devons nous arrêter là.

— Non ! dit-elle dans un sursaut.

— Oh, que si ! Le majordome va se rendre à l'office avec la carafe et ma bénédiction. Cela vous laisse tout juste assez de temps pour retourner dans votre chambre sans que personne ne s'aperçoive de rien. Mais il s'en est fallu de peu…

Il lui replaça son peignoir sur les épaules et commença d'en renouer les liens.

— J'ai pris de grandes libertés avec vous, mais je n'ai rien fait qui soit… définitif. Nous avons été arrêtés dans notre élan et c'est très bien ainsi. Ne croyez pas, Esme, que vous pouvez continuer beaucoup plus longtemps votre manège et faire de moi un pantin. Un autre homme n'aurait pas été aussi patient et il aurait pris sans complexe et sans précaution inutile ce que vous offriez si généreusement, ce soir.

Il noua avec autorité le dernier ruban et la conduisit vers la porte.

— Mais je pense que vous valez mieux que cela, plus que quelques minutes de plaisir. Vous méritez qu'un homme vous consacre sa vie. Et je me haïrais si je devais me dire que j'ai volé à cet homme-là ce qui devait légitimement lui revenir.

Il ouvrit la porte, passa prudemment la tête dans le corridor, hésita un très bref instant, puis il soupira et ajouta :

— Et maintenant, allez au lit avant que quelqu'un ne vous trouve ici.

Sur ces mots, il l'attira contre lui et déposa sur ses lèvres un baiser qui se voulait plutôt chaste.

— Pour répondre à une question précédente, j'aime le porto autant que le champagne.

Puis il la poussa doucement vers le corridor et referma la porte derrière elle.

# Chapitre 13

La soirée suivante fut telle que Miranda l'avait décrite par anticipation : quelques tables de quatre dressées dans le salon. Le partenaire d'Esme était le dernier homme sur la liste de partis possibles.

Elle étouffa un bâillement discret. Malgré ses efforts, elle n'était encore qu'une joueuse de whist passable et n'arrivait pas à se motiver suffisamment pour devenir meilleure.

Bien sûr, après avoir joué quelques parties avec John, on pouvait difficilement se satisfaire de quelques tours d'adresse, quelques feintes et la mise « raisonnable » de quelques pennies qu'exigeait la bienséance. De toute façon, elle avait tendance à penser que le jeu était devenu beaucoup plus intéressant, une fois qu'ils avaient poussé la table hors de leur chemin.

Miranda lui avait suggéré une simple robe de mousseline au décolleté garni de boutons de roses. Un ensemble parfaitement assorti à la couleur de ses joues quand elle repensait à ce qui s'était passé la nuit précédente. La partie se tenait en effet à l'endroit même où la veille, elle avait joué à un tout autre jeu avec son initiateur, et sur la table au-dessus de laquelle il lui avait appris à embrasser.

Mais elle ne devait plus penser à tout cela. Ayant fini d'accueillir ses invités, Miranda revint se placer à côté d'elle, prenant sa main et la serrant dans la sienne pour l'encourager.

— Vous êtes ravissante, Esme, lui souffla-t-elle. Vous avez très bonne mine, en plus ! Etes-vous très excitée à l'idée de rencontrer lord Baxter ?

— Non, enfin… oui, bien sûr.

Esme espérait que son sourire était suffisamment convaincant. C'était sa dernière chance de trouver un mari ici. Lord Baxter était le meilleur parti que le Devon pouvait offrir, elle devrait faire de son mieux pour lui être agréable. Ses jolis fantasmes à propos de John, au moment où elle était devant celui qui serait peut-être son futur époux, n'aidaient guère, alors qu'elle devait se concentrer sur son avenir.

— J'aime vous voir décidée ainsi, lui dit Miranda. Les hommes sentent quand une femme s'intéresse à eux et ils en sont flattés.

Elle prit la main d'Esme et la conduisit, à travers le salon, à la rencontre de son partenaire.

— Esme, puis-je vous présenter lord Baxter…

Le gentilhomme s'inclina très bas vers elle. Il était en tout cas très galant. Son salut était élégant et cordial. Il n'était pas aussi jeune que Webberley ou que Smythe, mais pas non plus — Dieu merci ! — dans la tranche d'âge que son père souhaitait pour elle. Certes, les cheveux de Baxter étaient gris comme l'acier et son visage marqué de rides, mais il n'était pas laid et si ses yeux ne reflétaient pas de particulière tendresse, ils n'étaient pas non plus cruels.

Ce n'était pas le choix idéal, mais il appartenait sans doute à un genre d'homme qu'elle pourrait finir par apprécier, avec le temps.

Elle lui sourit poliment, d'un air encourageant.

— Je suis très honorée, milord. J'ai cru comprendre

que nous allons être partenaires au whist, ce soir. J'espère que vous voudrez bien vous montrer patient, car je n'ai pas une grande expérience du jeu.

— Pas une grande expérience ?

Il lâcha sa main.

— Dans ce cas, il vaudrait peut-être mieux que vous fassiez équipe avec quelqu'un de votre niveau…

Il se tourna vers Miranda.

— Chère amie, lui dit-il, n'auriez-vous pas une autre partenaire, pour moi ?

Esme sentit ses joues s'empourprer.

Miranda resta bouche bée quelques instants. Elle ne s'était visiblement pas attendue à ce qu'un invité vienne remettre ses plans en question. Il lui fallut une demi-seconde pour plaquer de nouveau sur son visage un sourire contraint avant d'articuler, d'une voix artificiellement mélodieuse :

— Mais… non, je suis désolée. Voyez, les tables sont déjà composées. Une autre fois ? Aujourd'hui, je voudrais que notre jeune amie puisse recevoir les conseils d'un partenaire expérimenté. Qui mieux que vous, dès lors, pourrait lui servir de professeur ?

— Nous pouvons difficilement espérer gagner, si nous ne sommes pas de force égale…

Miranda balaya l'objection.

— Est-ce bien important, par une belle soirée comme celle-ci ? Nous jouons pour nous amuser, après tout, pas pour gagner…

— Je n'ai jamais joué pour perdre en tout cas ! C'est bien d'une femme de dire une ineptie pareille, grommela lord Baxter.

Esme fit comme si elle n'avait rien entendu et s'efforça de garder une expression parfaitement neutre.

Miranda, elle, sourit, mais il y avait une lueur irritée dans son regard.

— Oui, dit-elle, c'est une réflexion de femme, en effet. Que voulez-vous, avec une maison à tenir et des enfants à élever, nous ne pouvons guère passer trop de temps à des choses aussi capitales que les cartes… Vous jouerez contre le duc et moi-même. Avec moi, mon mari aura le même handicap que vous avec Esme. Mais il semble trouver que le jeu en vaut la chandelle… Il est vrai que nous sommes partenaires à vie…

Esme se dit que son amie était une menteuse aussi émérite qu'elle était une joueuse accomplie, car quand le duc et elle faisaient équipe, on avait toujours l'impression que leurs deux cerveaux étaient en relation constante par une sorte de télépathie. L'entente parfaite…

Quant à elle, ce Baxter l'avait rendue furieuse. Pas question de lui pardonner, elle se promettait bien de ne pas faire trop d'efforts pour gagner. Il était inutile de ménager l'amour-propre d'un goujat.

Miranda les guida jusqu'à leur table. Mine de rien, Esme examina celle-ci avec attention. Il semblait bien qu'il s'agissait de celle de la bibliothèque. Mais laquelle ? C'était difficile à dire, car comme pour ses voisines, un napperon cachait l'emplacement de la fameuse rayure. Il fallait espérer qu'elle ne s'écroulerait pas. Encore qu'avec un aussi joyeux caractère à ses côtés, l'incident pourrait être particulièrement savoureux.

La partie commença, pas trop mal, mais il semblait toujours qu'elle ne pouvait jouer avec suffisamment de talent et de stratégie pour plaire à son partenaire.

— Bon sang, mademoiselle, protestait-il, nous venons encore de perdre cette main à cause de vous ! Si vous n'êtes pas capable de comprendre le jeu, au moins n'essayez pas de vous imposer avec les misérables cartes que vous avez en main…

Sur ces mots, il abattait les siennes de façon théâtrale.

Esme ne put s'empêcher de pouffer discrètement. D'ailleurs, derrière elle, elle pouvait entendre rire John à la table voisine. Il ne devait pas perdre une miette de leurs démêlés.

— Je suis désolée, dit-elle en essayant de recouvrer tout son sérieux. J'avais un très mauvais jeu, en effet. Cela ne pouvait pas réussir.

— Un joueur expérimenté peut compenser cela, grommela lord Baxter. Cessez donc de papoter, vous perdez du temps. Reprenez plutôt des cartes…

Comme elle n'avait pas dit un mot de toute la main précédente, la remarque était quelque peu désobligeante. Elle allait lui répliquer vertement, quand elle le vit donner plusieurs petits coups secs du doigt sur la table. Esme aurait juré qu'elle avait vu le fragile petit meuble s'affaisser légèrement…

Miranda lui adressa quelques coups d'œil navrés et, à la première occasion, lui murmura à l'oreille :

— Je suis vraiment désolée. Je ne me souvenais pas que c'était un tel grincheux. Peut-être est-ce de se sentir en compétition, qui lui met les nerfs à vif ? Quand je l'ai rencontré, il m'est apparu comme un gentleman très poli, quoiqu'un peu distant. Je vous en prie, oubliez ma suggestion que vous pourriez l'épouser jamais et faisons de notre mieux pour vous sortir de ce mauvais pas. Ne vous inquiétez pas, il ne représente pas notre dernier espoir. Nous allons chercher autrement, voilà tout.

Esme poussa un petit soupir de soulagement.

— Ne vous faites pas de souci, murmura-t-elle en réponse. Cela n'a pas une grande importance.

— Mais vous avez l'air de vous ennuyer beaucoup. Je n'aime pas cela… Voulez-vous changer de table ?

C'était plutôt lord Baxter qui aurait dû en changer, vu la fragilité du matériel, mais il était délicat de l'expliquer à Miranda sans lui raconter tout le reste. Esme se dit qu'il valait mieux ne rien dire du tout.

— Non, non, tout va bien.

Elle sourit avec plus d'assurance qu'elle n'en ressentait vraiment.

— Retournons plutôt à la partie.

John, de son côté, avait également décidé de prendre les choses en main. Après avoir bu une coupe au buffet, il avait convaincu Marc de changer de table et s'était assis en face de Miranda, c'est-à-dire à celle où jouait Esme et son partenaire, l'irascible lord Baxter.

— J'ai convaincu mon frère de me laisser vous seconder pour la soirée, chère Miranda, dit-il à sa belle-sœur, l'air suave.

— Et il a accepté ? demanda celle-ci, soupçonneuse.

— Nous en avons discuté et sommes convenus qu'un peu de changement donnerait un second souffle à la partie.

Il se pencha un peu en direction d'Esme.

— Mieux vaut qu'il n'y ait pas trop de déséquilibre au sein des équipes. J'étais trop faible pour ma table, Marcus y jouera mieux que moi. C'est lui qui a suggéré que je sois votre partenaire, bien que, je l'avoue, je ne suis pas suffisamment patient pour faire un bon joueur de whist.

Esme s'attendait à ce que la foudre s'abatte sur la table, ou que la terre s'entrouvre et les avale tous, pour tous ces mensonges destinés à l'évidence à faire accepter à lord Baxter le changement dans le jeu. Elle faillit, étourdiment, contredire John et déclarer qu'il jouait très bien aux cartes, qu'elle pouvait l'attester et qu'il avait un goût particulier pour le whist. Mais elle se rappela opportunément que Miranda pourrait s'en étonner : ce n'était pas au cours de la seule soirée où John avait joué au whist en famille qu'elle pouvait avoir acquis cette connaissance. En parler, c'était trahir leurs discrets petits rendez-vous.

Lord Baxter lançait des coups d'œil d'envie vers la table des joueurs expérimentés où, selon lui, il aurait dû avoir sa place. Puis il se tourna vers John.

— Un homme qui ne tient pas sa place aux cartes n'en est pas vraiment un, si vous voulez mon avis, laissa-t-il tomber d'un air dédaigneux.

Esme fut seule à remarquer l'éclat dangereux des yeux de John, sous l'insulte. Quelque chose de presque imperceptible, qu'il camoufla immédiatement en une nonchalante bonhomie.

— Heureux au jeu, malheureux en amour, puisse la chance vous favoriser au cours de la prochaine main, répondit-il à Baxter avec un grand sourire.

Esme dut se retenir de pouffer.

— Il va en avoir besoin, murmura-t-elle entre ses dents.

— Mmm ? grogna Baxter.

— Rien, milord, je remerciais le capitaine Radwell pour ses bons vœux…

John distribua les cartes et il s'appliqua, durant toute une main, à jouer si mal que même Esme put le battre sans effort. Et quand elle gagna, il la félicita avec une chaleur excessive. Esme se demanda si ce n'était pas déchoir, pour un gentleman, de tricher aussi ouvertement aux cartes.

Mais lord Baxter, lui, était très satisfait de leur victoire, de quelque manière qu'ils aient pu l'obtenir. Il se mit à taper du pied en cadence sur le tapis et abattit joyeusement son jeu sur la table.

Celle-ci frémit sous le coup et vacilla vers la gauche. Esme la soutint de son genou, surprise que nul autre qu'elle ne s'en aperçoive, bien qu'à la réflexion, le large sourire de John ne devait pas avoir grand rapport avec le jeu. Et ses yeux pétillèrent de malice quand il proposa de jouer une nouvelle main.

Le sourire de lord Baxter se fit prédateur.

— Vous ne savez pas vous arrêter, pas vrai, mon garçon ? Mais il vaut mieux se retirer, quand on n'est pas bon…

Il fit une pause et changea de sujet de conversation.

— Vous arrivez d'Espagne, il paraît. La guerre est finie, alors ?

John garda le silence un moment et Esme se mordit la lèvre pour ne pas répliquer. Mais paraître voler à son secours au moment même où Baxter l'accusait implicitement d'être un lâche n'arrangerait rien. Elle retint son souffle, attendant la réponse.

— Non, répondit doucement John, la guerre n'est pas finie, pas pour ceux qui la font vraiment. Mais j'ai la faiblesse de croire que mes frères d'armes qui servent encore là-bas peuvent faire face à Napoléon sans mon aide. Distribuez les cartes !

Ces derniers mots avaient été prononcés aussi calmement que le reste, mais d'un ton impérieux qui ne trompait pas. Lord Baxter obtempéra, en gardant les yeux baissés sur le paquet.

La partie commença. John leva les yeux et il regarda Miranda, qui lui sourit en retour. En parfaite communion d'esprit, ils enchaînèrent les levées. Esme se sentit piquée par l'amer aiguillon de la jalousie, car Miranda et John n'avaient pas besoin de mots pour être en harmonie. Elle se prit à se demander ce qui avait bien pu se passer entre eux, autrefois, pour qu'ils se connaissent aussi bien. Miranda jouait aussi bien avec John qu'elle le faisait avec son mari.

Esme lança un regard par en dessous à son propre partenaire. Il jouait sans s'occuper d'elle, ce qui ne l'empêchait nullement d'exprimer sa mauvaise humeur chaque fois qu'il perdait un point, en frappant de la paume sur la table, d'un geste théâtral. Cet homme était aussi ennuyeux qu'il était grincheux, et Esme eût préféré mourir que de le voir tous les matins de sa vie au petit déjeuner. Elle changea de position, retirant sa jambe qui soutenait la table et se résigna à ce qui allait suivre.

Plus ils perdaient, plus John se montrait aimable et courtois et plus lord Baxter devenait irascible.

Au moment où Miranda se penchait pour jouer la dernière levée, la main du désagréable personnage s'abattit une fois de trop sur le plateau de la table et elle s'écroula, éparpillant les cartes dans toutes les directions et renversant le verre de sherry de Baxter sur ses genoux. Il regarda les dégâts avec horreur en balbutiant des mots sans suite.

Miranda leva la main et les domestiques se précipitèrent pour réparer les dégâts. Puis elle regarda Baxter avec un grand sourire et lui dit d'un air suave :

— Inattendu, n'est-ce pas ?

— Oh ! On pouvait discerner quelques signes annonciateurs, commenta John d'un air détaché, quoique sibyllin.

Esme lui décocha habilement un coup de pied dans le tibia, sans se préoccuper qu'il n'y ait plus de table pour dissimuler son geste.

Cette nuit-là, comme les trois précédentes, Esme descendit dans la bibliothèque et y trouva John dans son fauteuil habituel, un volume relié abandonné sur le sol, à côté de lui.

Quand il la vit, il fronça les sourcils et reprit le livre, faisant comme si elle l'avait interrompu dans sa lecture et sa méditation.

— J'espérais, lui dit-il, qu'après la nuit dernière, vous auriez le bon sens de ne pas venir. C'est un grand risque, que de vous trouver avec moi.

Elle s'assit dans un fauteuil, non loin de lui.

— Ce n'est peut-être pas pour vous que je suis venue, mais peut-être simplement pour trouver un livre. C'est une activité bien innocente que la lecture et quel meilleur endroit pour s'en procurer, voulez-vous me le dire, qu'une bibliothèque ? Vous-même, n'y avez-vous pas choisi un livre ? Lequel, d'ailleurs, s'il vous plaît ?

John passa sa main sur son visage.

— Je n'en ai pas la moindre idée, soupira-t-il. Je l'ai pris au hasard et n'ai pas dépassé la première page.

— Oh ! alors je vais plutôt en choisir un autre…

Elle le regarda du coin de l'œil. Il avait l'air encore plus fatigué que la nuit précédente.

— Mes yeux ne parviennent pas à se fixer sur une seule ligne du texte et j'ai beau les fermer, je ne dors pas pour autant. Il va falloir que cela cesse, sinon je ne sais pas comment je vais terminer…

— Pas la peine alors de vous fatiguer à essayer de me renvoyer, vous ne vous débarrasserez pas de moi si facilement, John. Tant que je saurai que vous souffrez, je ne vous laisserai pas. Voulez-vous que je vous fasse la lecture ?

Il ferma les yeux et secoua la tête.

— Y a-t-il alors une autre manière dont vous aimeriez passer le temps ?

Cette fois, il les rouvrit, la regarda d'un air de ne pas croire ce qu'il entendait, mais ne dit rien.

— Je voulais vous suggérer que nous jouions aux cartes, dit Esme, mais je pense que nous en avons assez pour aujourd'hui. Je ne me suis jamais sentie aussi mortifiée de toute ma vie. Mais tout de même, ce que vous avez fait à lord Baxter, ce n'est pas correct.

John se redressa contre le dossier de son fauteuil.

— Moi, je trouve que c'est ce qu'il vous faisait à vous, qui n'était pas correct. Je vous observais du coin de l'œil, vous paraissiez très gênée et cette espèce de gros balourd, là, qui vous houspillait pour quelques « levées » manquées.

— Ce n'était rien, dit-elle en haussant les épaules.

— Pour vous, peut-être, mais moi, je ne puis supporter un homme qui prend les cartes pour une question de vie ou de mort, mais parle de la guerre comme s'il s'agissait, justement, d'un jeu de société. Il était à la limite de m'insulter. Autrefois, je me suis battu en duel pour beaucoup moins que cela. Si j'avais cru que cela pourrait lui servir de leçon le moins du monde, je n'aurais pas hésité une seule seconde à lui passer mon épée en travers du corps. J'y ai très sérieusement pensé, un instant.

Il s'interrompit pour lui sourire.

— Mais, réflexion faite, la petite leçon que je lui ai infligée est bien préférable. Si un homme est assez stupide pour se faire remarquer par un comportement de goujat, il mérite bien d'être tourné en ridicule et que tout le monde en profite.

— Vous l'empêchez à jamais de me faire la cour, remarqua simplement Esme. Jamais plus il ne voudra se montrer ici, après avoir perdu la face de cette manière.

John eut un rire bref.

— Comme si vous souhaitiez qu'il vous la fasse ! Ne

me dites pas que vous avez été séduite par cet homme et par la façon grossière dont il critiquait votre manque d'habileté aux cartes ?

Esme se renfrogna.

— Peu importe ce que je peux bien vouloir. C'était peut-être mon dernier espoir de trouver un mari dans le Devon. Je n'ai guère les moyens de me montrer trop sélective.

— Il faut tout de même l'être davantage que cela. Je me moque qu'il soit le dernier homme dans les parages ou le dernier sur terre, Esme. Pas question de vous marier avec lui. Il vaudrait mieux encore que vous retourniez vers le vieil homme que votre père vous avait choisi. Lui, il aura au moins la décence de mourir bientôt et de vous laisser veuve. Cet abruti de Baxter est fort comme un bœuf et respire la santé. Je crois qu'il pourra encore assommer d'ennuis ses contemporains pendant des décennies. Non, il n'est pas pour vous.

Esme se dirigea vers la fenêtre et regarda le parc plongé dans l'obscurité.

— Vous ne comprenez pas, John. C'était à moi de prendre cette décision et non à vous. J'aurais pu m'arranger de ce Baxter avec un peu de chance et quelques concessions.

— Vous auriez été malheureuse tout le reste de votre vie.

John s'était approché, il était juste derrière elle et posait amicalement sa main sur son bras.

— Vous n'avez rien de commun avec cet homme, Esme, rien du tout. Vous êtes un trésor, un cadeau de la vie qu'il faut chérir et choyer. Quand vous vous donnerez à un homme, il faudra qu'il en vaille la peine. Ce ne pourra pas être un imbécile comme Baxter.

Elle frémit sous la caresse de sa main et se força à continuer de regarder au-dehors, en retenant les larmes de frustration qui lui venaient aux yeux.

— Malgré votre expérience, John Radwell, vous ignorez tout des femmes. Vous parlez comme si j'avais le droit de choisir n'importe quel homme, puis vous prétendez décider pour moi qui je devrais épouser. Vous dites que je suis un trésor, mais vous envisagez que je puisse retourner chez mon père et le laisser décider de ma vie sans mon consentement. Vous refusez de voir la réalité. Je ne suis pas davantage unique que des centaines d'autres et je n'ai plus le choix. Si je veux me marier et avoir une vie honorable, comme vous prétendez me le recommander, alors quel que soit l'homme qui me demandera, quel qu'il soit, vous m'entendez, ma réponse sera oui car je n'aurai pas de seconde chance. Et que je ne retire aucun plaisir de ce choix n'aura aucune espèce d'importance !

John l'écouta sans mot dire et quand il parla, ce fut d'une voix très triste et sans timbre.

— Très bien. Vous avez peut-être raison. Je n'ai peut-être rien compris. Mais si vous tenez à vous marier sans amour ni passion, il faut tout de même que vous sachiez qu'il y a des plaisirs qui seront à votre portée.

Et soudain, il l'entoura de ses bras. Après un moment d'hésitation, elle se détendit et le laissa faire. Elle pensait que c'était un geste de réconfort, mais la chaleur qui l'envahissait lui montrait qu'elle y réagissait d'une tout autre manière.

Il enveloppa ses épaules, puis descendit le long de ses bras pour prendre ses mains dans les siennes et entrelacer leurs doigts. Sans les lâcher, il revint aux épaules, lui faisant croiser les bras sur sa poitrine. Elle pouvait sentir la chaleur de son corps derrière le sien, son souffle sur sa nuque, la caresse de ses mains sur sa peau, au-dessus du décolleté de sa chemise de nuit. De nouveau il la guidait, lui faisant poser les mains sur ses seins.

Elle retint son souffle, ne sachant pas exactement ce qu'il voulait lui faire faire. Il lui fit ouvrir légèrement les doigts, les fit jouer lentement sur les pointes de ses seins, les faisant se contracter et se relâcher, palper.

La respiration d'Esme s'accéléra, tandis que des sensations toutes nouvelles se bousculaient en elle et elle entendait celle de John se faire plus rapide, elle aussi, ses doigts guidant les siens et la caressant aussi.

Il guida encore, doucement mais d'un geste sûr, sa main droite vers le bas, sur son ventre en pressant le corps d'Esme contre le sien. Leurs doigts entrelacés, il l'emmena vers l'ourlet de sa chemise de nuit. Elle sentit de l'air sur sa cuisse…

Et soudain, sa main remonta sous la légère chemise, guidant la sienne sur ses cuisses, vers un certain endroit, entre ses jambes.

Esme essaya de la repousser, se disant que cela devait être mal que de le vouloir, mais de son autre main, John la faisait se caresser son bout de sein entre ses propres doigts et avec la chaleur qui l'envahissait, il était difficile de se préoccuper de ce qui la causait exactement ou de s'inquiéter de savoir si c'était bien ou mal. Tout ce qu'elle savait, c'était qu'elle voulait ressentir encore et davantage les sensations que John lui procurait et qu'il allait lui montrer comment se les donner elle-même.

Il la faisait s'activer de l'autre main et Esme découvrit vite des choses à propos de son corps qu'elle ignorait elle-même ou peut-être, qu'elle avait fait de son mieux pour ignorer : la moiteur intime, les plis secrets, la façon dont tout cela devenait de plus en plus sensible, à mesure que l'on se caressait…

Il bougeait doucement, en cadence avec elle, et Esme pouvait entendre le souffle de son compagnon s'accélérer tandis qu'il mordillait son cou et ses épaules. Elle le sentit dur derrière elle et il semblait qu'elle n'était pas la seule à apprécier ses caresses, mais qu'il pouvait en profiter autant qu'elle.

Leurs quatre mains s'activaient ensemble, plus fort et plus intensément, caressant et palpant, les doigts s'aventuraient…

Esme entendait le souffle court de John, accordé au sien, et sentait ses lèvres sur sa gorge.

Les sensations se déchaînaient en elle comme des vagues sur les rochers. Leurs nouveautés et le choc du plaisir la laissaient pantelante et bientôt, ses jambes ne la portèrent plus.

Mais les bras de John étaient là pour la retenir et il se pencha pour la soulever dans ses bras et la porter jusqu'au divan. Elle se sentait si bien que c'était à peine si elle pouvait parler. Mais il y avait autre chose… davantage… Elle le voulait, elle voulait John, et aucun autre homme.

Après l'avoir déposée sur le canapé, il s'assit à côté d'elle, son regard reflétant une étrange tristesse. Il posa ses lèvres sur les siennes et prit sa bouche. Elle mordit sa lèvre inférieure et eut la surprise de l'entendre étouffer un gémissement. Ses mains fortes étaient sur elle, l'attirant à lui, caressant son dos et ses jambes, s'accrochant à ses hanches. Elle suivit son exemple et le caressa, palpant les larges épaules sous le lin de sa chemise, les muscles durs de sa poitrine, de son dos, la laine douce de sa culotte bien ajustée.

Il eut un sursaut comme s'il était choqué et s'écarta

d'elle. Elle voulait s'accrocher à lui de nouveau, mais il murmura :

— Non, non, non…

Cela tenait du rire et du cri de douleur, elle ne savait trop.

— Non, ma douce, pas cette nuit, ni les autres nuits, jamais.

Il voulut s'écarter et elle s'accrocha à lui, essayant de l'attirer à elle.

— Non, je ne peux pas. Pas question.

Il se dirigea vers la porte, en lui souriant toujours étrangement.

— Vous êtes comme l'absinthe, Esme, comme mon laudanum. Toute douce… mais dangereuse. Je pourrais me perdre en vous, tout oublier, perdre mon âme à force de plaisir. Ne me tentez pas maintenant, alors que je fais tant d'efforts pour retrouver le droit chemin.

Elle roula sur elle-même pour le regarder et vit qu'il ne quittait pas des yeux son corps dénudé, la chemise de nuit baissée sous ses seins nus. L'espace d'un bref instant, elle crut qu'il allait revenir vers elle, car il fit un pas en avant, en effet, contre sa volonté.

Mais il tourna de nouveau les talons et agrippa le bouton de porte avec force, ouvrit en grand et passa sur le seuil.

Elle soupira :

— J'espère au moins que cela vous aidera à dormir.

Il eut un rire très amer.

— Vous ne comprenez pas. Le sommeil, en ce moment, est le dernier de mes soucis. Tout ceci doit cesser entre nous, Esme. Je ne jouerai plus avec vous au cœur de la nuit, ni aux cartes, ni à autre chose. Je suis si fatigué que je ne me crois plus capable de me dominer et je ne peux plus croire, comme j'ai voulu m'en persuader, qu'il ne serait question que de cartes et de conversation, si nous nous rencontrions sans chaperon. Si vous venez demain dans la bibliothèque, vous y serez seule.

Il disparut sur ces mots.

# Chapitre 14

Le lendemain, Esme descendit prendre son petit déjeuner en essayant de chasser de son esprit les pensées qui s'y bousculaient et sa terreur grandissante, sachant qu'elle se trouvait à présent à court d'idées, de possibilités et que le temps lui était compté.

Il y avait une nouvelle lettre qui l'attendait à côté de son assiette. Elle en brisa le sceau d'une main nerveuse et la lut d'un trait, de peur que John n'entre dans la salle à manger et ne s'en saisisse.

*Ma fille,*

*Le temps des petits jeux et de ta scandaleuse insubordination doit cesser. Nous savons tous les deux que tu n'es absolument pas malade, à moins que l'irrespect et le refus d'obéir soient une maladie ou que, précisément, le remords de mal te conduire n'empoisonne ta vie entière. Tu as passé suffisamment de temps auprès de tes très élégants nouveaux amis pour soigner toutes tes maladies imaginaires. Je te donne vingt-quatre heures pour recouvrer la santé, faute de quoi je me rendrai dans le Devon, pour t'appliquer un traitement à ma manière.*

*Si tu te dérobes et t'enfuies de nouveau, sois certaine que je te retrouverai où que tu te caches et que je te ramènerai à la maison par les cheveux, s'il le faut, pour t'empêcher de prendre le même chemin que ta mère.*

*Ton père.*

Esme replia la feuille de papier en hâte et la dissimula prestement dans sa manche, à l'instant même où John venait s'asseoir à côté d'elle. Il lui sourit chaleureusement tout en se servant des œufs et des toasts.

— Bonjour, Esme, lui dit-il, c'est une bonne et belle journée, en effet.

Elle le regarda comme s'il avait perdu l'esprit. Une bonne journée, alors qu'elle allait devoir rentrer chez son père ? Bien sûr, il ne pouvait le savoir et elle ne pouvait pas non plus lui montrer la lettre. Cela n'aurait comme résultat que d'attiser sa rage contre lui et il y avait des limites au mal que l'on pouvait souhaiter à son père.

— Sans doute, soupira-t-elle.

Il tâta d'une main le plateau de la table avant de prendre ses couverts.

— Oui, ça a l'air solide.

— John…, commença Miranda d'un ton réprobateur.

— Je prends mes précautions, répondit-il. Je sais maintenant que la proximité de Mlle Canville peut mener un homme apparemment calme et maître de lui à détruire le mobilier. Devant m'asseoir moi-même à côté d'elle, je m'assure que, quelle que soit la fureur où elle pourrait me conduire au cours de ce petit déjeuner, la table pourra le supporter.

— Ah, par pitié ne me parlez plus de cette soirée ! s'écria Esme. Je ne me suis jamais sentie aussi honteuse de toute ma vie.

Il lui sourit d'un air indulgent.

— Pourquoi diable vous sentez-vous responsable de ce qui est arrivé à lord Baxter ?

— Parce que vous savez parfaitement que…

Elle s'arrêta net, avant de trahir leurs petits secrets devant toute la famille assemblée pour le petit déjeuner.

— Parce que vous savez que lord Baxter était ici pour me rencontrer. Cet accident ne lui serait jamais arrivé dans d'autres circonstances.

— A mon avis, cet homme brise le mobilier en tous lieux et en tout temps. Il fera des bûchettes avec les tables et chaises de bien d'autres de ses connaissances, mais vous ne serez simplement pas là pour y assister… D'où sortiez-vous cet hurluberlu, chère Miranda, et qu'est-ce qui a bien pu vous faire penser qu'il pourrait convenir à notre Esme ?

Miranda releva la tête.

— Ah, parce qu'il s'agit de « notre » Esme, à présent ? Eh bien, j'ai jugé que lord Baxter pourrait faire un mari convenable pour « notre » Esme en raison de son comportement très digne à l'église paroissiale, lors des offices religieux. Il semblait très respectueux, quoique peut-être un peu ennuyeux. Comment aurais-je pu savoir qu'en société, il devenait aussi revêche ?

— Bon vent à lui, répondit John. Je suis heureux que nous ayons découvert sa vraie nature avant qu'il nous fasse perdre davantage de temps. Mais il semble qu'Esme ne puisse pas trouver son bonheur parmi votre brochette de prétendants, Miranda. Elle est à cent coudées au-dessus d'eux. Il faut lui en trouver d'autres…

— Ah, il le faut ?

Miranda repoussa son assiette et croisa les bras.

— Je crois que vous ne vous faites pas une idée bien nette de la situation. Je n'ai plus personne à lui présenter. Tous ceux qui restent sont soit franchement impensables en tant que maris, soit eux-mêmes déjà en route vers l'autel…

John beurra longuement son toast pour se donner le temps de réfléchir et répondit :

— Essayez à Londres, alors. Je suis sûr que vous trouverez quelqu'un, là-bas.

Miranda répliqua avec toute la logique qui s'imposait.

— Si nous l'emmenons à Londres, alors il faudra la ramener chez son père, car nous ne pourrons pas continuer à jouer la fable de sa maladie. Esme ne peut pas se promener à la vue de tous à Vauxhall, pendant que nous essayons de faire croire à son père qu'elle est obligée de garder la chambre.

— Vous trouverez bien quelque chose, ma chère belle-sœur, car vous êtes extrêmement intelligente. J'ai la plus grande confiance en vous.

Les yeux de Miranda s'étrécirent.

— S'il n'y faut que de l'intelligence, pourquoi ne pas vous y employer vous-même, mon cher beau-frère ? Vous avez certainement, parmi vos connaissances, quelqu'un qui pourrait lui être présenté ? Peut-être même quelqu'un qu'elle a déjà rencontré et qui apprécie sa compagnie ? Quelqu'un qui, à trente-trois ans passés, ferait bien de s'établir et de trouver une épouse...

En fixant son assiette, refusant de croiser le regard de Miranda, John répondit :

— Personne qui vaille la peine, non. Si je connaissais quelqu'un, je le dirais, mais ce n'est pas le cas. Je tiens Mlle Canville en haute estime. J'aimerais beaucoup pouvoir lui être utile, de quelque manière que ce soit.

— Voudriez-vous, tous les deux, cesser de parler de moi comme si je n'étais pas présente ? intervint Esme, furieuse. Je suis très reconnaissante pour ce que vous voulez faire pour moi, Miranda, et je ne vous en remercierai jamais assez, même si vos efforts ne portent pas leurs fruits. Mais je ne suis pas sotte au point de ne pas m'apercevoir que, depuis le début, les dés sont jetés. Vous saviez, n'est-ce pas, que ces messieurs ne pourraient pas convenir ? Mais vous espériez qu'à un moment ou un autre, John entrerait dans la ronde. Hélas ! le temps nous presse et John ne veut pas de moi. Combien de fois faudra-t-il qu'il le répète ? Je suis aussi fatiguée de l'entendre que lui, de le réaffirmer encore et encore !

A cet instant, la lettre faillit tomber de sa manche et elle la releva d'un geste nerveux en frottant le tissu.

— Maintenant, si vous voulez bien m'excuser, je crois que vous en avez assez fait pour moi, tous les deux.

Elle se leva et quitta la pièce, avec toute la dignité qui lui restait encore.

— Esme !

Esme se mit à courir le long du couloir vers la porte qui menait vers l'arrière du manoir et son potager, pour échapper à cette voix qui la suivait.

Mais les enjambées de John étaient plus grandes que les siennes et il gagnait du terrain.

— Esme, arrêtez-vous ! Il faut que je vous parle.

Elle s'essuya les yeux avec sa manche, et elle entendit l'enveloppe crisser sous le tissu, implacable rappel du fait qu'elle n'avait pas le choix et qu'il ne lui restait plus qu'une seule chose à faire.

— Et moi je ne veux pas vous parler, John. S'il vous plaît, laissez-moi tranquille !

— Vous ne voulez pas me parler, mais vous devez m'écouter. Je ne veux pas que vous alliez vous réfugier au fond du jardin pour pleurer sur quelqu'un comme moi. Laissez-moi au moins m'expliquer. Cela ne nous fera peut-être pas moins de mal, mais il faut que vous compreniez les raisons que j'ai de ne pas vous demander en mariage.

— Elles sont très claires, vous ne cessez de les répéter.

Je suis inexpérimentée, je suis naïve, je suis bien trop ennuyeuse pour un homme aussi accompli que vous.

Il posa un doigt en travers des lèvres d'Esme pour la faire taire.

— Ne parlez donc pas pour moi. Vous n'avez rien à vous reprocher, rien du tout. Si, par bonheur, je pouvais être différent, je vous épouserais à l'instant, pour ce que vous êtes, solide, intelligente et bonne. Une épouse parfaite, pour moi comme pour d'autres, j'en suis convaincu.

— Mais vous m'aimez, murmura-t-elle, je le sais. Et vous ne pouvez pas ne pas connaître mes sentiments pour vous, parce que je ne prends pas même la peine de les cacher !

Il se détourna, pour qu'elle ne puisse pas voir son visage.

— Les sentiments que je pourrais avoir pour vous ou pour une autre, et ceux que vous pouvez avoir pour moi n'ont aucun rapport avec cette conversation.

— C'est toujours la même chose, alors ? Ce que je peux vouloir, ce dont je peux avoir besoin, ce que je ressens, tout cela ne compte pas ? Je ne suis rien de plus qu'un meuble que l'on peut éventuellement transporter d'un point à un autre. Tout ce qui compte, ce sont les exigences de mon père ou bien les vôtres, et quand vous me faites du mal, cela soulage votre conscience de penser que c'est pour mon bien.

Il se retourna vers elle.

— Quand je vous ferai du mal, et cela risque bien d'arriver, cela ne me soulagera en rien et ce ne sera pas pour mon confort personnel. Mais je tâcherai de le faire aussi doucement que possible, pour moi, comme pour vous.

— Pour l'instant, c'est raté, John, répliqua-t-elle d'un ton sec, car je suis à l'agonie de devoir vous quitter bientôt.

— Il n'est pas question de me quitter, Esme. Nous allons

y réfléchir et, dans un jour ou deux, nous trouverons bien une solution. Vous êtes peut-être malheureuse aujourd'hui, néanmoins vous êtes vivante, contrairement aux autres femmes que j'ai aimées. Et puis, un cœur brisé n'est pas une vraie maladie. On y survit. Vous ne me traînerez pas à l'église avec des effets de mélodrame.

— Bien sûr, ce ne sont que des propos hystériques. Il n'y a que vous qui ayez le droit de vous complaire dans le mélodrame, moi je n'ai qu'à faire bonne figure et à attendre que l'on me marie au premier venu !

— C'est la plus ridicule…

— Montrez-moi vos cicatrices, John. Ces blessures qui vous font tant souffrir et que vous cachez dans votre chambre avec votre laudanum !

— Je ne me cache pas.

— Bien sûr que si ! Le héros de retour de la guerre, avec ses nerfs malades, qui me laisse m'humilier devant lui et refuse d'accepter mon amour ou même seulement mon corps ! Tout ce qu'il veut de moi, c'est ma pitié !

— Vous êtes venue me chercher et je n'ai pas plus demandé votre pitié que votre amour !

— Mais vous avez bien de la chance de les avoir ! Vous avez besoin de moi, John Radwell, que vous le vouliez ou non, ne serait-ce que pour vous prouver que vous n'êtes pas le vil séducteur pour lequel vous prenez un plaisir pervers à vous faire passer, si veule et méprisable qu'il ne mérite pas l'amour d'une femme !

— Ne croyez pas, mademoiselle Canville, que je ne suis plus qu'une coque vide, attendant pour reverdir enfin que votre passion romantique pour moi me régénère. Je n'ai pas besoin ni de vous ni de personne. Je suis parfaitement bien comme je suis !

— Menteur !

— Vous ne me connaissez pas !

— Si !

Il resta un instant muet, interloqué, comme si les mots le frappaient en pleine face, puis il finit par articuler :

— Le fait que vous ne voyiez pas de marques sur mon corps ne veut pas dire qu'il n'en n'existe pas, à l'intérieur.

Il tourna les talons et laissa tomber :

— Vous ne pouvez pas savoir ce que c'est.

— Eh bien, dites-le-moi !

Il soupira, et revint s'asseoir sur un banc, à côté d'elle.

— Vous ne me laisserez pas tranquille tant que vous ne saurez pas, n'est-ce pas ? Très bien. Peut-être la vérité produira-t-elle en vous un choc salutaire. Il faut remonter longtemps avant cette guerre. Savez-vous pourquoi j'y suis parti ?

— Parce qu'il y a eu… un différend entre le duc et vous, répondit Esme en détournant les yeux par discrétion.

— Allons, je vous en ai dit plus que cela, non ? Il m'a chassé parce que je ne laissais pas sa femme tranquille. Mais il faut remonter plus loin encore, bien avant cela. J'étais jeune, sot et amoureux. On ne saurait me le reprocher, n'est-ce pas ? J'étais ardent, impétueux comme vous voudriez que je le sois encore aujourd'hui. Je ne voulais pas attendre, alors j'ai pris la fille que j'aimais dans une grange. Peut-être était-ce trop facile, peut-être aussi qu'elle m'aimait et que j'étais le premier. Ou peut-être qu'elle s'ennuyait et que j'en valais bien un autre… Toujours est-il que lorsqu'elle fut enceinte, je n'étais plus là et que je l'ai perdue au profit d'un homme qui valait mieux que moi.

— Avec l'enfant ? murmura Esme.

— Avec l'enfant.

— Mes sentiments envers mon frère n'étaient guère chaleureux après la mort de sa première femme et les siens envers moi, moins encore, après qu'il eut épousé celle qui portait mon enfant. Plus tard, quand il a épousé Miranda, j'ai voulu la lui prendre par vengeance et n'y suis pas parvenu. Le temps a passé, je suis parti à la guerre et j'ai trouvé un autre amour, au Portugal.

Il soupira.

— Elle était très belle et bien plus innocente que la première. Moi, je n'allais pas commettre deux fois la même faute, alors je lui ai fait la cour, dans les règles, et son père m'a agréé. Au Portugal…

Il releva la tête.

— J'étais un vrai gentleman, celui que je ne me suis jamais donné la peine d'être en Angleterre, et j'étais aimé par une vraie demoiselle. Maria m'était supérieure par la naissance. Anglaise, elle aurait été comtesse. Elle m'aimait, croyait que j'étais un héros et moi, j'essayais d'être à la hauteur de cette image qu'elle avait de moi. Je la respectais et ne voulais pas commettre de nouveau les fautes de ma jeunesse. Je ne l'ai jamais touchée, je le jure. C'est à peine si j'osais baiser le bout de ses doigts.

Il y avait un immense, un insondable chagrin dans ses yeux et Esme vint s'asseoir à côté de lui. Elle lui prit timidement la main. Il la lui retira.

— Lors de nos rencontres, il y avait toujours un chaperon, une duègne, en permanence, pour veiller au respect des convenances. Mais être admis, simplement admis en sa présence me suffisait et je lui jurai que lorsque la guerre serait finie et sa patrie libérée, je reviendrais la voir et je demanderais enfin sa main à son père. Celui-ci comprenait la situation et l'acceptait, même s'il savait fort bien que je n'étais qu'un cadet. Il me respectait et il avait confiance en moi…

John eut un rire amer.

— Je ne sais pas lequel de nous deux était le plus fou. Si j'avais vraiment été l'homme que je voulais être, j'aurais fait quitter le pays à Maria. J'aurais écris à Marcus et l'aurait supplié de la prendre chez lui, de la protéger jusqu'à mon retour. Mais j'étais trop fier pour demander de l'aide et je désirais plaire à son père. Alors, je n'en ai rien fait. Et puis la guerre nous a séparés, je la croyais en sécurité à l'abri des murailles de Badajoz où elle s'était installée avec sa famille. Mais quand est venu le temps de prendre la ville…

Son regard se perdit, devint absent et son visage, un masque de douleur et d'épuisement. Esme garda le silence. Elle aurait voulu pouvoir faire quelque chose, n'importe quoi qui puisse l'aider, mais elle n'osait pas l'interrompre.

— J'ai essayé de demander de ses nouvelles avant le commencement du siège, mais les Français gardaient les portes et le courrier ne passait pas. Sa famille possédait une propriété aux champs, alors elle aurait dû partir avant que la guerre n'arrive jusqu'à elle, mais son père pensait qu'elle était plus en sécurité derrière les murailles, sous la protection des Français, qu'en rase campagne, à la merci de n'importe quel soudard, français ou anglais, qui passerait par là.

Le siège dura longtemps et beaucoup des nôtres moururent. Les murailles semblaient impénétrables, mais finalement, nos sapeurs y ouvrirent un passage.

Cette fois, quand elle reprit sa main, il ne se déroba pas, mais il la serra à lui faire mal tout en continuant son récit.

— Nos hommes voulaient leur revanche et il n'y eut bientôt plus moyen de les contrôler ; c'était comme une folie qui se répandait parmi eux. Ils voulaient punir la ville pour ne pas avoir ouvert les portes. Mais ce n'était pas les soldats français qu'ils châtiaient, c'étaient les vieillards, les femmes et les enfants. Il a fallu deux jours pour que nous, les officiers, nous puissions reprendre le contrôle de nos troupes. Durant tout ce temps, j'ai cherché Maria. Sa maison avait été incendiée, elle était vide. J'ai fini par trouver son père, qui errait comme un dément dans les rues, mais il n'a rien pu me dire.

Sur son banc, John tremblait dans l'air du matin.

— Je l'ai trouvée, finalement. Au pied des murailles. Ses domestiques sanglotaient sur son cadavre. Les soldats étaient venus, les nôtres. Ils avaient battu son père, brûlé la maison et puis ils avaient violé Maria.

Il y avait des larmes dans ses yeux.

— Son maudit honneur ne lui avait pas permis de vivre avec cette honte. Elle croyait que je ne lui pardonnerais pas ce qui n'était pourtant en aucun cas sa faute. Alors elle s'est jetée du haut des remparts. Elle avait raison, en un sens. Je n'ai jamais pardonné ce qui était arrivé. J'en ai voulu à mes hommes, que je n'étais pas parvenu à contrôler ; à moi, pour avoir laissé ceci arriver. Mon amour l'avait tuée, comme il avait tué Bethany.

— Non, ce n'est pas votre amour qui l'a tuée, essaya de protester Esme.

— Il ne l'a pas sauvée, non plus. Et peu importait que j'aie été impulsif ou bien prudent, respectueux de son honneur ou bien libertin, elles sont mortes toutes les deux et moi je suis vivant. Mon frère m'a haï et le père de Maria m'a maudit.

Il la regarda, le visage torturé.

— Ne comprenez-vous pas ? Je n'ai pas d'argent et pas de maison, pas de protection à vous offrir. Que me reste-t-il ? Je sais trop dans quel désastre je pourrais vous entraîner, si vous continuiez à me poursuivre. Je ne veux pas porter cette responsabilité de plus. Je ne peux pas vous promettre que votre avenir sera heureux ou exempt de chagrin, mais je peux vous assurer que, si cela arrivait, je n'en serais pas la cause.

Et il détourna les yeux avant d'ajouter :

— Je… j'ai trop d'affection pour vous pour accepter cela.

— Menteur, murmura-t-elle. Si vous teniez vraiment à moi, vous ne parleriez pas ainsi. Laissez-moi vous dire ce que je pense, John. Vous avez aimé deux fois et les deux fois, vous avez perdu celle que vous aimiez. Depuis, vous vous punissez vous-même pour cela, ainsi que tout le monde autour de vous. Vous vous êtes conduit d'une façon si scandaleuse que votre propre frère a dû vous mettre à la porte. Alors, vous avez commencé une nouvelle vie, une carrière, mais vous avez fini par vous cacher chez vous, drogué, pour ne plus rien ressentir. Maintenant, vous avez peur d'admettre que vous aimez, parce que vous craignez que tout cela recommence et que vous croyez que vous n'y survivrez pas. Ne me dites pas que le mal que vous me faites n'est que dans mon propre intérêt. C'est plutôt une défense de votre part, c'est votre cœur que vous protégez. Vous préférez encore ne plus jamais éprouver aucun sentiment, que de souffrir de nouveau.

Sur son banc, les épaules voutées et la tête basse, John refusait de soutenir le regard d'Esme. Alors elle s'agenouilla à ses pieds et prit ses mains dans les siennes.

— Je ne peux pas vous promettre que je vivrai toujours. Personne ne le peut. Et si jamais je viens à mourir, je doute fort que ce soit à cause de votre amour. Je me moque que vous ne puissiez pas m'offrir la sécurité. La seule que je demande, c'est celle de vos bras autour de moi.

Il ne disait toujours rien. Esme brûlait de l'entendre prononcer les mots tant attendus, de voir enfin briser sa chape de hautaine solitude. Mais elle ne recevait de lui que son silence. Elle se releva en défroissant machinalement sa robe.

— Très bien, si vous ne voulez plus éprouver aucun sentiment, j'en éprouverai pour deux. Peut-être, quand je serai partie, verrez-vous les choses différemment. Vous y aurez peu gagné et perdu beaucoup. J'espère seulement que la prochaine femme que vous aimerez aura plus de chance que moi.

Il ne levait toujours pas les yeux vers elle, mais il parla.

— Il n'y aura pas de prochaine femme.

— Ne soyez pas stupide ! Vous avez eu une maîtresse et dès que votre situation s'améliorera, vous en aurez d'autres. Un jour, il vous faudra un héritier et pour cela, il faut une épouse.

Esme pensait qu'elle aurait dû éclater en sanglots, mais elle était trop furieuse pour cela.

La voix de John, par contre, ne trahissait aucune émotion.

— Peut-être avez-vous raison. Mais vous ne comprenez pas mieux les hommes que je ne comprends les femmes. Je n'ai pas dit que je vivrai sans leur compagnie. Je n'ai pas besoin de les aimer pour obtenir d'elles ce dont j'ai besoin et qui me suffit.

— Alors je suis heureuse de ne pas avoir su prendre votre cœur, John. Vous êtes bien aussi mauvais que vous pouvez le souhaiter ! Vous pourriez apporter à une femme tout le bonheur du monde, plus que je n'en aurai jamais, mais vous préférez les utiliser, sans jamais leur donner rien de profond en échange. Au fond, vous avez raison, un mariage avec vous serait pire que celui auquel mon père veut me forcer. Au moins, si j'épouse un vieillard pervers qui n'en veut qu'à mon corps, je n'aurai pas à me bercer de l'illusion que je fais cela par amour.

Cette fois, les larmes se mirent bel et bien à jaillir et Esme tourna les talons pour retourner vers le château.

Mais, cette fois, John ne la suivit pas.

# *Chapitre 15*

Esme se tournait dans son lit, incapable de trouver le sommeil. Elle avait passé les nuits précédentes en compagnie de John, doux moments qui avaient été suivis par de plus doux rêves encore et de très agréables rêveries éveillées, dès que le soleil entrait dans sa chambre. A présent, il entendait bien qu'elle renonce à lui définitivement et qu'elle retourne à son ancienne vie comme si de rien n'était. Il pouvait bien trouver cela raisonnable, mais tout en elle, son âme et son corps, refusait de l'admettre.

L'horloge sonna onze coups et Esme continua d'écouter s'égrener les minutes, puis les secondes, en pensant qu'au matin de cette nuit sans sommeil, il lui faudrait prendre ses responsabilités et retourner chez elle. Il y avait bien trop longtemps qu'elle profitait de l'hospitalité du duc et de la duchesse et elle ne voulait plus leur imposer sa présence, non plus qu'elle ne pouvait supporter de voir le visage de John tous les matins au petit déjeuner en sachant qu'il n'y avait pas d'avenir pour eux deux.

Peut-être que Miranda aurait pu lui trouver un nouveau parti dans le Devon et peut-être pas. Mais elle ne pouvait rester au risque de voir son père venir la chercher par la force. S'il allait mettre sa menace à exécution et s'abaisser jusqu'à lui faire violence devant ses amis ?

L'horreur de cette idée la submergea, lui soulevant le cœur. La chose serait déjà bien assez terrible, mais si le duc ou John s'interposait, alors il y aurait un épouvantable scandale. Son père passerait pour une victime, un vieil homme inquiet de l'absence trop longue de sa fille, et les intentions des Radwell à son égard paraîtraient plus que suspectes.

Elle devait donc admettre que sa tentative de prendre en main son propre destin avait été un échec. Elle ne pouvait pas parvenir à convaincre John de lui proposer le mariage et il ne s'abaisserait jamais à la prendre comme maîtresse. Il préférait, de beaucoup, laisser les choses dans l'état où elles étaient.

Bien sûr, il ne voyait que des avantages au fait que leur relation n'aille pas plus loin. Il disait aimer la compagnie d'Esme, mais soutenait que ce qui avait pu se passer entre eux n'avait pas d'importance et que ce qu'elle voyait briller dans ses yeux quand il la regardait ne signifiait rien.

Pourtant, il paraissait évident qu'il ne la considérait pas comme toutes les femmes avec qui il avait dû flirter. Dans le parc, par exemple, il lui avait ouvert son cœur. Il avait même eu les yeux humides, devant elle. Esme avait bien cru qu'il allait avouer les sentiments qu'il ressentait pour elle, mais elle n'avait pas eu la consolation d'entendre ces mots-là.

Très bien, elle le laisserait tranquille, si c'était ce qu'il voulait. Mais pas avant de lui avoir pris ce qu'il pouvait lui donner. John lui devait bien cela, s'il voulait vraiment qu'elle s'en aille et qu'elle épouse Halverston. Elle allait devoir s'offrir à un homme qu'elle n'aimait pas, après tout. Elle ravala sa peur.

John lui avait dit qu'il ne serait pas dans la bibliothèque. Cela signifiait donc qu'il se trouvait dans un endroit où il était certain qu'elle n'oserait jamais aller le chercher. Une jeune fille digne de ce nom ignorait jusqu'à l'emplacement de la chambre à coucher d'un homme, puisqu'elle n'avait aucune raison d'aller lui rendre visite.

Le cœur d'Esme avait battu très fort quand elle avait demandé à la femme de chambre où se trouvait celle du capitaine Radwell. Si la servante allait se montrer trop bavarde ?

Bah, cela importait-il vraiment, à présent ? Demain, elle partirait pour Londres et ne reverrait jamais ni ce château, ni ses serviteurs. Elle avait donné à la femme de chambre une pièce d'un souverain pour cette information et une autre, pour qu'elle tienne sa langue. Puis, elle s'était pelotonnée sous ses couvertures en attendant que la maison soit parfaitement silencieuse.

Elle posa ses pieds sur le tapis et sortit silencieusement du lit. A présent que le moment était venu, elle avait peur. Elle défit les liens de sa chemise de nuit et la laissa tomber sur le sol, puis elle passa directement son peignoir et le serra étroitement autour de sa taille. La soie sur sa peau nue éveilla ses sens et une douce chaleur monta en elle. Ce n'était plus de la peur qu'elle éprouvait, mais du désir.

Elle n'emporta pas de chandeliers et se déplaça silencieusement le long du corridor obscur, vers l'aile opposée du vieux château où elle savait que l'un des membres de la famille ne dormait pas encore. Arrivée devant la porte de John, elle colla son oreille au panneau. Tout était silencieux, mais elle pouvait voir un rai de lumière filtrer sous la porte, qui prouvait que le capitaine Radwell ne dormait pas.

Elle prit une profonde inspiration pour affermir son courage, puis elle tourna le bouton de porte, entra et referma prestement derrière elle.

Au bruit de la porte, John se redressa un peu sur son fauteuil. Il y avait sur la table, à côté de lui, un livre et une carafe de brandy. Il était en peignoir, lui aussi, prêt à se coucher, bien qu'Esme doute qu'il ait vraiment envie de dormir. Il se tourna vivement vers elle, comme un homme prêt à repousser une attaque, puis il la reconnut. Esme vit son visage s'éclairer d'une joie extraordinaire, tout de suite remplacée par une expression de tristesse et de profonde fatigue. Sans l'avoir vraiment voulu, il fit un pas vers elle, mais il s'en aperçut et s'arrêta net avant d'être trop près.

— Retournez dans votre chambre, lui dit-il doucement.

— Non, je ne vous laisserai pas me renvoyer, cette fois. Je sais ce que je veux, John.

Elle soutint son regard un moment, puis se retourna pour fermer la porte à clé.

— Ne me renvoyez pas, insista-t-elle. Pas cette fois.

— Mais il le faut. Vous êtes folle d'être venue et il faut vous reprendre avant qu'il ne soit trop tard. Si vous retournez dans votre chambre maintenant, personne ne saura jamais rien. Mais si je fais… ce que vous voulez, quelqu'un le découvrira un jour et alors, le prix sera lourd à payer pour vous, comme pour moi. Partez, Esme, pendant que votre honneur est encore intact.

De la main, elle chercha le nœud qui serrait la ceinture de son peignoir, le défit et laissa le léger vêtement tomber de ses épaules jusqu'au sol.

— Non !

Mais sa voix tremblait et il la regardait intensément, tandis qu'elle se tenait nue devant lui. Il y avait, dans ses yeux, comme une soif que rien ne pourrait apaiser.

Elle pouvait distinctement entendre les battements de son propre cœur, comme si elle attendait les siens, en réponse. Le temps lui parut s'arrêter. Puis il fit un pas, mais elle pouvait entendre son souffle, court, comme s'il avait couru longtemps pour venir se camper devant elle et regarder son corps.

Il s'approcha, se pencha pour ramasser son peignoir, le lui jeta sur les épaules et la fit pivoter pour la pousser vers la porte.

Mais le peignoir glissa de nouveau et elle entendit John retenir son souffle quand il vit son dos.

Elle se retourna vivement, lui arracha le vêtement des mains et s'enroula dedans pour cacher ses cicatrices.

— Voilà, lui dit-elle, maintenant vous avez vu. J'espérais les dissimuler dans l'obscurité. Nul ne peut les voir, quand je suis habillée, même en robe de bal, parce qu'elles sont placées assez bas sur mes épaules. Miranda m'a rassurée sur ce point. Mais, je vous en prie, dites-moi la vérité : lorsque mon premier amant, qui ne sera pas vous, puisque vous ne le voulez pas, les verra, est-ce que ce sera grave ?

De nouveau, John fut près d'elle. Il fit glisser doucement le peignoir de ses épaules et elle sentit son souffle sur sa peau, ses mains qui suivaient le tracé des balafres sur son dos. Sa voix était de glace quand il demanda :

— Qui a fait ça ?

— Mon père, le jour où ma mère a quitté la maison. Il était sorti à cheval et avait toujours la cravache à la main quand il a découvert la lettre qu'elle lui laissait. Il était terriblement furieux et plus encore quand je suis entrée et que je lui ai demandé ce qui se passait. Alors, il m'a dit que ma mère était une sale putain et que je deviendrais pareille, si on ne m'élevait pas correctement.

Esme ferma les yeux. Elle se souvenait encore du sifflement atroce de la cravache qui fendait l'air, la douleur qui déchirait sa peau, à chaque coup de la lanière de cuir.

— Quand ce fut fini, je courus au grenier pour me cacher. Il fallut plusieurs heures aux domestiques pour me trouver. Ma gouvernante avait peur de mon père et elle ne fit rien, mais elle me tint la main pendant que l'on nettoyait mes blessures. Elle m'a dit que les cicatrices auraient été moins marquées si elle avait pu intervenir plus tôt, mais le sang avait séché et ma robe avait collé aux blessures. Nettoyer et soigner tout cela fut aussi douloureux que les coups eux-mêmes.

Elle eut un sourire amer, comme pour elle-même.

— Après cela, il a appris à ne pas laisser de traces. Une main ouverte peut laisser un bleu, mais il disparaîtra assez vite. Un coup de canne vous fait mal, mais ne vous fend pas la peau et un poing n'a pas besoin d'être abattu très fort, pour que l'intention soit claire.

— Je le tuerai, dit sourdement John.

— Mais non. Car je ne vois pas à quoi il servirait que lui soit mort et vous, en prison pour son meurtre.

Il l'attira à lui, l'entoura de ses bras, la serra très fort et elle pouvait sentir, là où son peignoir s'ouvrait, leurs deux peaux l'une contre l'autre.

— Seulement, j'ai peur, murmura-t-elle, un homme qui verrait ces cicatrices… pourrait penser…

Elle avala douloureusement sa salive et termina sa phrase.

— Que j'ai fait quelque chose pour laquelle j'ai mérité d'être battue. J'ai entendu dire… que la première fois qu'une femme… allait avec un homme, cela lui faisait mal. Mais peut-être s'il pense que ce n'était pas ma faute… je… je ne pourrai pas cacher mon dos longtemps… et alors…

— Vous mélangez un peu tout, lui murmura-t-il doucement. Cela ne fera pas mal ou juste un peu, très brièvement. Cela peut arriver au moment où l'hymen se brise et encore, la douleur n'est pas systématique. C'est très court et c'est juste une fois. Je peux faire cela pour vous. Mais je ne ferai rien de plus. Ne vous bercez pas d'illusions, n'espérez pas obtenir davantage, Esme, je ne peux pas vous épouser. Et je ne vous proposerai pas plus que cela. Quand le moment sera venu, vous prendrez votre plaisir avec votre mari avant qu'il ne prenne le sien, détendue et prête pour lui. Vous le laisserez faire ce qu'il voudra et l'abuserez avec un peu de sang sur les draps, ainsi qu'en faisant semblant d'avoir peur et un peu mal. Nous autres, les hommes, nous sommes faciles à abuser quand nous sommes excités.

John défit la ceinture de son peignoir et le fit tomber à terre à côté de celui d'Esme. Elle continua à sentir l'air frais sur sa peau, mais tout d'un coup, ce fut la chaleur de John derrière elle, son sexe dressé et dur qu'elle sentait contre sa peau.

Il la prit aux épaules et la fit pivoter vers lui, ses lèvres cherchèrent les siennes et il enfouit ses doigts dans les cheveux d'Esme. Sa langue se mêla à la sienne un instant, puis il s'écarta légèrement pour murmurer :

— Vous n'avez rien à craindre, Esme. Vous êtes pure, douce et belle. Parfaite…

Il prit un téton dans sa bouche, fit courir ses mains sur les seins parfaits, sur le ventre blanc, sur les courbes affolantes. Sur les cicatrices de son dos, aussi, comme pour en effacer jusqu'au souvenir.

Les seins d'Esme, si doux au toucher, durcissaient, même si elle sentait son corps devenir mou et liquide. John la fit reculer doucement jusqu'à ce qu'elle sente le lit contre l'arrière de ses genoux. Là, il la poussa légèrement, comme pour jouer et elle tomba sur le dos. Alors, il lui écarta les jambes, s'agenouilla entre elles sur le plancher, glissa ses mains sous elle et l'attira contre sa bouche.

Le plaisir submergea Esme, au point de lui faire mordre sa lèvre inférieure pour ne pas crier. Pour le moment, elle était loin de la douleur qu'on lui avait décrite comme le passage obligé lors de la première fois…

Puis ce furent les doigts agiles de John qui prirent le relais, incroyablement habiles et précis, tandis que sa bouche faisait merveille sur son sein droit. Esme s'agrippa aux draps, se cambra, se sentant comme si elle allait s'évanouir de plaisir. Enfin, il entra en elle et roula pour qu'elle soit au-dessus de lui. Elle se laissa faire, éperdue.

Il murmura :

— Une fois, une seule, comme je vous l'ai promis. C'est tout ce dont vous avez besoin et tout ce que j'oserai faire. Et puis la douleur sera partie et je vous donnerai encore du plaisir.

Elle le sentit, tout dur contre elle, la pénétrer, faire une courte pause à l'entrée de sa féminité, puis pousser. C'était étroit, trop étroit. Il s'arrêta pour laisser Esme s'habituer à la taille de ce qui était en elle et la magie de se sentir le prolongement de quelqu'un d'autre. Déjà, il se retirait, elle sentait leurs corps se séparer et elle savait, malgré toute son ignorance des choses du sexe, qu'un homme ne pouvait pas avoir pris son plaisir en ne restant pas plus longtemps en elle. Elle s'arc-bouta pour le retenir, ses ongles dans les épaules de John, ses hanches contre les siennes.

De nouveau, il voulut s'écarter et elle lutta, nouant ses jambes autour des hanches de John pour verrouiller leur étreinte et bougeant son bassin en cadence. Elle l'entendit soupirer de plaisir et comprit qu'elle avait gagné, qu'il était désormais incapable de ne pas aller jusqu'au bout. Ce pouvoir qu'elle avait sur lui, malgré sa taille et toute sa force d'homme, l'exalta. Elle continua le mouvement de ses reins et ce fut lui qui les accompagna de la poussée des siens tandis que, arc-boutée contre lui, elle apprenait à l'accueillir de plus en plus commodément en elle, tous ses muscles tendus, comme si elle voulait le garder toujours et non pas seulement une seule nuit. Il frémit et poussa plus fort, encore, avant d'exploser en elle dans un rugissement, de rouler et de tomber à côté d'elle, épuisé.

— Esme…

Il ne prononça pas un mot de plus, mais il l'avait dit avec tant d'émerveillement que ce simple prénom devenait tout un monde. Il la regarda sous ses paupières closes, puis il lui sourit, soupira, ses yeux se fermèrent tout à fait et Esme vit son corps se détendre dans le sommeil.

Elle resta un long moment immobile à le regarder, puis leva les yeux vers le ciel de lit, et réfléchit à l'étrange nouveauté de tout ceci.

Il allait devoir l'épouser, à présent. Malgré toutes ses protestations de libertinage, son sens de l'honneur était bien réel ; il ne transigerait pas. Ayant couché avec elle, il refuserait de la déshonorer.

Cette idée ne lui procura pas le moindre plaisir. L'idée d'épouser John aurait dû pourtant faire d'elle la femme la plus heureuse du monde. Mais savoir qu'il ne l'acceptait que parce qu'elle s'était montrée imprudente et égoïste, malgré tous ses avertissements, toutes ses dénégations, savoir qu'il allait devoir mettre ses ambitions de côté et l'épouser pour lui éviter le déshonneur la rendait profondément malheureuse. Lui qui essayait de se débarrasser de sa mauvaise réputation, si injuste aujourd'hui et qui lui collait à la peau, voilà qu'il allait devoir se marier en hâte ; les gens jaseraient, forcément. Chacun s'interrogerait sur les véritables raisons de ce mariage précipité et compterait les mois jusqu'à la naissance de leur premier enfant, certain qu'il avait été conçu hors mariage.

C'était absolument insupportable. Elle n'était pas meilleure que les autres femmes qu'il avait aimées. Ses souvenirs d'elles étaient pleins de remords, de culpabilité. Mais elles avaient eu, au moins, le bon goût de mourir. Elles ne verraient pas, toute leur vie, cette terrible lueur de désenchantement dans ses yeux. Celle du prisonnier qui n'a aucun espoir de quitter jamais sa prison.

Elle posa délicatement sa main sur le haut de l'épaule de John, sentant le muscle si dur sous la peau si douce. Il était fort et brave. Il l'avait protégée autant qu'il l'avait pu. C'était à son tour de protéger John. Contre elle-même, s'il le fallait.

Elle se glissa hors du lit de son amant et retourna dans sa chambre, faire ce qu'il y avait de mieux pour elle-même comme pour lui.

# *Chapitre 16*

A travers la toile du drap qu'il avait relevé sur sa tête, John entendait sonner l'horloge sur le manteau de la cheminée. C'était curieusement interminable…

Dix, onze, douze coups.

Ce n'était pas possible. Il pouvait voir, à la lumière qui filtrait à travers le drap, qu'il n'était pas minuit. Ainsi, il serait… ?

Midi ?

Il rejeta instantanément ses couvertures et fixa l'horloge. Alors, le souvenir de tout ce qui s'était passé la nuit précédente lui revint d'un seul coup.

Esme.

L'air hagard, il se retourna vers la place vide à côté de lui dans le lit et se sentit tout à fait ridicule. Il avait vaguement senti qu'il était seul, en se réveillant, mais depuis quand, et que s'était-il passé exactement ? L'avait-il vraiment prise, en dépit de toutes ses bonnes intentions, du simple sens commun et des promesses à son frère ?

La réponse à sa question était là, sur le drap… une tache de sang. Il passa la main dans ses cheveux et bondit hors du lit comme si un serpent l'avait piqué. Il était un idiot, un imbécile, une brute ! Il était le seul à blâmer pour la déchéance d'une malheureuse jeune fille.

Bien sûr, il était fatigué au-delà de toute limite, poussé dans ses derniers retranchements par l'insistance d'Esme et déstabilisé par la vision des cicatrices qu'elle avait dans le dos. Et puis… quand il avait senti la douceur de sa peau, de son corps, désespérément accroché au sien comme le lierre autour d'un tronc d'arbre… C'était folie que de croire qu'il pourrait, comme il avait essayé de le faire, prendre juste une bouchée d'elle et ne pas vouloir s'en rassasier tout à fait. Ce ne pouvait être que la fatigue qui l'avait réduit à penser qu'il pourrait se contrôler une fois qu'elle serait nue contre lui.

Tout cela n'expliquait pas son réveil tardif. Il avait sombré tout de suite dans le sommeil comme dans une sorte de coma, sans même s'assurer qu'elle pourrait regagner sa chambre sans faire de mauvaises rencontres. Et si elle s'était endormie auprès de lui ? Il n'osait imaginer les conséquences.

Par bonheur, cela ne s'était pas produit. Le seul fait qu'il respire encore en était la démonstration, car dans le cas contraire, Marcus lui aurait passé son épée à travers le corps, dans cette chambre même et sans cette fois s'embarrasser d'un cartel.

Donc, Esme était retournée dans sa chambre sans son aide et lui, il avait dormi profondément pour la première fois depuis plus d'un an. Douze heures, sans la moindre drogue et voilà qu'il se réveillait l'esprit parfaitement clair, avec, c'était inespéré, de l'appétit. Cette constatation offrait un contraste résolument optimiste avec son comportement stupide de la veille. Il ne lui restait plus qu'à échafauder un plan pour un brillant avenir.

Il allait s'habiller et trouver Esme. Il lui parlerait et lui proposerait de l'épouser. Et si cela ne la rendait pas heureuse, tant pis pour elle. Ils prendraient tout de suite la route de l'Ecosse et sous peu, ils seraient mariés, plus question d'histoires de demi-mondaines, de beaux partis ou même d'objections paternelles. Si ce dernier problème demeurait, il demanderait à Marcus d'aller voir ce Canville et de régler le problème. C'était là le genre de choses qu'un pair du royaume pouvait faire. Il faudrait que le père d'Esme soit fou pour refuser une alliance avec la famille Radwell.

Il soupira. Ce n'était pas exactement ce qu'il avait souhaité. Il n'avait ni château ni fortune à lui offrir, rien de la sécurité, de la stabilité qu'elle était en droit d'attendre du mariage. Au lieu de cela, il la pousserait à désobéir à son père et l'enlèverait pour l'épouser. C'était là le genre de choses à user rapidement la patience du Régent.

Bien des hommes l'auraient méritée davantage que lui, c'était certain. De ceux qui ne lui auraient jamais fait de mal et dont on pouvait être sûr qu'ils veilleraient sur elle, bien mieux que lui.

Mais tout cela n'importait plus. Il l'aimait. Il avait essayé de se préserver de cet amour, avait fait tout ce qui était en son pouvoir pour l'éviter, mais c'était peine perdue, il était amoureux d'elle, corps et âme. Une vie passée auprès d'elle allait lui donner l'occasion de se racheter, aux yeux d'Esme elle-même, en premier lieu. Le cœur de John bondissait de joie à cette idée.

Il appela son valet et s'habilla en vitesse en essayant de ne pas sourire à la vue des draps froissés. Mais si Toby s'en était rendu compte et avait une opinion à ce sujet, il eut aussi le tact de la garder pour lui.

Puis John se précipita dans l'escalier vers la salle à manger, juste à temps pour voir un valet débarrasser son assiette inutilisée.

— Un peu en retard, John ? remarqua placidement Marcus en posant sa serviette sur la table.

— Je dormais, expliqua son cadet un peu piteusement.

— C'est ce que nous avions déduit, répliqua placidement son frère. Mais… tu as donc pu… ?

— Oui, j'ai pu trouver le sommeil. Il semble que mes insomnies aient miraculeusement pris fin.

Miranda fit semblant de ne pas comprendre le sens de cette conversation, mais John vit bien qu'elle était soulagée, à la façon dont elle se détendait en l'entendant parler.

— Nous étions bien un peu inquiets, avoua-t-elle. Votre valet était incapable de vous réveiller et Esme a recommandé de ne pas vous déranger. Mais elle nous a laissé une lettre.

— Une lettre ? Pour quoi faire ?

Il regarda fixement la table, soudain conscient qu'il n'y avait ni assiette ni couvert à la place qu'Esme occupait habituellement, aucun signe qu'elle ait pris son déjeuner avec la famille.

— Ce qu'elle avait à me dire ne pouvait pas attendre ?

— Ah, vous ne savez pas ?

Miranda parlait d'un air attristé.

— Apparemment pas, ou devrais-je dire : qu'est-ce que je ne sais pas ? Où est Esme et pourquoi m'écrit-elle une lettre au déjeuner ?

Cette fois, la duchesse parut surprise.

— Elle disait que tout était réglé entre vous et qu'elle agissait pour votre bien à tous les deux, que vous étiez d'accord… D'ailleurs, j'ai trouvé cela bien cruel de votre part…

Elle lui lança un regard franchement désapprobateur, prête à en découdre.

— Je suis heureuse que vos problèmes viennent à se résoudre, mais je pense que vous auriez pu au moins lui dire au revoir, étant donné les tendres sentiments qu'elle a pour vous.

— Lui dire au revoir ? Pourquoi devrais-je donc lui dire au revoir ?

Miranda le regardait comme s'il était devenu fou et même Marcus le dévisageait avec une sorte de commisération dans les yeux.

John entendit s'élever sa propre voix, avec un accent d'inquiétude qu'il ne parvenait plus à dissimuler :

— Bon sang, qu'avez-vous fait de mon Esme ?

— Votre Esme, comme vous jugez bon de l'appeler maintenant qu'elle est partie, est retournée chez son père, comme vous l'encouragez à le faire depuis des semaines. Elle vous a laissé ceci.

En se levant, la duchesse fit claquer une enveloppe sur la table, devant John.

— Et maintenant, si vous voulez m'excuser, je vais vous laisser devant un repas froid et avec, je l'espère, quelques regrets.

Sur ces mots, elle quitta la salle à manger, drapée dans un silence glacial et réprobateur.

John sentit son appréhension monter en flèche tandis que, le regard vide, il fixait la lettre que sa belle-sœur venait de lui donner. Ses mains tremblaient lorsqu'il saisit le couteau à poisson afin de fendre le cachet.

*Mon cher amour,*

*C'est ainsi que, dans mes souvenirs, je penserai toujours à toi. Tu m'es plus cher que tout au monde et tu le resteras toujours, quoi que tu puisses penser de moi. Et quoi que tu puisses croire également, tu as été mon meilleur ami, autant que mon amour, le seul homme que j'ai rencontré qui n'a jamais voulu me faire de mal et a toujours pensé à ce qui était bon pour moi avant de considérer ce qui pouvait être bon pour lui. En dépit de ce que tu peux dire de toi-même, de ton autodénigrement perpétuel, tu es le plus brave, le plus solide des hommes et tu m'as appris à être forte et brave, moi aussi.*

*A présent, je dois prendre une décision très difficile, mais qui je l'espère s'avérera la meilleure, pour toi comme pour moi.*

*Quand je suis venue te rejoindre cette nuit (mon Dieu, il me semble qu'il y a un siècle de cela !), je croyais sincèrement que j'avais épuisé toutes mes chances de trouver jamais le bonheur. Grâce à toi, j'en suis venue à me dire que ce n'était peut-être pas si vrai que cela, après tout.*

*Je sais que je ne pourrai épouser aucun des hommes que j'ai rencontrés ici, aussi honnêtes et éligibles qu'ils peuvent être. Et ce n'est pas à cause de ce qui s'est passé cette nuit, ne te fais aucun reproche… La vérité est beaucoup plus simple : c'est tout simplement parce que je ne les aime pas et parce que aucun d'eux ne méritait d'avoir une épouse qui vient à eux avec une vertu qui n'est plus intacte et le cœur rempli d'amour pour un autre.*

*C'est toi que j'aime, John. Même si tu te refuses à lire ces mots, tu sais bien qu'ils sont vrais. Et te connaissant, je sais que tu t'es réveillé ce matin en étant persuadé que tu avais abusé de moi. Ne sois donc pas si bête… La réalité est toute différente. Si une femme attend, pour te rejoindre dans ta chambre, que tu sois à demi assommé de fatigue, qu'elle se met nue devant toi et qu'elle refuse de partir, en s'accrochant à toi alors que tu la chasses, tu ne peux pas vraiment te vanter d'être un suborneur, je pense.*

*Tu m'as dit la nuit dernière que je ne devais pas m'attendre à ce que tu m'épouses, ni venir pleurer sur ma vertu perdue, alors que c'était moi-même qui l'avait jetée par-dessus les moulins. Je me conformerai à ces souhaits, sois sans craintes, car je n'ai aucun regret de ce qui est arrivé entre nous. Ce matin, je me sens plus forte que jamais et je peux même imaginer m'inventer une conduite qui pourra, avec le temps et en toute discrétion, m'amener jusqu'au bonheur.*

*Je rentre chez moi, John, chez mon père, me soumettre au mariage qu'il souhaite pour moi. Mon mari sera probablement tout ce que je suspecte, mais comme tu me l'as fait remarquer, une femme mariée jouit de certaines libertés auxquelles une jeune fille n'a pas accès. Aussi peu enviable que sera mon sort, il sera toujours préférable à celui de rester célibataire dans la maison de mon père.*

*Comme tu l'as noté également, mon futur époux est vieux et riche. C'est horrible de ma part de penser cela, mais il est probable que ce mariage avec le comte ne durera pas éternellement. Je pensais, il y a peu encore, que quelques années pouvaient être aussi longues que l'éternité. Mais maintenant, je sais que quand on a été heureux comme je l'ai été, une seule nuit peut durer toujours et de nombreuses années grises paraître une seule seconde, à côté de ces quelques heures.*

*Je ne pourrai pas, en conscience, prendre un amant après avoir donné ma foi au comte. Le souvenir de notre nuit sera déjà un secret bien assez difficile à garder, sans se charger de surcroît de lourds mensonges. Ils me suffiront, ces merveilleux instants passés ensemble, et je les chérirai toute ma vie, quoi qu'il puisse arriver.*

*Je serai probablement une riche veuve dans quelques années. Je vais maintenant te demander quelque chose de si audacieux que tout ce que j'ai pu écrire auparavant va te paraître bien conventionnel, en comparaison. Peux-tu m'attendre, John ? Je sais qu'une femme ne devrait pas s'exprimer ainsi, mais si tu as, dans ton cœur, une seule petite place pour moi, pourrais-tu te garder libre pour le moment où je pourrai enfin venir à toi en toute liberté, moi aussi ?*

*Je sais que tu souffriras de devoir faire croire au monde entier que tu m'épouses pour mon argent et je ne peux t'obliger à me garder dans ton cœur si tu es attiré par une autre, je n'exige pas que tu me restes fidèle, dans tous les cas. Tu as des besoins et des désirs, toi aussi. Mais s'il te plaît, John, s'il te plaît, attends-moi…*

*Quoi que l'avenir nous réserve et quoi que je sois obligée de faire de mon corps, je ne donnerai jamais mon cœur à un autre et resterai toujours, ton Esme.*

John regardait fixement les mots sur le papier, comme s'il pouvait les changer, par magie.

— Ce n'est pas ce à quoi tu t'attendais ?

La voix de son frère le tira brusquement de sa rêverie.

— Comment pouvais-je m'attendre à cela ? balbutia-t-il. Comment pouvais-je savoir ?

— Qu'elle allait partir ?

Son frère ne put retenir ses sarcasmes.

— Imbécile ! A quoi d'autre pouvais-tu bien t'attendre ? C'est toi qui l'as voulu, tu l'y as même encouragée, Miranda a raison.

— Non.

Il s'éclaircit nerveusement la gorge.

— Je me disais qu'elle devait partir, ça oui, mais je ne savais pas qu'il serait si dur de la voir s'éloigner. Si seulement elle m'avait laissé un jour de plus, je lui aurais fait ma demande.

Marcus soupira.

— Si elle t'avait laissé un jour de plus, tu te serais conduit comme un imbécile pendant encore vingt-quatre heures, trancha-t-il. Le soir, tu aurais remis au lendemain et le lendemain, au lendemain encore.

— Non ! répliqua sèchement John et sa voix résonna étrangement à ses propres oreilles. Aujourd'hui, c'est différent. A présent, tout est différent.

— Bien sûr que non, qu'est-ce que tu racontes ?

John leva les yeux et regarda son frère droit dans les siens. Alors, celui-ci comprit. Il devint tout pâle.

— Ne me dis pas que tu as fait ça ! Pas sous mon toit, avec une jeune fille qui était à ma charge… Dis-moi que tu n'as pas trahi la promesse que tu m'avais faite !

John regarda fixement l'assiette que l'on avait déposée devant lui. Il n'avait pas la moindre envie d'y toucher.

— Je pourrais te dire tout ce que tu veux, mais pour une fois, je vais essayer la vérité. Ça s'est passé cette nuit, en effet, comme tu dois le soupçonner. Je n'ai rien à dire pour ma défense, à part que j'ai essayé de l'éviter et que lorsque c'est arrivé, c'était d'amour qu'il s'agissait et de rien d'autre. A la fin, je me suis endormi. Si Esme était là, près de nous, je jure que je lui proposerais le mariage sur-le-champ.

— Seulement elle n'y est plus. Elle retourne à Londres, vers l'homme que son père lui a choisi.

John sentit sa gorge se serrer. La richesse et la position sociale. Ce n'était pas la première fois qu'une femme leur accordait sa préférence, plutôt qu'à lui.

Bien sûr, il pouvait lui offrir son amour, mais elle avait dû réfléchir à ce que cela représentait, que d'être l'épouse d'un officier pensionné. A présent, après des semaines à s'opposer à elle, à lui opposer refus sur refus, à repousser fermement ses volontés, fallait-il vraiment s'étonner qu'elle devienne enfin plus pragmatique et qu'elle le prenne au mot ? Après avoir obtenu de lui tout ce qu'il pouvait lui donner, elle s'était dit qu'elle pouvait aussi bien prendre l'argent là où il était. Elle ne l'oubliait pas pour autant, lui proposait même de le retrouver, une fois débarrassée de l'encombrant époux.

Il referma son poing sur le billet et le froissa, comme s'il voulait écraser les mots si doux entre ses doigts.

— Très bien, dit-il. Elle a probablement raison. Je ne peux pas lui demander de vivre d'amour et d'eau fraîche, ni me comparer, au point de vue des revenus, avec celui que son père a choisi pour elle.

Marcus renifla, dégoûté.

— Espèce de lâche ! Tu devrais déjà être sur ses traces pour la reconquérir. Sinon toutes tes histoires d'amour et d'offres de mariage n'ont absolument aucun sens.

John le foudroya du regard.

— Et je suppose que, dans ce cas, tu m'offrirais de vivre à tes crochets, avec femme et enfant ?

— Pourquoi pas, j'en ai les moyens ! répliqua Marcus, un ton plus haut.

John secoua la tête.

— J'en serais absolument incapable. Accorde-moi ce minimum vital de fierté : j'aimerais être capable d'entretenir une épouse, avant d'en prendre une.

— Oui, bien sûr, la situation serait plus simple si tu avais des revenus. Le vieux Halverston n'a aucun souci de ce genre, en effet, mais au moins…

On entendit un très discret raclement de gorge et le majordome entra. Il s'approcha de Marcus et lui murmura quelque chose à l'oreille. Le duc haussa les sourcils, surpris, et regarda son frère.

— Tu attends des nouvelles de Londres ?

— Non, pourquoi ?

— Il y a un messager à la porte, qui veut te remettre

un pli en mains propres. Il porte une livrée aux armes du Régent. Avant que tu y ailles, puis-je savoir ce que tu as fait et combien cela risque de me coûter ou préfères-tu que cela reste une surprise ?

John secoua la tête d'un air hébété et se leva de table pour suivre le majordome. Oui, qu'avait-il fait ? Il n'en avait pas la plus petite idée.

Le messager s'inclina respectueusement devant lui et lui tendit une enveloppe scellée des armes royales. John la prit, remercia, indiqua qu'il devait se rendre très prochainement à Londres et qu'il s'y tiendrait à la disposition du Régent.

Puis, revenu dans le salon, il brisa le cachet de cire et déplia la feuille de papier.

— Eh bien, que se passe-t-il donc ? Vas-tu nous laisser dans l'ignorance toute la journée ?

Marcus lui criait dessus, mais John l'entendait à travers le brouillard qui flottait dans sa tête. Ce n'était pas désagréable à ses oreilles, cela lui rappelait le Marcus d'autrefois. Il lui passa la lettre et s'effondra sur la banquette la plus proche, comme hébété.

— Que veut dire ceci ? s'exclama le duc. Miranda, ma chère, voulez-vous lire cette lettre et me dire si c'est moi qui deviens fou ? Le comte de Stanton est mort sans héritier et c'est mon petit frère qui hérite de son titre. Pour « éminents services à la Couronne et conduite héroïque devant l'ennemi ».

Miranda lui arracha la lettre des mains avec un petit cri de joie.

— Mon Dieu, mais il va falloir l'appeler milord, à présent… C'est autre chose que capitaine !

Il y avait beaucoup de joie et de fierté dans la voix de Marcus et John sentit une tape sur sa tête, juste avant que son frère le prenne par le cou.

— Mais réveille-toi donc, Johnny, lui dit-il, ne reste pas planté là comme une souche. Tu ne vois donc pas que c'est la fin de tes problèmes ? Va vite t'asseoir à mon bureau, écris à Esme et dis-lui de sécher ses larmes. Puis rédige une belle demande en mariage que tu enverras à son père. A présent, tu es l'égal d'Halverston, par le titre et aussi par les revenus fonciers. Que dis-je, son égal, je crois bien que le protocole de la cour t'accorde la préséance sur lui ! Si tu tiens à Esme, file vite à Londres et ne manque pas de nous donner des nouvelles.

John mit la main à sa poche et en tira le feuillet froissé de la lettre que lui avait écrite sa bien-aimée. Il la lissa de la main, la replia soigneusement et la remit sur son cœur. Un titre, de l'argent, une réputation et la sécurité assurée. Il pouvait à présent déposer tout cela à ses pieds, ainsi que son amour. Plus jamais elle n'aurait à se faire de souci.

— Toby ! hurla-t-il d'une voix qui fit trembler les murs. Fais mes bagages. Je pars à Londres pour me marier !

# Chapitre 17

John embrassa du regard la foule d'invités qui se pressaient dans les salons loués par le père d'Esme à l'occasion de la réception de fiançailles. Pas de trace de sa bien-aimée. Le vieux grigou ne l'avait tout de même pas enfermée dans sa chambre, un soir comme celui-ci ?

Depuis une semaine qu'elle était partie de chez son frère, John lui avait écrit chaque jour pour l'informer de ses intentions. Si Esme avait bien reçu ses lettres, il fallait croire qu'elle avait soit choisi de ne pas y répondre, soit qu'elle s'était vu interdire de le faire. Le nouveau comte de Stanton espérait vivement que cette dernière option était la bonne. Il le fallait, sinon il perdrait la raison. Après la magnifique lettre d'amour qu'elle lui avait envoyée, elle ne pouvait pas lui préférer Halverston !

Miranda avait écrit également à son amie, mais n'avait pas eu davantage de réponse. Marcus en avait reçu, lui, au courrier qu'il avait adressé au père d'Esme, mais celle-ci était singulièrement brève. Sa fille, disait Canville, allait bien, les remerciait beaucoup de toutes leurs attentions, mais, affirmait-il, elle n'en avait plus besoin. Finalement, John avait reçu lui-même une note très sèche de Canville, qui lui déclarait qu'il ne donnait pas suite à ses propositions de mariage, que sa fille était déjà fiancée et qu'elle considérait ses propositions comme une forme de harcèlement. Toute lettre qu'il enverrait à l'avenir serait renvoyée sans avoir été ouverte et il devait cesser toute tentative d'entrer en communication avec elle.

Lire cette missive avait été particulièrement douloureux et avait laissé John avec la lancinante inquiétude qu'elle pourrait bien énoncer la stricte vérité et non être le produit d'une ruse d'un père en colère.

Il craignait par-dessus tout de forcer la porte d'Esme car cela pourrait donner un prétexte à son père pour la punir.

Depuis son retour à Londres, il avait pris grand soin de ne pas croiser le chemin de Canville et avait quitté son appartement situé de l'autre côté de la rue, pour s'installer dans le confortable hôtel particulier des Stanton, en attendant l'annonce officielle de son titre. L'endroit était très luxueux, au moins autant que la résidence de son frère, mais pour lui, c'était un endroit morne et ennuyeux, car il ne pouvait pas se mettre à sa fenêtre et espérer apercevoir celle qu'il aimait.

Une fois Esme revenue au bercail, Canville n'avait pas perdu une minute. Les bans avaient été immédiatement publiés. Dans deux semaines, John la perdrait au profit de Halverston.

Il la perdrait ? Non, en aucun cas. Elle serait à lui quoi qu'il arrive. S'il le fallait, il l'enlèverait en plein mariage et s'enfuirait avec elle sur le continent. Peu lui importait le scandale.

Pourtant, Marcus lui avait assuré que ce ne serait pas nécessaire. Il lui avait affirmé qu'ils parviendraient à se glisser parmi les invités de la réception de fiançailles, et qu'il serait alors difficile de les chasser sans créer un scandale public. Dès qu'ils auraient réussi à s'infiltrer, Marcus pourrait intercéder auprès de Canville pour son frère tandis que John s'expliquerait en toute franchise avec Esme. Ainsi, tout s'arrangerait…

Malgré l'assurance de son frère, John doutait que cela se passe aussi facilement que le disait son frère. Mais faute d'une meilleure idée, il avait dit oui. Il était toujours surpris de voir combien chacun s'inclinait devant le duc de Haughleigh.

John observait donc son frère expliquer la situation au laquais loué pour l'occasion. Les Radwell, disait-il, étaient de vieux amis des Canville et leur invitation avait dû être égarée. Comme il était pénible, n'est-ce pas, de ne pouvoir se fier au courrier ? Mais qu'y pouvait-on ? C'était la vie. John essaya de ne pas sourire, ce qui aurait considérablement gâché le tableau. Du dédain et de la morgue aristocratique, Marcus passa à l'irritation lorsque le personnel hésita à lui donner satisfaction. Quand il suggéra d'un ton très agacé que l'on aille chercher M. Canville afin qu'il lui explique la raison pour laquelle on refusait de laisser entrer un pair du royaume, les laquais courbèrent l'échine. D'un geste, Marcus déclina sèchement leurs propositions de l'annoncer. Ils s'avancèrent vers l'escalier et John allait se ruer en avant, quand son frère le retint d'une main ferme.

— Il n'y a nulle raison de se presser, Johnny, murmura-t-il. Souviens-toi que nous ne voulons pas attirer l'attention. Le père d'Esme est en bas de l'escalier. Je m'occupe de lui. Toi, il serait plus sage que tu passes par le côté, sans te faire remarquer. Ton objectif, c'est le parquet de danse et la fiancée… La pauvre enfant !

De la mezzanine où ils se trouvaient, ils observèrent la salle de bal. Elle était presque vide. Quelques invités, peut-être amateurs de musique, regardaient presque avec désapprobation le couple qui valsait au centre de la piste. Etait-ce donc tellement anormal que de futurs mariés ouvrent le bal, dans les bras l'un de l'autre ? Ou seulement choquant, tant était évidente leur différence d'âge.

John effaça l'image de l'homme, pour se concentrer uniquement sur sa cavalière. Bientôt, elle serait à lui et elle danserait la valse dans ses bras. Comme elle tournait pour se trouver face à lui, il observa son visage. Grands dieux, il ne faudrait pas qu'elle ait cette expression quand il la tiendrait dans ses bras, car pour l'instant, regardant son fiancé dans les yeux, elle avait l'air d'un oiseau hypnotisé par un serpent.

John s'intéressa également à l'homme. Il était aussi vieux qu'Esme l'avait dit. Et son visage lui était étrangement familier. Pourtant, le nom d'Halverston ne lui disait rien. Mais il était certain d'avoir déjà vu celui qui le portait. Quand et où cela pouvait-il bien être ? Etait-ce durant la période qui avait précédé son départ pour le Portugal ? Il n'avait pas beaucoup de souvenirs de ces jours de débauche, de beuverie, suivis de remords.

Il examina attentivement le visage du futur marié et le trouva austère, mais pas particulièrement menaçant. Que pouvait-il bien dire à sa jeune fiancée pour qu'elle paraisse aussi effrayée ? Et pourquoi John se sentait-il glacé d'effroi quand il regardait le visage de cet homme ?

La musique s'arrêta et le comte prit le bras d'Esme pour l'entraîner vers l'extrémité de la salle de bal.

John descendit alors l'escalier par le côté et les suivit à distance respectueuse. Esme avait raison de s'inquiéter pour sa vie conjugale : il n'y avait pas, dans toute l'assistance, une seule personne de moins de cinquante ans et la plupart avaient depuis longtemps dépassé cet âge. N'avait-elle donc aucun ami de sa génération, de confidents à qui elle aurait pu ouvrir son cœur ? Il avait longtemps espéré que toutes les craintes qu'elle exprimait n'étaient qu'une appréhension déraisonnable et que, simplement, son père tentait de réprimer une personnalité trop affirmée et trop libre.

Visiblement, il n'en était rien. Obligée de rentrer chez elle, elle s'était jetée dans la gueule du loup, en toute connaissance de cause, après avoir pris le pauvre petit moment de plaisir qu'il avait daigné lui offrir. Quitter Haughleigh pour revenir s'offrir en martyre à ce vieillard avait dû être comme s'enterrer vivante.

Mais Esme n'avait plus rien à craindre. Il allait faire sauter les barreaux de sa prison et l'emmener avec lui. Il fallait simplement qu'il la trouve un moment seule pour l'en convaincre. S'il pouvait seulement croiser son regard... Mais elle semblait hypnotisée par l'homme qui lui donnait le bras. Etait-il possible qu'elle soit tombée sous le charme de ce vieux pervers ? Allait-elle refuser la proposition de John ? Non, c'était impossible. Il savait, d'expérience, à quoi ressemblait Esme quand elle était amoureuse et pleine de joie. Cette femme, devant lui, avait le visage vide et comme absent.

Etait-elle droguée ? C'était possible. Ou peut-être terrifiée, ses réactions annihilées par la peur. Il le saurait dès qu'il pourrait lui parler.

Le comte l'avait conduite sur la terrasse, où les autres invités présents s'écartaient d'eux, par discrétion et pour leur laisser un peu d'intimité. Très vite, tous refluèrent vers la salle de bal et le dernier referma la porte-fenêtre avec un sourire entendu, laissant Halverston seul avec sa fiancée.

Dans l'ombre, derrière les rideaux, John rongeait son frein. Se glisser sur la terrasse à présent n'aurait pu qu'attirer l'attention et la réprobation des autres invités. Il était plus sage d'attendre. Il resta donc derrière la fenêtre, la main sur la vitre. Il voyait assez bien le couple, mais était néanmoins gêné par la présence de nombreux palmiers en pot, qui les dérobaient en partie à sa vue. Toutefois, il ne pourrait manquer de les voir revenir vers la salle de bal et aurait donc une chance de pouvoir accoster Esme, à ce moment-là.

Il lui fallait, d'ici là, supporter la vue de cet homme accoudé au clair de lune à côté de sa bien-aimée. Il dut faire l'effort de se rappeler que ce n'était que pour quelques instants. Et puis, qu'avait-il à craindre d'Halverston ? L'homme était vieux et usé. Certes, cela ne l'empêchait pas de vouloir un héritier. Dans ce but, il s'était d'ailleurs choisi une femme jeune et vigoureuse, comme on acquiert une pouliche. Devant l'énergie, la force vitale d'Esme, Halverston ne pesait rien. Mieux valait pour lui, le pauvre diable, qu'il la perde, car il n'était pas de taille à la dominer. John les observait toujours. Le comte parlait à Esme, mais elle ne semblait pas l'entendre. Il parut agacé de ce manque d'attention et il la prit doucement par les épaules pour la faire se tourner vers lui et la forcer à l'écouter.

Leurs deux silhouettes se découpaient dans le clair de lune. Le comte parlait d'une façon pressante à l'oreille de sa « fiancée » et la peur passa de nouveau sur le visage d'Esme, avant qu'elle ferme les yeux, comme si elle était incapable d'en supporter davantage.

Alors John vit la main du vieillard glisser du bras d'Esme jusqu'à sa hanche, la caresser par-dessus le tissu de sa robe, puis l'agripper soudain et la plaquer contre lui et mimer de la façon la plus obscène un accouplement, pour qu'elle n'ignore pas ce qu'il allait lui faire, une fois qu'ils seraient mariés.

Esme frissonna de dégoût.

Alors, tout à coup, John se souvint où il avait vu Halverston. Pas dans un bordel du commun, non, dans un de ces établissements où un client n'était jamais appelé par son nom, mais toujours par un pseudonyme. Et où il pouvait, s'il était suffisamment riche pour cela, assouvir ses désirs les plus vils, sans jamais redouter la moindre réprobation.

Les pensionnaires de la maison en question avaient très peur de lui…

Le cœur battant à ses tempes, John posa la main sur la poignée de la fenêtre, prêt à se ruer sur la terrasse et à se jeter sur cette ordure, quitte à expliquer ensuite en public les raisons de son geste. Mais au même instant, deux larges poignes s'abattirent sur ses épaules et le tirèrent en arrière.

— Que veut dire… ? rugit-il en se débattant, mais les deux laquais aux épaules larges comme une armoire n'avaient pas l'air du genre à se laisser facilement impressionner.

— Lâchez-moi immédiatement !

Autour d'eux, les invités commençaient à murmurer. Les deux colosses l'entraînèrent vers une porte dérobée.

— Lâchez-moi, espèce de…

Un poing s'enfonça dans son estomac et celui des deux hommes qui le tenait toujours le balança au-dehors, dans la rue.

A quatre pattes sur le pavé, il tentait de reprendre son souffle, lorsqu'il entendit la voix de son frère au-dessus de lui.

— Bon, ça ne s'est pas passé tout à fait aussi bien que nous l'aurions souhaité, mais ce n'est pas mal quand même. Moi, au moins, j'ai pu quitter les lieux par mes propres moyens.

— Le privilège du rang, sans doute, soupira John.

— Apparemment.

— Aide-moi à me relever, tu veux bien, Ta Grâce ? Il faut y aller…

— Tu as un autre plan ?

John acquiesça.

— Esme sera à moi avant la fin de la semaine. Mais avant, il faut que toi et moi, nous allions au bordel.

John regardait intensément un grand nu, d'assez bonne facture d'ailleurs, qui décorait le mur face à lui, embarrassé qu'il était de voir son frère le duc en train de papoter avec la « dame » du bordel. Confortablement installé sur les coussins d'un sofa de velours rouge, Marcus semblait très détendu, exactement comme s'il était en train de discuter avec la femme du vicaire du village, en pleine campagne. Bien sûr, on pouvait supposer que Marcus, avant son mariage, avait parfois fréquenté ce genre d'endroit, mais John n'aimait pas penser que son aîné, aux principes si rigides, ait pu les oublier quelquefois dans ce type d'établissement. Il préférait l'imaginer pur et sans tache.

D'ailleurs, autant le duc paraissait à son aise, autant ces dames semblaient embarrassées, presque guindées en présence d'un si haut personnage. On n'entendait ni petits rires ou gloussements ni murmures et quand Marcus ou John croisait le regard de l'une d'elles, celle-ci baissait instantanément les yeux, confuse.

John ne put réprimer un élan d'admiration pour son frère. Lui aussi, il devait apprendre cette manière si élégante d'être à son aise partout, avec une bienveillante et subtile autorité.

Il balaya le salon des yeux, regardant les filles qui l'avaient parfaitement reconnu après toutes ces années et l'avaient accueilli avec toute la chaleur et l'empressement qu'il aurait aimé trouver chez Esme.

La patronne les observait, son frère et lui, d'un œil calculateur, en remplissant leurs flûtes de champagne.

— Si ce n'est pas pour un moment de détente, alors quel est le but de votre visite, Johnny ? Ou devrais-je dire… capitaine Radwell ? demanda-t-elle.

Un peu embarrassé, John se racla la gorge.

— En fait, les gens vont bientôt m'appeler lord Stanton, bien que l'annonce n'en soit pas encore rendue publique.

Il fut surpris de voir la tenancière changer immédiatement d'attitude et afficher une déférence courtoise et pleine de retenue.

« Décidément, quoi de plus snob qu'une patronne de bordel ? » songea-t-il.

— Mais pas de ça ici, ni pour les vieux amis, bien sûr, Annie, s'empressa-t-il d'ajouter avec une chaleur démonstrative. En fait, nous sommes venus chercher des informations.

— Et vous n'escomptez pas les obtenir… gratuitement, j'espère, milord ?

Comme elle adoptait vite son nouveau titre, avec un je ne sais quoi d'obséquieux dans la voix !

— Hélas, la vie est si chère de nos jours que nous sommes obligées de monnayer jusqu'aux plus petits services que nous rendons au gentlemen…

— Si c'est de l'argent que vous voulez, dites votre prix. Mais je pense que vous vous estimerez suffisamment payée quand je vous aurai dit ce que nous voulons et ce que nous comptons faire des informations que vous nous apporterez. Je suppose que vos clients parlent, parfois, dans les moments… d'intimité ? Moi-même, j'ai déjà dû dire, en de telles circonstances, des choses dont j'aurais préféré qu'elles ne soient pas répétées.

La femme parut indignée de ce qu'il suggérait.

— Peut-être, mais nous ne partageons ces informations-là

avec personne. Putains, sans doute, mais ni espionnes ni maîtres-chanteurs.

Il lui sourit aimablement en retour.

— Peut-être parce que vous n'avez jamais su comment les utiliser à votre avantage. Si, par exemple, mon frère et moi nous apprenions des faits susceptibles de nuire au comte d'Halverston, nous ne manquerions pas d'en avertir les autorités compétentes.

— Et d'où vous vient cet intérêt soudain pour les affaires du comte d'Halverston ?, demanda la tenancière avec une lueur dans les yeux.

John remarqua immédiatement ce changement. Mais il y avait plus que l'appât du gain dans les yeux de la tenancière.

— La dernière fois que je suis venu dans votre... établissement, il y était aussi. J'ai entendu les cris des filles qui étaient avec lui et j'ai vu les marques sur leurs corps, après.

— Il y a cinq ans de cela, fit calmement remarquer la tenancière.

— Mais je n'ai rien oublié. Mon soudain changement de statut me met au même niveau que ce vieux paillard et la réconciliation avec mon frère me donne le courage de faire ce que j'estime être mon devoir. Le fait qu'Halverston soit « fiancé » avec une jeune dame que je tiens en très haute estime n'est pas pour rien dans notre demande. En fait, c'est même la principale de mes raisons et j'arracherais tout sanglant son cœur de brute plutôt que de le laisser poser ses mains sur elle. Cependant, il est une façon de faire justice rapidement, discrètement et en toute légalité. Si vous m'aidez, vous perdrez un client, c'est certain, mais vous aurez la satisfaction d'être débarrassé de lui à jamais.

La vieille femme se laissa aller dans les coussins et

appela pour qu'on lui apporte une nouvelle bouteille de champagne.

— Vous ne vous êtes pas trompés sur son compte, dit-elle. Il est comme la vérole — je vous prie de me pardonner, milord — de pire en pire, au fur et à mesure que le temps passe. Il est impossible de s'en débarrasser.

Elle se pencha à l'oreille de la servante qui lui apportait la bouteille.

— Dis à Emily de venir nous rejoindre.

Ils burent en silence et, peu de temps après, une fille blonde et pâle entra et vint s'asseoir avec modestie au bout du canapé. John se sentit l'estomac noué quand il s'aperçut qu'elle ressemblait à Esme.

— Messieurs, annonça la tenancière, voici la favorite de lord Halverston, quand il vient nous faire une visite. Emily, ces messieurs auraient besoin de ton aide.

— Vous êtes des amis de lord Halverston ? demanda-t-elle avec méfiance.

Elle les regardait l'un après l'autre, d'un air soupçonneux et avec une anxiété grandissante. Sa voix ne trembla pas quand elle leur dit :

— Certainement, messieurs, tout ce que vous voudrez...

Mais l'expression de son visage disait tout autre chose.

— Vous n'avez rien à craindre, lui dit John, nous n'avons pas l'intention de « monter ». Tout ce que nous avons à vous demander peut être dit ici, dans ce salon, et vous serez très bien payé pour le temps que vous voudrez bien nous accorder, si vous répondez sincèrement à nos questions.

La jeune prostituée hocha la tête.

— Etes-vous... intime avec Halverston ?

Elle eut un rire amer.

— Personne ici ne l'est davantage que moi, parce que je suis la seule avec qui il monte. Ma patronne m'a assurée que si je pouvais le satisfaire et le tenir à l'écart des autres filles, on ne me demanderait rien d'autre et je touche en plus une prime pour ça. Quand cette vieille ordure mourra et j'espère, je prie chaque jour, pour que ce soit bientôt, j'aurai assez d'argent pour ouvrir ma propre maison ou pour me lancer dans un métier plus respectable.

John lutta pour réprimer un frisson de dégoût et il vit son frère se pencher vers Emily.

— Nous vous ferons sortir d'ici aujourd'hui même, si vous voulez, lui dit-il, et nous vous donnerons assez d'argent pour refaire votre vie.

La jeune prostituée le regarda d'un air désabusé.

— Si je pars de son vivant, il va se chercher une autre fille. Je ne peux pas me tirer d'affaire et le voir abattre ses sales pattes sur une autre. Merci de votre obligeance, messieurs, mais ne vous occupez pas de moi. Si vous êtes vraiment bons et généreux, si vous vous préoccupez du sort de malheureuses dans mon genre, alors, s'il vous plaît, tuez ce monstre !

John voulut poser sa main sur le bras de la jeune femme, dans un geste de réconfort et d'apaisement, mais il eut peur que ce simple mouvement de compassion soit mal interprété et sa main retomba mollement sur sa cuisse.

— Nous pensons, au contraire, que vous pouvez nous être très utile. Vous a-t-il jamais parlé de faits illégaux dans lesquels il pourrait être impliqué et que nous pourrions utiliser contre lui ?

Elle eut de nouveau un rire bref.

— Vous savez, personne ne s'intéresse trop à la notion de bien et de mal, par ici… Ni aux choses terribles qui peuvent se passer entre ces murs.

John hocha la tête.

— Si nous n'arrivons pas à faire ce que nous voulons,

il mourra pour cela, je vous le promets. Je le tuerai de mes mains. Mais comme il est trop vieux pour que je puisse le défier en duel, le monde y verra un assassinat et non un acte de justice. Tandis que si nous pouvions l'impliquer dans un scandale public...

— Alors vous pourriez en finir avec lui sans être accusé de meurtre et moi, je serais débarrassée de cette ordure aussi. Je comprends.

Un large sourire illumina le visage de la dénommée Emily.

— Allez chez lui, milord. Dans son bureau, il y a un secrétaire dont les tiroirs vont beaucoup vous intéresser. Il fait beaucoup d'affaires avec les Français, beaucoup. Du cognac, des soieries, du trafic de devises...

Marcus secoua la tête.

— Beaucoup de nobles font du marché noir, soupira-t-il, ce n'est pas nouveau. Leur patriotisme se dégonfle vite quand ils s'aperçoivent que la guerre va compliquer leur approvisionnement en cognac...

— Mais il y a aussi d'autres secrets qui vous intéresseront, Votre Grâce. Des années de débauche ont laissé ses possessions en ruine et satisfaire ses vices lui coûte toujours davantage d'argent. Or il veut paraître riche. Et puis... tout ce qu'il me demande, quand nous sommes en haut...

Elle montra le plafond et un nuage très sombre passa sur son visage, mais elle se reprit vite et secoua la tête, comme pour chasser de pénibles images. Elle eut même un sourire cruel.

— Cela coûte cher et plus c'est difficile ou dangereux, plus il doit payer. Il a hypothéqué sa santé et maintenant, il doit trouver en permanence le moyen de faire rentrer de l'argent. Alors il n'est pas trop regardant sur ceux qui peuvent lui en apporter.

» Halverston a des amis au *War Office*, il est en mesure de savoir beaucoup de choses : des noms d'espions, des mouvements de troupes, des tas d'informations qu'il peut transmettre aux Français contre de l'argent frais. Et quand il rencontre un homme de pouvoir qui a des faiblesses du côté de la chair, il s'arrange pour l'aider à assouvir ses vices, les pires perversions, si possible. Ensuite, il se retourne contre lui pour l'obliger à acheter son silence par de l'or ou des secrets.

John eut une grimace de dégoût.

— Un espion et un maître chanteur…

— Oui, répondit Emily. Et il s'en vante devant moi, car il sait très bien que je ne peux rien faire. Comme si ce n'était pas assez de devoir être touchée par ce vieux dégoûtant, je dois aussi satisfaire ses ignobles amis et par-dessus le marché, être payée par l'argent des ennemis de l'Angleterre ! Il y a un coffre-fort dans son bureau, où il garde des papiers qu'il veut recopier et aussi des listes de noms, tous ses contacts en Angleterre et en France. Si vous le lui prenez, vous le tenez.

— Alors il nous faut trouver un moyen d'entrer chez lui, cela va être terriblement difficile, dit Marcus, découragé.

John, au contraire, se mit à sourire.

— Pour nous, oui sans doute, mais je crois que j'ai une solution…

Il toucha délicatement le bras de la jeune prostituée.

— Emily, dit-il, nous allons avoir besoin de savoir quand le comte est absent de chez lui, afin de pouvoir… opérer… J'hésite à vous demander…

Elle eut le même sourire cruel qui était passé un peu plus tôt sur ses lèvres.

— Si vous me promettez qu'il ne s'en remettra pas, alors je vous ferai prévenir quand il viendra me voir et je m'arrangerai pour le retenir le temps qu'il faudra.

John se pencha et embrassa délicatement la jeune femme sur le front.

— Vous aurez pour cela ma gratitude éternelle, Emily.

Et tout en prononçant ces paroles, il s'aperçut que ce n'était pas assez.

— Et toute la protection que je puis vous offrir.

Cette fois, il vit nettement la lueur de calcul qui passait dans ses yeux et les regards entendus des autres filles.

John s'éclaircit la gorge.

— Je ne sais pas bien comment formuler cette offre, car je ne l'ai jamais fait, auparavant…

Il y eut de nouveau des sourires, des regards entendus. Ces dames semblaient douter qu'il soit si inexpérimenté que cela dans la proposition de ce qu'on appelait une « carte blanche ».

— Je souhaite en tout cas vous faire quitter cet endroit et vous offrir un logement. Toutes vos dépenses seront à ma charge. Et en échange…

Les lèvres d'Emily esquissèrent un sourire complaisant.

— Je vous demanderai de regarder par la fenêtre…

Le sourire s'effaça, remplacé par un air un peu hébété.

— Et de me dire ce que vous voyez, bien sûr. Par lettre, car il vaut mieux, je pense, que je me tienne à l'écart. Mais vous, vous pourriez surveiller pour moi une certaine jeune femme, qui habite de l'autre côté de la rue. Me dire si vous la voyez toujours, si elle vous paraît aller bien, c'est très important pour moi…

Il y eut un silence stupéfait dans tout le salon. Et Emily demanda, d'une toute petite voix :

— Vous me proposez… d'habiter chez vous, milord ?

— Eh bien, oui, mais pas comme… enfin…

— Et tout ce que vous me demandez pour ça, c'est de regarder par la fenêtre ?

— Oui, et de me faire des rapports sur la jeune femme qui habite l'immeuble juste en face. Vous pouvez vous installer dès aujourd'hui, si vous le voulez. Les appartements sont à vous, aussi longtemps que vous en aurez besoin.

La jeune prostituée se mit à rire. C'était le premier son parfaitement sincère que John entendait depuis qu'il était entré dans cette maison.

— Voulez-vous encore un peu de thé, mademoiselle Esme ?

— Non, merci, Meg.

— Vous faut-il autre chose ? Un peu plus de pain ? Du consommé ? La cuisinière m'a dit qu'il y avait vos gâteaux préférés, au dessert.

Esme joua un peu avec sa fourchette dans son assiette, en essayant de paraître rassasiée.

— Non, rien, merci. Je n'ai plus faim.

La servante en parut navrée et murmura :

— Il faut manger, mademoiselle… Vous n'avez pas avalé de quoi seulement nourrir un petit moineau.

Esme leva vers elle des yeux désolés.

— Je sais. Demain, peut-être. Aujourd'hui, je ne me sens pas bien.

Meg hocha la tête d'un air apitoyé.

— Je sais ce qu'il vous faut : une tisane. Un peu de camomille vous aidera à dormir et la viorne vous fera vous sentir mieux, disons, dans un jour ou deux. Je vais vous en apporter…

Esme regarda la servante quitter sa chambre et refermer

la porte. Elle entendit la clé tourner dans la serrure, au bout d'une ou deux secondes d'hésitation. Meg en avait reçu l'ordre, bien sûr, pour « préserver sa jeune maîtresse de nouvelles folies », comme avait dit son père. Il était un peu réconfortant de constater qu'elle n'y prenait aucun plaisir.

Esme alla à la fenêtre, regarder, une fois encore, la façade de l'immeuble de l'autre côté de la rue. L'appartement de John paraissait toujours vide. Mais à quoi bon s'en préoccuper ? Mieux valait ne plus penser à lui du tout, car il suffirait de l'apercevoir une seule fois pour que toute sa volonté vacille et qu'elle ne puisse plus accomplir ce qu'elle avait décidé. Il fallait pourtant qu'elle marche vers l'autel sans hésitation et sans verser de larmes, qu'elle entre dans le mariage en acceptant son destin.

Elle se força à plutôt penser à Halverston. Son mari, bientôt. Même après avoir avalé plusieurs verres de vin, c'est à peine si elle avait pu supporter qu'il la touche, sur le parquet de danse. Quand il l'avait emmenée ensuite, sur la terrasse, ses pires appréhensions avaient été confirmées. Il lui avait susurré des saletés à l'oreille, tandis que ses mains se promenaient sur son corps, avec tous les invités de la soirée à quelques mètres seulement.

Halverston mourrait bientôt, essaya-t-elle de se rassurer, et elle serait débarrassée de lui, comme de son père.

De nouveau, elle regarda par la fenêtre l'appartement vide d'en face. Peut-être John résidait-il en ce moment chez l'une de ses maîtresses ? Cette seule idée lui serra le cœur.

Elle savait qu'elle devait se protéger contre ce genre d'apitoiement. Bien sûr, John aurait d'autres femmes. Elle en était certaine. Mais elle espérait qu'il aurait assez de respect pour ses sentiments à elle, pour ne pas s'afficher avec ses conquêtes juste sous sa fenêtre. S'il pouvait seulement attendre quelques semaines, qu'elle soit mariée, avant de se prêter à de nouvelles scènes en public, comme celle où elle l'avait vu pour la première fois, ce serait déjà réconfortant.

Il était naïf d'imaginer qu'il pourrait être là, seul, à l'affût derrière ses rideaux pour l'apercevoir ou simplement, pour être au plus près d'elle. Pour tout dire, il était stupide de penser à lui. Il ne lui avait rien promis de plus que le simple fait de lui éviter la douleur. Elle s'était donnée librement à lui, tout était dit. Il était plus que probable que son intérêt pour elle diminuait de jour en jour, depuis qu'elle l'avait quitté. Lui avoir écrit cette lettre était stupide et n'avait fait que prouver à John qu'elle était bien la débutante naïve qu'il l'accusait d'être. Quant à lui, il n'avait jamais prétendu être rien d'autre qu'un libertin. Un tel homme ne perdait pas son temps à se ronger d'amour pour une fille dont il avait pris la vertu. Il les prenait et passait à la suivante, sans se soucier de ce que l'on pensait de lui.

Un moment, elle s'était prise à espérer être enceinte, ce qui aurait résolu certains de ces problèmes, mais n'aurait pas manqué d'en créer d'autres. Elle n'aurait eu qu'à annoncer cette nouvelle à son « fiancé » le comte, et le mariage aurait été impossible. D'un autre côté, son père aurait certainement eu la main lourde lorsqu'il l'aurait appris, et cela aurait été dangereux pour le bébé.

Elle n'aurait ensuite eu qu'à retourner voir John, avec un héritier dans son ventre et alors…

Non. Elle ferma les yeux en tentant de chasser fermement cette idée indigne d'elle. Aussi bien, John l'aurait accueillie avec une grimace de dégoût pour son bâtard et pour la responsabilité qu'il allait devoir endosser. Il disait qu'il n'avait pas les moyens d'avoir une épouse. Qu'aurait-il dit si, de surcroît, il avait un enfant ? Leur mariage en serait entaché à tout jamais et commencerait dans le remords, l'amertume d'avoir été pris au piège.

Mais tout cela n'avait pas lieu d'être. Elle ne portait apparemment pas l'enfant de John et la façon dont elle se sentait mal n'était certainement pas de celles qui peuvent se guérir avec de la tisane à la viorne.

Soudain, une lumière tremblota à la fenêtre de l'appartement d'en face. Esme ne put s'empêcher de souffler instantanément les chandelles dans sa chambre, la plongeant dans l'obscurité, avant de se glisser sur le balcon dans l'air frais de la nuit et de s'avancer vers la balustrade, espérant observer quelques instants l'homme qu'elle aimait.

Un valet allumait les chandelles dans le salon. Avec une hâte évidente, l'homme s'activa à retirer des housses sur les meubles et à faire du feu dans la cheminée. Esme le regarda avec plus d'attention.

Elle reconnut Toby, le valet de chambre de John. S'il était là, c'était que son maître habitait toujours cette maison. Elle frissonna, ne sachant plus si c'était le vent frais ou l'excitation qui la faisait réagir ainsi. La porte s'ouvrit, au fond du salon, et elle suspendit son souffle.

Une jeune femme entra, pas plus âgée qu'elle, et seule. Elle portait une robe de satin qui avait dû être assez élégante mais qui semblait usée et lui allait mal. Elle fit le tour de la pièce, hésitante, visiblement pas encore habituée à ce nouveau décor. Elle prit une carafe de cristal sur un plateau d'argent et se servit un verre d'alcool, probablement du sherry. Puis elle s'installa confortablement sur le canapé avant de boire une gorgée en souriant.

Il y avait quelque chose de sensuel dans son évidente satisfaction. Elle avait l'air de quelqu'un qui avait traversé pas mal d'épreuves et appréciait d'autant plus les circonstances présentes.

Envahie par une panique indicible, Esme recula. Ses pires craintes se confirmaient. John avait trouvé une autre femme !

# Chapitre 18

Dans la salle très quelconque d'une auberge de Londres plus quelconque encore, Anthony de Portnay-Smythe savourait un médiocre brandy. Mais la pensée qu'il l'avait payé avec de l'argent mal acquis en améliorait grandement le goût.

Son receleur examinait un sac de bijoux, fruit de ses activités de la semaine. Une épingle à cravate tirée du jabot d'un jeune marquis très ennuyeux, un tour de cou en diamants avec pendentifs assortis qui, il y avait peu encore, garnissaient les fanons desséchés et les oreilles très décollées d'une duchesse douairière portée sur le gin ainsi que sur les ragots et enfin, une parure d'émeraudes appartenant à un aristocrate qui avait eu récemment un peu de chance au jeu. Celui-là avait été très difficile à voler, car la seule fenêtre ouverte de l'hôtel particulier de son propriétaire se trouvait au troisième étage.

— Cinquante livres, pour le tout.

Le receleur, qui répondait au nom d'Edgar, faisait le difficile, mais Tony avait besoin d'argent.

— Ça en vaut bien cent !

— Et moi je t'en donne cinquante. L'épingle est en plaqué. En plus, avec cette couronne dessus, c'est comme s'il y avait l'adresse, tout le monde peut voir d'où elle vient.

— Mais le reste est en or massif !

Tony caressa le collier.

— Regarde ces pierres. Elles valent bien quatre-vingt-dix livres à elles seules.

— Oui, si je pouvais les vendre…

Le receleur montra les émeraudes.

— Mais il en manque une… Très bien, soixante, et c'est parce que c'est toi…

— J'étais pressé et je suis tombé de cette fichue fenêtre. Pas eu le temps de les compter. Soixante-quinze !

— D'accord !

Edgar mit la main à sa poche et en tira quelques pièces d'argent qu'il posa sur la table sans les compter, puis il fit disparaître les bijoux en un tournemain.

Tony soupira. L'argent avait été compté avant même leur discussion. Ce vieux salaud d'Edgar savait exactement ce qu'il allait dépenser !

Il était bien embarrassant d'être aussi facile à berner…

Il s'éloigna immédiatement, comme s'il n'avait jamais connu le receleur. Ainsi le voulait l'usage du milieu. A d'autres tables se tenaient des négociations du même genre et il affecta de les ignorer, toujours pour la même raison. Il avait son verre à la main et s'apprêtait à le finir en paix.

Tony aimait bien l'auberge *La Dague et le Poignard*. C'était le seul endroit qu'il connaissait à Londres où on pouvait être aussi tranquille, quel que soit par ailleurs la foule qui fréquentait l'établissement. Puisque nul ne souhaitait se faire trop remarquer, chacun faisait à son prochain la bonne grâce d'affecter de ne pas le voir. Malgré le monde autour de lui, Tony aurait pu tout aussi bien siroter son verre seul dans sa chambre.

Mais cet état de grâce n'était pas destiné à durer. Une ombre passa sur la table, on traîna des chaises et deux hommes vinrent s'asseoir à côté de lui.

— Bonjour, Smythe !

Tony se retrouva encadré d'un côté par John Radwell et de l'autre par son frère, le duc. Il n'en menait pas large, mais affecta de ne pas le montrer : il fallait avant tout sauver la face.

— Un bon jour ? grommela-t-il, je n'avais pas particulièrement remarqué. De toute façon, j'ai toujours eu une préférence assumée pour la nuit. Messieurs, j'ai été ravi. Maintenant, si vous voulez bien m'excuser…

Il se leva de sa chaise mais deux mains puissantes s'abattirent sur ses épaules pour le faire rester à sa place. Son postérieur heurta le bois du siège avec un bruit sourd.

John lui dédia un sourire suave et lui susurra :

— Pas déjà, cher ami. Nous devons avoir une petite conversation, d'abord.

— C'est que… vous n'avez pas l'air de très bonne humeur et moi, je n'ai aucune excuse pour justifier ma conduite passée, vraiment aucune…

Le duc parla, sa voix était sèche, sans rien de la fausse convivialité de son frère quand il répliqua :

— En effet, tu n'as aucune excuse pour avoir volé la boucle d'oreille de mon épouse, espèce de fripouille ; c'était particulièrement grossier de ta part.

— Eh non, en effet, soupira le voleur. Une bonne excuse, ce serait : « Je ne savais pas que c'était à votre épouse quand je la lui ai prise » ou bien : « C'était une seule boucle et non la paire. »

Anthony sourit d'un air innocent et ouvrit ses mains vides pour bien montrer qu'il n'était pas le voleur indélicat que l'on croyait et qu'il n'avait pas d'armes. Si ces deux-là devaient lui faire un mauvais parti, ils devraient vivre avec la pensée que leur victime n'était qu'un homme désarmé et pour finir, ils iraient en enfer pour leur brutalité.

— Je ne crois pas que vous puissiez justifier le comportement de voleur que vous avez eu chez moi, en effet, dit sévèrement Marcus qui n'avait pas du tout l'air de vouloir prendre les choses avec humour, malgré tous les efforts de Tony pour alléger l'atmosphère.

— Je ne parlerai pas de vol, vraiment, messieurs, répliqua Tony d'une voix douce, mais de cambriolage, tout au plus. Oui, voilà, de cambriolage. Je préfère, par exemple, que les propriétaires des objets que je dérobe ne soient pas présents. Le plus souvent, ceux à qui je les prends peuvent aisément s'en passer et méritent d'être délestés de quelques richesses. Bien sûr, Mlle Canville ne m'avait rien fait, mais j'avais de réels besoins, ce soir-là, et j'avais résolu de m'en tirer en ne volant qu'un seul bijou. Si cela peut atténuer un peu votre réprobation, sachez que ma conscience en aurait souffert, si j'avais réussi mon forfait et causé sa détresse. Je n'aurais pas manqué de lui rembourser cette perte à la première occasion.

— Ah, mais voilà qui rend les choses bien différentes, dit John avec un grand sourire, mais d'un air de sarcasme qui ne trompait pas.

Bien sûr, John était surtout intervenu parce que ce godelureau dansait avec Esme. Il serait volontiers allé le gifler sur la piste de danse, mais le vol de la boucle d'oreille lui avait fourni une bien meilleure excuse pour aller le menacer.

Tony prit avec tact un temps de silence, pour bien montrer ses regrets quant à cette soirée chez les Haughleigh, puis il soupira :

— Alors, vous allez m'emmener voir ces messieurs de la Sûreté ? Ou me traîner dans une ruelle, pour me donner une leçon ? Comme je ne vous ai rien pris, de sincères excuses sont tout ce que je peux vous offrir, en fait de réparation.

— Pas suffisant, répliqua John.

Il lui souriait et Tony se souvint des menaces qu'il avait proférées. Visiblement, l'homme avait autre chose en tête qu'une simple correction. Perdre ses dernières gouttes de sang dans un caniveau n'entrait pas dans les projets qu'il avait échafaudés pour sa soirée.

— Vous disiez que nous serions quittes si je quittais Haughleigh et la jeune fille…, fit-il remarquer en regardant John du coin de l'œil. Je l'ai fait. Je me suis tenu à l'écart des deux, je le jure sur mon…

Il s'interrompit.

— Je suppose qu'il est trop tard pour jurer sur mon honneur… Disons alors sur mon âme. Car j'en ai une, bien qu'à vos yeux, je suppose qu'elle ne vaut pas grand-chose.

John sourit.

— C'est vrai, vous avez suivi mes instructions à la lettre. Mais on dirait que vous n'avez pas réformé votre caractère, ni vos mauvaises habitudes. Il nous est difficile de faire semblant de ne rien voir, quand nous vous trouvons en train de revendre des bijoux volés à un receleur.

— Et pourquoi pas ? Ce ne sont pas vos affaires après tout. Et franchement, messieurs…

Tony regarda autour de lui les tire-laine et autres coupe-jarrets assis aux tables voisines.

— Je crois qu'il serait de votre intérêt de quitter les lieux rapidement et d'oublier que vous m'avez vu ici.

John lança à son tour, autour de la salle, un regard nonchalant, puis il eut un ricanement bref.

— Si je pensais que la bande de fripouilles qui se trouve autour de nous pouvait se battre de façon coordonnée, je pourrais, je dis bien je pourrais, m'inquiéter un peu. Mais vous savez comme moi qu'ils se disperseront comme une volée de moineaux dès que le premier d'entre eux sera à terre. C'est leur peau qui les intéresse et non la vôtre. Il n'y a rien que je puisse vous faire, même au milieu d'eux, qui déclenchera la moindre réaction de leur part. Et si je laisse un peu d'argent sur la table, ensuite, personne ne me demandera seulement de nettoyer les dégâts.

Tony rumina un moment ces paroles. Il ne pouvait que reconnaître qu'elles étaient pleines de bon sens. Le premier qui serait à terre, ce serait lui. Il était seul et ils étaient deux. Ah, il avait toujours été si tranquille dans cette auberge ! Il pouvait y faire ses petites affaires et y boire un verre sans que personne ne l'ennuie. Mais voilà que ces deux-là venaient de gâcher considérablement l'ambiance. Il soupira.

— Très bien, messieurs. Faites ce que vous avez à faire, mais s'il vous plaît, laissez-moi assez de force pour rentrer chez moi et un peu d'argent pour un fiacre.

Sur ces mots, il ferma les yeux en attendant le premier coup.

— Nous ne sommes pas venus ici pour vous administrer un châtiment.

Le duc parlait d'un ton solennel et sans les nuances menaçantes de son frère. C'était un soulagement que d'entendre la voix d'un homme qui ne tenait pas particulièrement à le tuer parce qu'il avait flirté avec Esme Canville.

— Présente-lui donc notre proposition, John.

Tony rouvrit les yeux. John Radwell semblait le jauger du regard.

— J'ai vu vos talents de pickpocket à l'œuvre, lui dit-il, la précision et la rapidité de votre main. Vous avez pris la boucle d'oreille sans qu'Esme n'ait rien senti. Ce talent-là, nous n'en avons pas besoin, encore que voler un bijou au milieu d'une foule d'invités, dans un bal, requière une impressionnante maîtrise nerveuse. Je viens de vous entendre parler de grimper par une fenêtre, vous n'avez pas le vertige et cela, par contre, nous serait utile… Mais savez-vous ouvrir un coffre-fort ?

Tony en avait des sueurs froides. Admettre seulement qu'il pouvait le faire était une dangereuse folie. Etait-ce un piège que ces deux-là lui tendaient ? Et sinon, à quoi pensaient-ils ?

— Cela dépend du système de serrure, commença-t-il prudemment. Il existe des crochets qui ouvrent la plupart d'entre elles. A part celles de chez Bramah : leurs serrures sont rigoureusement incrochetables.

— Eh bien, dans votre intérêt, il vaudrait mieux que vous sachiez utiliser ces crochets, que nous n'ayons pas affaire à un coffre de chez Bramah et que nos informations soient exactes.

Bon, on voulait donc qu'il ouvre un coffre. Tony se détendit peu.

— Eh bien, une phase d'observation préalable pourra établir…

— L'observation a déjà été faite, le coupa le duc.

Tony soupira.

— Je voulais dire : par mes soins.

John balaya l'objection.

— Une jeune dame de nos connaissances nous assure que le propriétaire sera absent ce soir, jusque tard après minuit. Le coffre est encastré dans un mur, derrière le bureau. Apparemment, les domestiques se moquent comme d'une guigne des intérêts de leur maître, aussi ne seront-ils sans doute pas très réactifs. D'autant qu'ils lui volent son brandy sans même se dissimuler, dès qu'il a tourné les talons.

John sourit avant d'ajouter :

— Et comme on dit, pourquoi remettre à demain ?

— C'est facile à dire, protesta Tony, ce n'est pas vous qui prenez tous les risques !

— Vous n'en prendrez pas tant que cela, car nous serons là pour protéger votre misérable carcasse si les choses se passent mal. La seule qui risque vraiment sa vie, ce soir, c'est notre informatrice, qui va devoir retenir le propriétaire du coffre coûte que coûte. Elle nous a assuré qu'elle en était parfaitement capable, à charge pour nous de profiter du temps qu'elle nous accorde et ensuite, de lui permettre de quitter sans délai son employeur actuel.

Tout cela n'était pas très aisément compréhensible, mais Tony ne s'y arrêta pas.

— Et quelle assurance aurai-je, moi, que vous serez bien là si les choses tournent mal ?

— Notre parole, répondit fermement Marcus, comme si cela devait suffire au jeune homme.

— Et si je refuse de vous aider ?

— Là, répondit tranquillement John, je serais très fâché et vous pourriez passer un fichu quart d'heure. Ce pourrait peut-être même être le tout dernier…

Tony pâlit affreusement à cette désagréable perspective.

— Et vous qui me disiez que nous étions quittes. C'est tout ce que vaut votre parole ?

John haussa les épaules.

— La situation a évolué, depuis, figurez-vous, lui répliqua-t-il. Et à situation désespérée, mesure désespérée. Alors, soyez raisonnable : si vous ne nous aidez pas, je peux vous prédire que vous allez tomber dans une série d'ennuis que vous ne pouvez même pas imaginer. Tandis que si vous marchez avec nous, cette fois, nous serons véritablement quittes, vous aurez la liberté, notre reconnaissance, notre gratitude et le contenu d'une jolie bourse.

Ce fut au tour de Tony de hausser les épaules.

— Si vous me proposez de crocheter un coffre, soupira-t-il, c'est que votre bourse est vide, je suppose. Trouvez donc autre chose…

— Jugez vous-même !

Le duc jeta sur la table un petit sac de cuir bien rebondi, dont le contenu sonnait d'une façon agréablement métallique. Tony en défit les cordons et versa les pièces devant lui. Ce qu'il y avait là-dedans pouvait le mettre à l'abri du besoin pour quelque temps. Il n'aurait plus besoin de travailler avant un bon moment. Et puis, l'idée de cambrioler une maison avec l'aval de deux hauts personnages était bien tentante. Comment y résister ?

Oui, mais si la serrure du coffre était une Bramah ?

Eh bien, il échouerait, voilà tout et pourrait toujours raconter l'aventure dans le Milieu. Elle ferait certainement le tour des bas-fonds de Londres et lui assurerait une excellente publicité. Il remit une à une les pièces dans le sac de cuir.

— Messieurs, dit-il, je suis votre homme. Dites-moi où je dois me rendre…

— Tu crois vraiment qu'on peut lui faire confiance ? demanda Marcus d'un air dubitatif qui agaça quelque peu son frère.

Ils étaient assis dans une berline, devant l'hôtel particulier du comte, juste de l'autre côté de la rue, et observaient la façade aux fenêtres obscures.

— Jusqu'à un certain point, j'en ai peur. Mais nous n'avons pas le choix. Je pense cependant qu'il s'en tirera bien, si nous ne lui demandons rien de plus que ce qui est convenu. Tu as vu la lueur dans ses yeux, quand tu as sorti ta bourse ? L'appât du gain et le plaisir de voler lui feraient faire des miracles… Il va ouvrir le coffre, voler les papiers et venir nous montrer ce qu'il a trouvé. Pour autant que l'on puisse en juger par l'incident de la boucle d'oreille, il est très habile, mais n'ose pas vraiment se vanter de ses petits talents. Je doute qu'il puisse résister au plaisir de les exercer devant témoins, sans avoir à redouter de pénibles conséquences.

— Mais… et le chantage ?

— De notre part ou bien de la sienne ? Si tout se passe suivant nos prévisions, nous n'avons rien à craindre. Sinon, c'est lui qui prend tous les risques et il nous suffira de nier avoir participé à l'aventure…

Marcus fronça un sourcil désapprobateur.

— Mais nous pouvons aussi reconnaître les faits et arguer de notre bonne foi, tempéra John. Si les papiers décrits par Emily existent, et j'en suis quasiment certain, personne ne nous reprochera d'avoir agi. D'ailleurs, je doute que le duc de Haughleigh et sa réputation sans tache risquent vraiment quelque chose. Je devrais m'inquiéter ?

John songea au Régent et se demanda si l'encre avait séché sur les lettres patentes qui lui conféraient son titre. Il eut la surprise de constater qu'en fait, il s'en moquait éperdument.

Il lui suffisait à présent d'avoir Esme et peu importaient ses propres aspirations ; il pouvait y renoncer sans remords.

— De toute façon, si nous sommes découverts, je doute que le scandale puisse aggraver beaucoup mon cas…

Tout à coup, la fenêtre qu'il savait être celle du bureau s'ouvrit, une silhouette agile enjamba le parapet, passa sur l'étroit rebord de maçonnerie sous la fenêtre et referma précautionneusement le contrevent. Deux étages au-dessus du pavé, Smythe se déplaçait le long de la façade avec la même aisance nonchalante que s'il marchait sur un trottoir en plein jour. Il passa une jambe par-dessus une frise ornementale et commença sa descente vers le sol. Ce fut bientôt fait, avec une aisance déconcertante. Dans les derniers mètres, il sauta sur le trottoir, se reçut souplement, rajusta un peu ses vêtements, épousseta sa jaquette et se rapprocha, d'un pas de promeneur, de la voiture où les deux frères l'attendaient. Il ouvrit la portière, monta, s'assit sur la banquette en face d'eux et sortit une pile de papiers de sa poche.

— Je crois que c'est ce que vous désiriez, messieurs, leur dit-il. J'en ai lu quelques lignes pour mieux m'en assurer. Si vous aviez eu la bonté de m'informer de quoi il s'agissait, j'aurais participé à votre affaire de bien meilleur gré. Je ne peux pas nier être un voleur, mais je n'aime pas les traîtres et j'espère que celui à qui nous avons dérobé ceci aura la punition qu'il mérite.

— Ce qui implique que vous allez rendre l'argent que vous a donné mon frère, puisque vous avez agi pour le Roi et pour la Patrie ? demanda John, goguenard.

— Je suis patriote, mais je ne suis pas un saint, hélas, soupira Tony.

John n'en attendait pas tant…

— Et pendant que vous visitiez le coffre, vous n'en auriez pas profité, par hasard, pour vous approprier le reste de son contenu ?

Le jeune voleur sourit.

— C'eût été gâcher le métier, voyons ! D'ailleurs, il n'y avait pas grand-chose… Seulement les papiers et puis ceci…

Il tira un petit écrin de sa poche.

— Qui m'a tout l'air d'une alliance.

C'était en effet un anneau d'or à la dimension d'un doigt de femme.

— Vous pouvez la garder, comme un témoignage de satisfaction pour le travail soigné que vous avez accompli, lui dit John avec un large sourire. Notre homme, lui, n'aura plus besoin de cet objet, en tout cas.

Marcus, qui examinait les papiers, leva les yeux et hocha la tête d'un air entendu.

— C'est bien ce que nous pensions, et pire encore. Tout ceci doit être communiqué au *Foreign Office* au plus vite.

John sourit.

— Moi, je vais attendre ici le retour du comte. Nous allons avoir tous les deux une petite conversation, édifiante pour lui, satisfaisante pour moi.

— Et moi, dans tout ça ?

John eut un petit sursaut et regarda Smythe avec un air pensif. Il avait complètement oublié son existence.

— Vous, mon cher, vous êtes un virtuose de la cambriole et je provoquerai en duel tout quidam qui viendrait prétendre le contraire. Comme je l'ai dit, je dois attendre le comte ici, mais mon frère va vous déposer où vous voudrez.

Smythe parut perplexe.

— Et c'est tout ? Pas de menaces, pas d'injonctions à me remettre dans le droit chemin ?

John sourit de nouveau et posa sa main sur l'épaule du jeune homme.

— Pas la moindre, lui dit-il. Si dans l'avenir j'ai de nouveau besoin d'un cambriolage, je ne veux avoir affaire qu'à vous et à personne d'autre. Mais vous ne pensiez pas, j'espère, m'utiliser comme référence ? Car ce n'est pas du tout ainsi que je vois les choses… Mon frère va vous ramener chez vous et vous allez oublier tous les événements de cette soirée, de même que nous oublierons que vous y avez participé.

Tony sourit en replaçant l'écrin dans sa poche.

— Dans ce cas, messieurs, ce fut un grand plaisir que de pouvoir vous rendre service.

John se présenta à la porte de l'hôtel particulier et se laissa guider par le majordome jusqu'au cabinet de travail du comte. Bien que ce soit la première fois qu'il y pénétrait, plusieurs jours d'observation lui rendaient les lieux étrangement familiers.

— Bonsoir, monsieur. Que me vaut, je vous prie, le plaisir de votre visite ?

Halverston était un hôte courtois, au sourire engageant et si John n'avait pas été prévenu contre lui, il n'aurait sans doute vu en lui que le vieillard distingué, membre influent de l'aristocratie, qu'il prétendait être.

Il ignora délibérément la main que le comte lui tendait et Halverston lui lança un regard soupçonneux et surpris. Il était plus impressionnant que dans les souvenirs de John, quoique les souvenirs en question, récoltés dans une maison de passe, ternissent quelque peu l'image de respectabilité du personnage. C'était un vieillard, mais ses vêtements bien coupés dissimulaient adroitement une silhouette usée par l'âge et les plaisirs. Malgré sa courtoisie apparente, ses yeux étaient froids et meurtriers.

John jeta un coup d'œil en direction du majordome qui, après l'avoir introduit, était resté dans la pièce.

— Ce que j'ai à vous dire n'est que pour vos oreilles, milord, lui dit-il.

Surpris par ce qu'il devait ressentir comme une impertinence, le comte leva un sourcil perplexe, mais il renvoya son serviteur et versa lui-même un verre de brandy à son visiteur, verre auquel John se garda bien de toucher.

— Bien, lui dit-il, nous voilà seuls. Maintenant,

monsieur, parlez, je vous prie. Nous connaissons-nous ? Aurions-nous par le passé partagé… quelques passions communes ?

Il ponctua ses paroles d'un sourire égrillard et John se sentit bouillir intérieurement. Non, même aux pires moments de sa débauche passée, il n'avait rien eu de commun avec ce pervers et cette seule idée lui soulevait absolument le cœur.

— Non, pas vraiment. Mais nous nous sommes déjà rencontrés, en effet. Je suppose que je dois vous remercier pour la brève vision de l'enfer qui m'attendait et que vous m'avez laissé alors entrevoir. C'était suffisant pour me persuader que mieux valait que j'arrête une balle française, que de devenir une ordure de votre sorte. Mais je ne suis pas venu évoquer de vieux souvenirs… Certains papiers sont désormais en ma possession. Des documents qui intéresseraient beaucoup le *Foreign Office* et qui, jusqu'à ce soir, étaient en sécurité dans le coffre-fort que vous avez là, derrière votre bureau.

Le comte faisait de son mieux pour conserver une attitude dédaigneuse et insouciante, mais sa voix était très tendue quand il répondit :

— Et comment, je vous prie, le contenu de mon coffre pourrait-il être connu de vous ?

— C'est que vous n'êtes pas très discret, monsieur le comte. Bavard, même, au point de raconter à une pauvre fille vos manigances avec le gouvernement français…

Il montra la tapisserie qui dissimulait l'accès au coffre.

— Vérifiez donc ce que j'avance, ensuite nous pourrons continuer cette conversation…

Le comte se leva et se dirigea vers son coffre pour l'ouvrir, sans que sa démarche ne trahisse la moindre inquiétude.

Mais quand il revint s'asseoir ensuite, il semblait avoir vieilli de dix ans.

— Que voulez-vous ? demanda-t-il d'une voix à la fois rauque et faible.

Fallait-il avoir de la pitié pour lui, qui n'en avait jamais eu pour aucune de ses victimes ?

— Ce que je voudrais, hélas, je ne puis l'obtenir. Au nom de mes camarades tombés dans cette guerre, je voudrais vous faire payer de mes mains votre trahison, vos vices, la souffrance que vous avez infligée directement ou indirectement à tant d'innocentes et d'innocents. Mais ce serait un meurtre, n'est-ce pas ? Aussi plaisante qu'en soit l'idée, et facile qu'en soit la réalisation, je ne puis l'accomplir moi-même sans mettre en danger mes propres projets. Alors, je vais devoir utiliser une solution de remplacement.

Les yeux inexorablement fixés sur ceux du comte d'Halverston, il le força à les baisser.

— D'abord, plus question de vendre des secrets d'Etat aux Français. Tous vos documents sont en train d'être remis aux autorités compétentes, ce sont elles qui décideront ce qu'il convient de faire de vous, décision qui dépasse ma compétence. Je doute fort que ce qui va vous arriver fasse l'objet d'un article dans le journal ou soit connu du grand public. Il sera plus utile, pour le pays, de dissimuler votre trahison. Oui, bien plus utile, certainement…

Une lâche lueur d'espoir passa dans les yeux du vieillard.

— Mais il faudra pour cela accepter mes conditions, reprit John. La suivante : il n'y aura plus de visites dans une certaine maison, à une certaine Emily ou à une quelconque des autres pensionnaires de l'établissement. Et si jamais vous aviez la très mauvaise idée de songer à une vengeance, sachez qu'Emily est loin, en sécurité et sous ma protection. Toute tentative d'entrer en relation avec elle ou de reprendre vos mauvaises habitudes dans un autre lieu amènera automatiquement la révélation publique de vos turpitudes. Est-ce bien clair ?

Le comte hocha la tête, mais à la rougeur colérique de son visage, John soupçonna qu'il dissimulait ses véritables sentiments.

— Enfin, vous allez rompre immédiatement votre engagement envers une jeune dame de ma connaissance. Ne vous imaginez surtout pas que vous pourrez continuer à mener la même vie répugnante avec une jeune épouse, en espérant un héritier. Aucune femme ne devrait être forcée à rester une seule minute en votre venimeuse compagnie et Esme Canville encore moins qu'une autre. Là encore, suis-je tout à fait clair ?

— Donc, je dois renoncer à tout ; ma manière de vivre, mes distractions et même ma fiancée, sinon vous répandrez des racontars dans les journaux ?

— Vous voulez dire : votre trahison, vos crimes de pervers et la pauvre jeune fille que vous prétendez forcer contre sa volonté ? Oui, vous devez renoncer immédiatement à tout cela, sinon je dirai la vérité, milord, rien de plus que la vérité, mais rien de moins. Et c'est cette vérité qui vous tuera. Vous n'avez absolument pas le choix.

Le comte éclata d'un rire cruel.

— Bien sûr que si, j'ai le choix ! Il y a toujours une porte de sortie, jeune homme ! Et maintenant, justement, sortez de chez moi ! Quoi que je décide de faire, je n'ai pas à supporter votre offensante présence dans ma maison plus longtemps.

— Très bien, alors. Je vais guetter l'annonce de la fin de vos fiançailles dans le *Times*. Vous avez exactement vingt-quatre heures pour la faire paraître. Pas une minute de plus. Sinon, c'est moi qui me rendrai au bureau de ce journal, et pas pour publier une petite annonce, je vous préviens !

Il le salua avec froideur et quitta la pièce.

John descendit l'escalier, le majordome lui tendit son chapeau et sa canne. Il ne s'en était pas encore saisi qu'un unique coup de feu résonnait à l'étage.

# *Chapitre 19*

Penchée, comme à son habitude, sur la cheminée de sa chambre, pour entendre ce que disait son père à l'étage en dessous, Esme sentit son cœur battre plus vite. A l'évidence furieux, le vieil homme enchaînait les jurons les plus malsonnants et sa fille se creusait la tête pour essayer de deviner ce qui avait bien pu provoquer sa colère. En était-elle responsable ? Impossible ! Depuis son retour, Esme ne parlait que quand on l'interrogeait, n'avait plus jamais remis ses ordres en question, aussi injustes qu'ils pussent être et elle les avait exécutés promptement, sans le moindre murmure.

Si l'on exceptait la douloureuse correction qu'elle avait dû subir à son retour, les deux semaines qui précédaient celle-ci s'étaient déroulées sans incident notable. Elle avait pris tous ses repas dans sa chambre et son père n'y avait fait aucune objection. En ce moment même, il semblait avoir complètement oublié son existence, alors qu'elle ne risquait pas de faire de même, entendant, sentant, devinant presque le moindre de ses mouvements dans son bureau, à l'étage en dessous. Mais apparemment, quelque chose avait changé.

Tout de suite, elle s'agenouilla, l'oreille au plus près du conduit, pour essayer de comprendre ce qui se passait. Mais il lui fut impossible de comprendre ce qui mettait son père dans cet état. Souvent postée, depuis son retour, à la fenêtre de cette chambre devenue sa prison, elle n'avait vu passer aucun visiteur. Peut-être la cause de la colère paternelle était-elle une lettre reçue, ou un article dans un journal ? Mais ses vociférations étaient des plus confuses et Esme doutait qu'elle puisse en comprendre les raisons, même si elle s'était trouvée dans la même pièce que lui.

Elle entendit un vacarme de cristal brisé, projeté contre le manteau de la cheminée et supposa qu'il s'agissait de la carafe qui était d'ordinaire posée au coin de son bureau, puis des chocs sourds qui ne pouvaient être produits que par les lourds volumes reliés de la bibliothèque, qu'il renversait sur le sol. La voix du majordome s'éleva ensuite, tremblante, comme l'homme venait proposer, à cette heure pourtant inhabituelle, un verre d'alcool pour apaiser son maître. L'intéressé hurla son refus, qui fut immédiatement suivi d'un claquement de porte.

Ce dernier son ne pouvait signifier que deux choses : soit il sortait, soit il montait la voir. Esme se remit instantanément sur ses pieds et essuya nerveusement son visage et ses mains à l'aide de son mouchoir. Apparaître avec des traces de suie de cheminée sur elle n'aurait fait qu'aggraver les choses…

La porte de sa chambre claqua contre le mur et elle vit sa femme de chambre, terrifiée, derrière l'épaule de son père, sur le seuil.

— C'est toi ! hurla-t-il, la voix pleine de haine, en la désignant d'un doigt accusateur tandis que de son autre main, il brandissait un journal.

— Je… oui, Père ? Que voulez-vous dire ?

— C'est toi qui as fait ça, j'en suis sûr !

— S'il s'agit de quelque chose que vous avez lu dans le journal, je ne vois pas comment je peux en être responsable. Je n'ai pas quitté cette chambre depuis quinze jours !

— Eh bien, tu as fait passer un message par ta femme de chambre, hurla-t-il, ou quelque chose du même genre, j'en suis sûr ! Une chose destinée à me rendre furieux, et voilà le résultat !

Il la frappa en plein visage avec le journal replié, puis lui en mit la première page sous les yeux.

— Le comte d'Halverston est mort. Il s'est suicidé. Qui a pu le pousser à cela, hein ? Je me le demande !

— Je vous assure, Père, que je n'en ai aucune idée !

Tandis qu'elle s'efforçait de calmer son père, le cerveau d'Esme travaillait à toute vitesse. Ainsi, elle n'allait pas devoir épouser l'horrible comte ? Hélas, son sentiment de triomphe s'évanouit bien vite lorsqu'elle comprit ce que signifiait la mort précoce de son fiancé : elle allait devoir rester toute sa vie auprès de son père ! C'était un sort pire encore ! En se mariant, elle pouvait espérer devenir libre à la mort de son époux. En restant vieille fille chez son père, elle serait condamnée jusqu'à la fin de ses jours.

Il roula de nouveau furieusement le journal dans ses mains et Esme se raidit dans l'attente d'un nouveau coup. Mais il le redéploya encore pour montrer l'article.

— Dans son bureau… Une seule balle de pistolet. Il n'y avait personne avec lui quand c'est arrivé. Mais il venait de recevoir la visite du frère de ton généreux hôte !

Il avait prononcé ces deux derniers mots sur un ton de sarcasme et de mépris incommensurable.

— John ?

Le prénom lui avait échappé avant qu'elle ait pu le retenir.

— Ah, ah, tu t'es trahie ! Non pas le capitaine Radwell, comme aurait dit n'importe quelle honnête jeune fille, mais John !

Elle le regarda de nouveau, horrifiée, rouler le journal dans ses mains pour en faire une arme.

— John Radwell, qui essaie de forcer ma porte depuis le lendemain de ton arrivée ! Que lui as-tu dit ? Hein ? Que t'a-t-il fait ? Qu'a-t-il à voir avec tout ceci ?

— Je n'en sais rien, je le jure !

Elle recula vivement, évitant le premier coup, qui tomba sur son bras sans trop d'efficacité.

John était venu ! C'était la seule chose à laquelle elle était capable de penser en cet instant.

— Ne me mens pas, petite traînée !

Il la gifla à toute volée avec le journal. Sous le coup, les yeux d'Esme s'emplirent de larmes.

— Je ne mens pas. Je ne sais pas ce qui s'est passé. Je le jure.

Elle pria pour parvenir à le convaincre et le deuxième coup l'atteignit au creux de l'abdomen, la faisant se plier en deux et s'écrouler sur le sol.

Alors, Meg, la femme de chambre, se précipita sur elle pour l'aider à se relever tandis qu'Esme tentait de reprendre son souffle.

— Ecarte-toi, la servante ! rugit son père en secouant la malheureuse qui essayait d'entourer Esme de ses bras protecteurs.

— Mademoiselle n'a rien fait, monsieur ! cria-t-elle en pleurant. Quoi qu'il ait pu arriver, c'est moi la fautive, moi seule !

— Très bien ! Alors, tu seras châtiée toi aussi lorsque je me serai occupé d'elle !

Et comme pour appuyer ses dires, il gifla de nouveau Esme durement du dos de la main, avant de se tourner vers la servante, qui sanglotait à ses genoux.

— Prends tes affaires et quitte immédiatement cette maison, dit-il. Je ne veux pas d'une domestique déloyale chez moi, ni que l'on vienne se mêler de la discipline que j'essaie d'inculquer à ma fille !

Puis il tourna les talons et quitta la pièce, laissant la malheureuse tremblante, et au désespoir.

— Oh ! Mademoiselle, répétait-elle. Mademoiselle Esme !

— Ne t'inquiète pas, Meg, tout ira bien, soupira Esme. Voici ce que tu vas faire : quand tu partiras d'ici, tu traverseras simplement la rue et tu iras au deuxième étage de l'immeuble qui est juste en face. Tu diras à la demoiselle qui habite là que tu as été mise à la porte sans références, mais que tu as la mienne et que je prie le capitaine Radwell de te donner une place chez lui ou bien chez son frère.

— Oh ! Mademoiselle, répéta la servante, mais… et vous ?

— Je m'arrangerai. Ce n'est pas la première fois… et puis, je suis beaucoup plus forte que je le parais. Et maintenant, va vite, avant que mon père ne te voie.

Sur le seuil de la porte, la jeune servante se retourna et la regarda d'un air tout de même un peu malicieux, à travers ses larmes.

— Vous savez, mademoiselle, il n'a pas tort de me mettre à la porte, parce que je perds tout… Les clés par exemple ; je ne sais pas du tout ce qui a pu arriver à celle de votre chambre.

Tout en parlant, elle pressa la petite pièce de cuivre dans la paume de la main d'Esme, avant de serrer sa maîtresse dans ses bras, puis de se précipiter au-dehors.

Esme vint alors à sa porte, qu'elle verrouilla précautionneusement. Ainsi, son père ne pourrait pas entrer facilement chez elle, ce qui valait bien mieux : elle n'avait pas besoin d'une punition supplémentaire. Il fallait qu'elle réfléchisse au moyen de trouver la meilleure façon d'utiliser ce nouvel avantage ; elle avait une clé et pouvait entrer et sortir quand bon lui semblait.

Il était écrit que ce n'était pas le mariage qui lui permettrait de s'évader de sa prison, mais pour réfléchir à la retraite la plus adéquate, elle pourrait tout de même quitter sa chambre. De toute façon, sans argent, elle était littéralement prise au piège. Il avait été stupide de sa part de ne pas penser à faire passer un message par l'entremise de Meg. Elle aurait pu appeler John à l'aide… Peut-être que ses tentatives de visite ne signifiaient rien, mais au moins, il ne l'avait pas oubliée.

Elle ne connaissait qu'un seul endroit au monde où elle pourrait se réfugier en s'enfuyant d'ici à la faveur de la nuit, mais les choses étaient différentes aujourd'hui. La femme qu'elle avait aperçue dans l'appartement de John ne l'accueillerait peut-être pas chaleureusement lorsqu'elle apprendrait qu'Esme était une rivale potentielle.

Peut-être qu'en essayant de lui faire un signe, d'une façon ou d'une autre ? Esme s'avança vers la fenêtre et regarda l'appartement de l'autre côté de la rue. La jolie jeune femme blonde était bien là. Elle semblait agitée et elle se leva précipitamment pour aller accueillir quelqu'un à la porte. Meg ne se présentait tout de même pas déjà chez elle ?

La jeune femme tenait à la main un exemplaire du *Times* et c'était, semble-t-il, la lecture du journal qui l'avait mise dans cet état d'agitation.

Alors Esme vit John pénétrer dans le salon et s'avancer vers elle. Elle laissa tomber le journal sur le sol et se précipita dans ses bras, se pendant à son cou, ses pieds touchant à peine le plancher. Elle le couvrit de baisers tandis qu'il lui souriait.

La clé glissa des doigts d'Esme et tomba sur le sol, tout

de suite oubliée. Elle n'allait plus en avoir besoin, à présent. Toutes ses pensées devenaient vagues, confuses et comme cotonneuses. Elle pourrait bien s'enfuir, certes, mais elle n'avait plus aucun endroit au monde où aller. Parce que la seule alternative à sa situation était plus douloureuse encore que le statu quo.

Pour la première fois depuis qu'elle les avait reçus, elle ressentit la douleur des coups que lui avait portés son père. Elle s'effondra sur le sol et se mit à pleurer.

# Chapitre 20

John pestait contre l'inconfort de son col, lequel avait été amidonné jusqu'à lui donner la raideur du bois. Quant à sa cravate, nouée sans trop de fantaisie et immaculée, elle avait été bien trop serrée. Sa jaquette noire était impeccablement taillée, comme ses culottes et ses bas de soie, ses chaussures brillaient comme des miroirs.

Il se disait, avec mauvaise humeur, qu'il se sentait comme un vicaire en visite chez son évêque.

Il frappa à la porte et attendit patiemment que le majordome le fasse entrer. Il déposerait sa toute nouvelle carte de visite sur le plateau d'argent qu'on ne manquerait pas de lui présenter. Un comte. Serait-ce suffisant pour amadouer l'irascible M. Canville ? C'était exactement le même titre nobiliaire que celui du vieux pervers auquel il avait voulu allier sa fille. De meilleur aloi, même, car plus ancien et plus respectable. Assorti de domaines fonciers très productifs…

John y avait pensé des dizaines de fois, se répétant inlassablement tous les avantages qu'il pouvait faire miroiter au père d'Esme.

Quand le majordome ouvrit la porte, John put voir un instant un effarement tout à fait intense se peindre sur son visage, avant que son impassibilité professionnelle ne reprenne le dessus et qu'il informe le visiteur, d'un air compassé, que « Monsieur n'était pas à la maison ».

— Très bien, j'attendrai, lui répondit John du tac au tac.

Le majordome s'éclaircit la gorge.

— Il… ne désire pas vous recevoir, milord.

John balaya l'objection d'un geste et plaça préventivement son pied dans l'embrasure de la porte.

— Absurde ! répliqua-t-il. Il ne voulait pas recevoir le capitaine Radwell, mais aujourd'hui, c'est le comte de Stanton qui désire lui parler. Ce titre, il me semble, devrait au moins m'ouvrir sa porte. Menez-moi dans le salon ou directement à son cabinet de travail, je vous prie, et dites à M. Canville que s'il ne veut pas me voir, il va devoir me le dire en face.

Le majordome recula devant lui comme une vague qui se retire.

John songea avec amertume que Marcus avait raison : posséder un titre donnait infiniment plus de poids dans la société qu'un grade militaire, aussi prestigieux soit-il. Pourtant, John ne pouvait s'empêcher de voir des similitudes entre ces deux rôles. Dans l'armée, il avait été habitué à donner des ordres à des subordonnés qui lui obéissaient sans broncher. En tant que comte, il pourrait faire la même chose, et il aurait même un plus grand nombre de personnes prêtes à exécuter ses volontés. Mais son frère avait également pris la peine de lui expliquer que le titre de comte nécessitait pas mal de diplomatie, ce qui le ramenait au problème de ce M. Canville. Celui-ci agissait comme si les règles communes ne le concernaient pas. Il les ignorait, en prenait le contre-pied, et faisait très exactement ce qu'il voulait, convaincu que le monde tournait autour de sa seule volonté. Mais face à un comte, John était certain que le vieil homme perdrait de son assurance. Lui-même devait avouer qu'il obéissait à son frère et à l'autorité naturelle qui se dégageait de lui. Il n'était pas mécontent d'avoir l'occasion d'en faire autant, à son tour.

M. Canville entra dans le salon, appuyé sur sa canne, et salua son visiteur d'un coup de menton fort peu chaleureux.

John regarda la canne, un cep noueux muni d'un pommeau d'argent, en se souvenant des horribles marques sur le dos d'Esme. Son sang se glaça d'un coup, puis se mit à bouillir et il se prit à rêver qu'il se saisissait de ce maudit bâton pour le briser sur le dos de son propriétaire.

Mais il parvint à se dominer et même à esquisser un sourire aimable à l'attention de l'irascible personnage.

— Que me vaut le plaisir de votre visite, lord Stanton ?

Les lèvres pincées en un sourire glacial, Canville avait appuyé délibérément sur le mot « lord », comme s'il jugeait la validité de son titre fort contestable.

En John, la colère flamboya de nouveau. Gifler à toute volée l'impudent personnage ? Mieux valait se contenir et ne pas en venir à de telles extrémités. Se montrer violent avec le père de celle qu'il voulait épouser n'arrangerait rien.

— Il s'agit de mademoiselle votre fille, monsieur, dont j'ai eu l'honneur de faire la connaissance alors qu'elle séjournait chez mon frère, cet été.

Canville le regardait toujours, sans ciller.

— J'ai appris qu'elle était fiancée et que je ne devais plus entretenir d'espoir. Toutefois, cette union n'est plus possible, en raison du décès subit du comte. Aussi avais-je espéré…

— Vous voulez lui faire la cour, alors que le pauvre lord Halverston n'est pas même encore froid ?

— Pas immédiatement, bien entendu, corrigea John. Après un délai raisonnable et si mademoiselle votre fille en est d'accord.

— Je n'entends pas donner mon enfant unique à un

homme tel que vous. Vous n'êtes pas sans savoir que le nom de John Radwell n'a guère bonne réputation, dans la société.

De nouveau, John dut se contrôler pour ne pas s'emporter. L'immonde vieille ordure à qui Canville voulait donner sa fille avait une réputation bien pire encore, mais ce fou furieux n'en avait cure !

— Ce n'est plus le cas, je puis vous l'assurer, répondit-il sans élever la voix. Mon frère le duc et moi nous sommes réconciliés, et le temps que j'ai passé dans l'armée m'a profondément changé. Je viens d'être admis au rang de pair du royaume en récompense des services que l'on a bien voulu me reconnaître… Le titre est ancien et respecté. Les domaines qui lui sont attachés sont vastes et très productifs…

— Il n'y aura pas de dot, si c'est ce que vous attendez.

— Aucunement et ce ne sera pas nécessaire, mes revenus sont bien assez importants pour nous deux.

— Il y a d'autres prétendants.

Déjà ?

— Je suis certain que si… on laisse le choix à Mlle Esme, elle accueillera favorablement ma proposition.

— Si on lui laisse le choix ?

La voix de Canville était montée au-delà du ton admissible dans une conversation courtoise.

John ne pouvait plus revenir en arrière.

Esme se réveilla en sursaut. Le livre venait de glisser de ses genoux et de tomber sur le plancher en se refermant avec un claquement sec. Le rêve qu'elle venait de faire était encore très présent dans son esprit et elle regrettait bien de s'être réveillée avant la fin ; c'était un de ses songes préférés : John venait voir son père et le persuadait de la laisser partir avec lui.

— Que m'importe son choix, jeune homme ! C'est moi qui dispose de ma fille et j'entends l'unir à qui je veux !

— Dans ce cas, il me faut vous répéter que ma proposition présente plus d'avantages que d'autres…

Les voix montaient par le conduit de la cheminée, faiblement, mais elles restaient encore très compréhensibles.

Ce n'était pas possible. Ce qu'elle croyait entendre ne pouvait être que le résultat de son imagination surchauffée, associé aux derniers échos qui lui étaient parvenus du drame qui se jouait. Elle prenait ses désirs pour des réalités et rien d'autre.

Toutefois, elle s'agenouilla précipitamment à sa place habituelle près de l'âtre, en écartant les cendres du feu et en collant sa joue au conduit de briques.

— Je trouve que vous manquez quelque peu de maturité pour faire un bon mari…

Cela, c'était clairement la voix de son père. Il parlait mariage avec quelqu'un ?

Elle retint son souffle en attendant la réponse de son interlocuteur.

— Je pense que c'est une chose qui s'acquiert, avec le temps.

John ! Esme fourra son poing dans sa bouche pour ne pas hurler ce prénom à travers la pièce. Il était là, il était venu la chercher, comme dans ses rêves !

— Pourquoi ma fille devrait-elle attendre, quand il y a des hommes suffisamment mûrs pour faire de bons maris ?

— J'ai trente-trois ans, monsieur Canville, répondit calmement John. Je possède un titre de noblesse et des propriétés. Je ne crois pas avoir besoin d'attendre d'être plus riche, ni particulièrement plus mûr, pour me marier…

Le ton restait courtois mais Esme pouvait entendre l'acier qui sous-tendait les paroles de John, tandis qu'il défiait son père.

— Peut-être préférez-vous que j'attende d'avoir quelques dents en moins ou bien que ma colonne vertébrale se voûte un petit peu ? Eh bien, j'attendrai, monsieur, et nous verrons bien qui restera en lice, de moi ou de l'octogénaire que vous ne manquerez pas de choisir comme mari idéal pour votre fille.

— Vous découvrirez alors que vous n'aurez pas davantage de chances de me convaincre aujourd'hui que dans quelque temps, monsieur, répliqua Canville. Vous ne serez jamais un mari souhaitable pour ma fille, et ni votre argent ni vos terres ne pourront effacer l'opprobre de votre passé !

— Rien n'est venu empêcher non plus votre ami Halverston de se tirer une balle dans la tête, quand il s'est senti menacé par quelques vérités gênantes qui étaient tout près d'être révélées.

Esme sourit en entendant John s'échauffer autant que son père.

— Seulement vous apprendrez, enchaîna-t-il, que je suis d'une tout autre étoffe que lui. Il n'y a rien de ce que j'ai fait autrefois dont je doive perpétuellement rougir. Mon passé n'est peut-être pas glorieux, mais j'ai survécu, je me suis amplement racheté et je suis prêt à vivre un avenir meilleur.

— Il sera solitaire, alors, car vous n'aurez pas ma fille !

C'était donc ça ! Son père refusait sa main à John. Elle se mit à trembler, s'attendant à entendre celui-ci quitter la pièce d'une seconde à l'autre.

Mais sa voix s'éleva de nouveau, blanche de fureur.

— Espèce de vieil imbécile ! commença-t-il, rageur,

ta fille est déjà à moi. Pour ce que j'en sais, elle est même peut-être enceinte de mes œuvres. Donne-la à un autre homme, et je le préviendrai immédiatement. Après cela, je serai surpris que tu en trouves facilement un autre !

— Eh bien, je ne donnerai cette traînée à personne ! Elle restera enfermée dans sa chambre et se repentira longtemps de la honte qu'elle a attirée sur cette maison !

Son père hurlait, à présent, et Esme frissonna, sachant trop ce qui l'attendait, lorsque John serait parti.

Mais la réponse de celui-ci lui parvint, comme un coup de canon sur le champ de bataille, aussi net que s'il était avec elle dans la chambre.

— Pas question, rugit-il. Je sais que tu la frappes, espèce d'ordure ! Je le sais parce que je fais espionner ta maison. Seul le respect que j'ai pour Esme m'a empêché de te donner la correction que tu mérites. J'ai essayé de jouer honorablement le jeu et j'ai été bien plus courtois avec toi que je ne l'aurais dû. Ainsi, tu oses repousser mon offre ? Parfait ! Puisque tu n'as pas d'honneur, nous allons jouer le jeu selon tes règles. J'aime ta fille, elle est à moi. Je vais l'emmener et toi, tu iras au diable.

Esme entendit claquer la porte du salon contre le mur du corridor et un pas lourd résonner en bas de l'escalier.

— Esme, cria John. Où êtes-vous ? Descendez tout de suite !

Elle se précipita sur le bouton de porte, qu'elle tourna sans effet une seconde ou deux avant de se souvenir qu'elle était enfermée à clé. Elle alla chercher celle-ci dans sa cachette et revint déverrouiller la serrure en hâte.

— Esme !

La voix de John était assez forte pour qu'on pût l'entendre dans la rue.

Enfin, la clé tourna dans la serrure, la porte s'ouvrit et

elle se précipita dans le couloir. Elle n'alla pas loin : deux bras puissants la soulevèrent de terre et John murmura à son oreille :

— Tu ne pensais pas que tu allais te débarrasser de moi aussi facilement, tout de même ?

— J'avais peur que ce ne soit qu'un rêve.

— Tu n'as plus besoin d'avoir peur, jamais.

Il la reposa au sol et, en la gardant étroitement serrée contre lui, l'entraîna vers l'escalier. Elle s'agrippa à son épaule quand ils approchèrent de son père, qui les attendait au passage.

— Arrête ! Arrête-toi à l'instant, Esme, et rentre dans ta chambre ! Quant à vous, Radwell, hors de chez moi, à l'instant !

John serra davantage contre lui celle qu'il aimait.

— Milord. Il me semble que c'est la façon correcte de s'adresser à un comte, *monsieur* Canville.

Il avait prononcé le mot monsieur avec une emphase lourde d'ironie.

— Et maintenant, si vous voulez bien nous excuser…

— Je ne vous laisserai pas kidnapper ma fille, Radwell !

John éclata d'un rire bref.

— Et comment comptez-vous m'en empêcher ? répliqua-t-il. Des hommes plus jeunes et plus braves que vous ont essayé et n'ont pas réussi à me tuer. Mais peut-être préférez-vous appeler la police ? Je gage que les agents resteront bien tranquilles quand ils verront mes armoiries, sur la portière de ma voiture. Ce cher Halverston m'a démontré en son temps que la loi était indulgente envers ceux qui avaient un titre et des terres. On dirait à présent, Canville, qu'il faut que je vous le démontre… Votre fille est pratiquement en âge de se passer de votre consentement. Il n'y aura rien alors que vous pourrez faire pour contrecarrer ses volontés. Délibérément, je ne vais pas attendre ce moment mais vous l'enlever dès aujourd'hui, que cela vous plaise ou non. Avant que vous puissiez appeler à l'aide, nous serons loin. Vous avez perdu, acceptez-le !

Il se retourna vers Esme et la serra contre lui.

— A toi, lui dit-il. Tu voulais pouvoir choisir ton destin. Voici l'instant ou jamais. Veux-tu venir avec moi, tout de suite ? Pas de questions, pas de regrets, pas le temps de faire tes bagages. Es-tu prête et le veux-tu ?

Alors, devant son père, elle embrassa John à pleine bouche, sur ses lèvres ouvertes. Quand ils s'écartèrent enfin, après de longues minutes, le regard du nouveau comte était plutôt rêveur.

— Oh oui, je suis prête. Plus que prête !

Alors il l'entraîna au-dehors, dans la rue. Les yeux dans ceux de son amant, elle n'eut pas même un regard pour son père.

Ils coururent vers la voiture qui les attendait, une berline laquée de noir avec un écusson sur la portière, qu'Esme ne reconnut pas. Elle le contempla avec surprise.

— Vos nouvelles armoiries, milady, expliqua John, dès que nous aurons atteint l'Ecosse, où nous pourrons nous marier sans le consentement de M. votre père. J'ai entendu dire que Gretna Green était très agréable, à cette période de l'année et il me semble bien…

Il leva les yeux au ciel, comme pour interroger les tréfonds de sa mémoire.

— Oui, il me semble bien que nous possédons un pavillon de chasse dans ce coin-là. Je me demande à quoi il ressemble… Mais nous aurons tout le temps de le découvrir, car c'est là que nous passerons notre lune de miel.

Il fit entrer Esme dans la berline et referma la portière sur eux. S'asseyant à côté d'elle sur la banquette de cuir capitonné, il prit sa main et entrelaça ses doigts avec les siens.

— Nous avons d'autres terres également. Par exemple, une belle propriété en Cornouailles, qui m'a été offerte pour services rendus à la Couronne. Il y a des bijoux, aussi, parfaits pour orner la comtesse que je vais faire de toi…

Le cœur battant très fort dans sa poitrine, elle lui répondit :

— Peu importent les bijoux. C'est l'homme que je veux et non le titre.

Puis elle se mordit la lèvre et parla, d'une voix aussi naturelle qu'il lui était possible, alors que devoir aborder cette question lui brisait le cœur :

— Mais je voudrais insister sur un point. C'est que si tu… si vous voulez m'épouser, alors vous devrez rompre avec votre maîtresse. L'installer chez vous, juste en face de mes fenêtres, était peut-être une solution bien commode, mais pour moi, découvrir cette situation fut extrêmement pénible… et…

Il se pencha et l'embrassa avec une telle passion qu'elle ne put continuer.

— C'était la favorite d'Halverston et non la mienne. Je l'ai installée chez moi pour qu'elle monte la garde, qu'elle surveille ta maison et me rapporte ce qui s'y passait. Quand elle a su que le comte était mort, elle a offert de me prouver… à quel point sa gratitude était profonde, mais je lui ai répondu que mon âme n'avait d'autre maîtresse que toi. Il n'y a rien eu de plus entre cette fille et moi, je te le jure.

Il caressa sa joue.

— Elle a vu ton père te frapper. Quand elle me l'a rapporté, c'était comme si je sentais les coups, moi aussi, sur mon propre corps.

— Ce n'est rien, dit-elle, et elle embrassa la paume de

sa main. Tout cela est fini et je n'ai pas besoin de le revoir jamais. Je doute de toute manière qu'il me pardonne et qu'il puisse un jour approuver notre mariage.

— Peut-être ne suis-je pas obligé de m'embarrasser d'une cérémonie, après tout, plaisanta John. Je peux aussi m'enfermer avec toi dans une chambre et te faire l'amour sans relâche jusqu'à ta majorité... tu seras alors tellement épuisée de plaisir que tu n'auras d'autre choix que de me prendre pour mari. Qu'en penses-tu ?

Elle frissonna de plaisir.

— Vivre dans le péché ? répliqua-t-elle sur le même ton, tu n'y penses pas ! Et ta réputation toute neuve ?

Il éclata de rire.

— Je m'en préoccupais quand j'avais encore besoin d'être un gentleman. Mais je suis un aristocrate, à présent, au cas où tu ne l'aurais pas compris. Un comte peut avoir une vie aussi dissolue qu'il le souhaite, sans que personne n'y trouve rien à redire...

La voiture tressautait sur les pavés et Esme profita d'un chaos pour se serrer contre celui qui allait devenir, très bientôt, son mari.

— Ainsi, infortunée que je suis, me voilà la captive d'un libertin sans cœur, et je dois me soumettre à ses vices, c'est donc ça ?

Il la regarda avec une bouleversante tendresse dans ses yeux.

— Sans cœur, je ne crois pas. J'ai longtemps cru que je n'étais plus capable d'aimer, c'est vrai. Mais mon cœur s'est remis à battre quand je t'ai vue pour la première fois, Esme, mon amour. Le reste de ta phrase est toutefois assez exact...

— Oh ! Mon Dieu ! s'exclama-t-elle en faisant mine

de s'éventer d'un geste théâtral. A cette seule idée, je suis tout près de m'évanouir !

Elle commença à desserrer lentement les crochets de son corsage.

— Peut-être que si je dégrafe un peu ma robe, je pourrai respirer un tout petit peu plus à mon aise ?

— Tu n'oserais pas ? Tu sais ce qui va t'arriver si tu me provoques ?

Sa voix était rauque et lascive, mais il souriait.

— Oh, mon Dieu !

Elle défit un nouveau crochet.

— En plein jour, dans une voiture et le long d'une route fréquentée ?

Elle fit glisser son corsage pour s'en libérer. John n'eut que le temps de tirer les rideaux des portières.

— Et plusieurs fois de suite ?

— Plusieurs fois de suite ? répéta-t-il, surpris, et son sourire prédateur se changea en une expression choquée.

Esme s'adossa confortablement à la banquette et se dandina un peu pour faire tomber sa robe.

— Bien sûr ! Si je dois être épuisée de plaisir, il va falloir te dépêcher un peu, monsieur le comte ! Mais après tout, tu as la réputation bien établie d'être particulièrement coquin, n'est-ce pas ?

Admirant le joli spectacle, il ne répondit pas tout de suite. Puis, en desserrant sa cravate :

— Euh… coquin ? Oui, terriblement coquin !

— La route est longue, vers l'Ecosse, soupira-t-elle, et je suis sans défense, abandonnée de tous…

Elle étendit ses jambes sur la banquette, de chaque côté de John et s'agrippa à la lanière de cuir qui passait au-dessus de leurs têtes.

— Sans défense ? répéta son amant. Dans ce cas,

peux-tu m'expliquer comment il se fait que, depuis le début, j'en passe par tout ce que tu veux ?

Il jeta négligemment sa jaquette sur le sol, à côté de la robe d'Esme et commença de défaire sa chemise.

— Ce n'est pas vrai…

Elle sourit en le regardant retirer ses souliers, déséquilibré qu'il était par les cahots de la voiture.

— Je ne t'ai jamais poussé à dire que tu m'aimais…

— Que ton vœu soit exaucé : Je t'aime, Esme. Et maintenant, madame la comtesse, permettez-moi de vous le démontrer…

Il s'y employa, avec une énergie et un entrain tout à fait remarquables…

## *À découvrir ce mois-ci*

### *6 nouveaux romans dans la collection*

# Les Historiques

**DANS LES BRAS D'UN HIGHLANDER**
***de Marguerite Kaye - n°566***

***Ecosse, 1747.*** Madeleine est désemparée. Alors qu'elle a fui sa Bretagne natale pour retrouver son fiancé disparu, la voilà fascinée par le mystérieux Ecossais qui lui sert de guide, et dont elle ignore à peu près tout. Certes, Calumn Munro lui est venu en aide à son arrivée à Edimbourg, et sans lui, Madeleine n'aurait jamais réussi traverser les Highlands ; mais peut-elle vraiment faire confiance à cet inconnu ? Calumn ne lui a-t-il pas promis qu'avant la fin de leur périple, il lui ferait connaitre le plaisir qu'elle n'éprouvera jamais dans les bras de son fiancé ? Le pire dans tout cela, c'est que Madeleine ne peut s'empêcher de déceler une part de vérité dans les paroles du Highlander. Une vérité qui pourrait bouleverser sa vie ...

**LE SECRET DES HAUTES-TERRES**
***de Suzanne Barclay - n°567***

***Kennecraig, Ecosse, 1407.*** Qui est vraiment Ross Sutherland ? Après avoir ouvert les portes de sa forteresse au ténébreux guerrier pour le sauver d'une embuscade, Cathlyn Boyd ne peut s'empêcher de frissonner. Car si elle est fascinée par le séduisant Irlandais, elle n'oublie pas la menace qui pèse sur les siens depuis la mort de son père. Comment ne pas redouter que Ross ait été envoyé par Hakon Fergusson, son ennemi juré qui rêve depuis toujours de voler le secret ancestral de Kennecraig ? Un risque d'autant plus inquiétant que Ross possède une arme redoutable pour parvenir à ses fins : le désir irrépressible qu'il fait tout de suite naître en elle...

## LA VENGEANCE DE FORD BARRETT

***de Deborah Hale - n°568***

***Angleterre, 1821.*** Epouser Ford Barrett, l'héritier de son défunt mari, et devenir chaque jour l'objet de sa vengeance ? Pour Laura Penrose, ce serait sacrifier sa vie. Elle a beau avoir été éperdument amoureuse de Ford sept ans plus tôt, elle refuse de s'imposer une deuxième union sans amour, qui plus est avec cet homme incapable de lui pardonner leur rupture de jadis. Mais pour sauver son indépendance, Laura sait qu'elle devra se montrer forte : Ford n'est plus le garçon charmant d'autrefois. Et que fera-t-elle s'il la place devant un dilemne — l'épouser, ou bien quitter les terres sur lesquelles elle vit avec sa famille, mais qui sont désormais à lui... ?

## LA REBELLE DE GREEN VALLEY

***de Lynna Banning - n°569***

***Green Valley, 1867.*** Quitter sa propriété, comme essaie de l'y forcer Wash Halliday ? Pour Jeanne, c'est une inconcevable perspective ! Après la terrible guerre civile qui a ravagé le pays, sa plantation et sa modeste maison sont tous les biens qu'il lui reste. Ce Halliday peut bien être envoyé par le président, jamais elle ne cèdera ! D'ailleurs, elle a déjà prouvé que rien ni personne ne pouvait l'arrêter s'il s'agit de protéger son avenir et celui de sa fillette. Rien, sans doute, mais... personne ? Le jour où Wash Halliday décide de se présenter chez elle, Jeanne, saisie par tant de séduction, sent chavirer sa chère indépendance...

## LA MAÎTRESSE DU LIBERTIN

***de Christine Merrill - n°570***

***Londres, Régence.*** Le père d'Esme, un homme cruel et violent, a prévu de la marier à un vieil aristocrate dans le seul but de servir ses intérêts. C'est oublier le caractère impétueux de sa fille qui, lorsqu'elle devine ses intentions, décide d'échapper à l'union qu'il veut lui imposer. Comment ? En ruinant sa réputation, en provoquant un scandale, par tous les moyens... Et très vite, une solution apparaît clairement dans l'esprit d'Esme — ou plutôt un visage : celui du capitaine John Radwell, son séduisant voisin, un incorrigible débauché dont on ne compte plus les conquêtes. Aussitôt, Esme fuit la demeure familiale et s'introduit chez le célèbre capitaine, convaincue qu'un libertin tel que lui ne pourra pas résister...

**FIANCÉS SUR ORDRE DU ROI**
***de Tori Phillips - n°571***

***Angleterre, 1528.*** A la Saint Jean, Brandon Canvendish et lady Katherine Fitzhugh, fiancés malgré eux, devront se rencontrer. Ainsi en a décidé le roi, et sa décision n'est pas contestable. Pour les intéressés, c'est un véritable couperet qui s'abat. Désespéré, le premier s'épanche auprès de son meilleur ami, John : comment pourrait-il être un bon époux, lui qui a toujours été le pire des débauchés ? Quant à la seconde, elle confie à Miranda, sa cousine, combien il lui en coûte de renoncer à sa liberté après une première union désastreuse. Le premier choc passé, un plan astucieux germe dans l'esprit de Brandon : il se présentra au rendez vous… en se faisant passer pour John ! Un plan savamment orchestré, à un détail près : il ignore que Katherine, elle aussi, a échangé sa place avec Miranda…

# *A paraître le 1er décembre 2012*

## LA PROMESSE DU HIGHLANDER

***de Marguerite Kaye - n°572***

***Ecosse, 1748.*** Et si, après toutes ces années, il était de retour pour la reconquérir ?... Alors qu'elle observe Alasdhair, son séduisant Highlander, au milieu du groupe de convives, Ailsa se sent défaillir. Combien de fois a-t-elle rêvé de ces retrouvailles depuis la disparition d'Alasdhair, six ans plus tôt ? Combien de fois a-t-elle imaginé qu'il reviendrait lui expliquer les raisons de son départ ? Aujourd'hui, Ailsa croyait avoir renoncé à ses rêves de jeune fille. Trop d'années se sont écoulées, trop de mensonges ont été prononcés. Et puis, elle est promise à un laird, un homme de son rang. Pourtant, elle ne peut ignorer la lueur d'espoir qui s'allume en elle lorsqu'elle croise le regard de feu de l'irrésistible Alasdhair…

## AMOUREUSE D'UN VIKING

***de Joanna Fulford - n°573***

***Angleterre, 995.*** Depuis la disparition de son époux, Anwyn ne cesse de repousser les avances du cruel Ingvar, qui rêve de mettre la main sur ses terres. Pour elle, il n'est pas question de subir un autre mariage forcé ni d'imposer l'autorité d'un tyran à son fils ! Hélas, comment résister à l'assaut d'Ingvar avec si peu d'hommes au château ? Il faut trouver des renforts… Aussi Anwyn voit comme un signe l'arrivée d'une bande de Vikings sur son domaine : si elle parvient à faire de ces barbares ses alliés, alors – enfin ! – elle pourra vivre en paix avec son enfant. Et qu'importe le prix que ce pacte lui coûtera ! Du moins le croit-elle. Jusqu'à ce qu'elle se retrouve face au chef des Vikings, un homme ténébreux au captivant regard azur…

## UNION SOUS CONTRAT

***de Deborah Hale - n°574***

***Angleterre 1824.*** Pour protéger son neveu orphelin, Artemis est prête à tout, y compris à affronter le puissant Hadrian Northmore, qui réclame la garde de l'enfant. Il a beau être l'oncle du petit, Artemis refuse de lui abandonner son neveu bien-aimé. Car les Northmore ont prouvé qu'ils étaient indignes de confiance ! N'est-ce pas le frère débauché de Hadrian qui a séduit sa sœur cadette ? Mais alors qu'Artemis se prépare à une violente confrontation, l'arrogant Hadrian lui propose une troublante solution : si elle veut élever son neveu, elle devra accepter de l'épouser…

## UN ÉPOUX POUR ELLA

***de Cheryl St John - n°575***

***WYOMING, 1783.*** Jamais Ella n'aurait dû répondre à cette petite annonce ! Certes, dans sa situation, cette offre était l'occasion rêvée de prendre un nouveau départ, le genre d'opportunité qui se présente une seule fois dans une vie. Et puis, en acceptant de se marier avec un parfait inconnu, elle n'avait pas imaginé qu'elle tomberait sous le charme de son époux dès leur première rencontre… ni même qu'elle éprouverait pour lui un désir aussi immédiat qu'incontrôlable. A présent, déchirée entre ses sentiments pour Nathan et la nécessité de dissimuler sa véritable identité, Ella est complètement désemparée. Car, elle le sait, s'il vient à découvrir son sulfureux passé, Nathan ne lui pardonnera jamais de lui avoir menti…

## LE BAL DE L'HIVER

***de Annie Burrows - n°576***

***Angleterre, Régence.*** Depuis son arrivée à Alvanley Hall, où le comte de Bridgemere donne son traditionnel bal de Noël, Helen ne décolère pas. Pour qui se prend le comte, à traiter si mal ses invités ? Et comment ose-t-il loger sa propre tante dans une tour glaciale du château, sans se soucier de la santé de cette vieille dame ? Helen savait son hôte austère, mais pas à ce point de grossièreté ! Aussi, déterminée à expliquer à ce rustre sa façon de voir les choses, Helen n'hésite pas : elle exige un rendez-vous avec Sa Seigneurie. Mais alors qu'elle se préparait à rencontrer un homme aigri et méprisant, elle a la surprise de découvrir un gentleman infiniment séduisant…

## FILLE DE ROI

***de Tori Phillips - n°577***

***Angleterre, 1497.*** En secret, sir Brampton, tuteur de la jeune Alicia Broom, vient demander à sir Cavendish d'accepter un mariage entre sa pupille et l'un de ses trois fils. Alicia, lui explique-t-il, a besoin de protection, car elle n'est autre que la fille naturelle du roi déchu et serait menacée de mort si le nouveau roi découvrait son existence. Aussitôt, le pacte est conclu : sir Cavendish porte son choix sur son benjamin, Thomas, un adolescent taciturne et solitaire. Puis dix longues années s'écoulent, durant lesquelles Thomas, devenu comte de Thornbury, oublie l'existence d'Alicia. Jusqu'à ce jour où une jeune femme se présente au château et affirme être sa promise…

*A paraître le 1er novembre*

*Best-Sellers n°541 • historique*
**L'ange du passé** - Judith James

*Angleterre, 17ème siècle*

En pleine tempête, alors que la guerre civile fait rage, Elizabeth découvre un homme presque inconscient sur le seuil de sa modeste demeure. Ses vêtements ne laissent aucun doute sur son appartenance : c'est un soldat, un ennemi de surcroît. Aussi Elizabeth hésite-t-elle : en portant secours à cet inconnu, elle se mettrait en danger, elle et tous ceux qui partagent son foyer. Mais ses hésitations volent en éclat lorsqu'elle découvre le visage du jeune homme. Ce regard intense, ces traits séduisants ne sont autres que ceux de William de Veres, l'ami d'enfance dont elle était éperdument amoureuse, celui qui, alors qu'ils n'étaient que des adolescents, lui a promis de toujours veiller sur elle ! Bouleversée, Elizabeth décide de venir en aide à William, au risque d'être accusée de trahison. Une décision qui va complètement bouleverser son existence…

*Best-Sellers n°542 • historique*
**L'héritière de Boston** - Kat Martin

*Londres, 1859.*

Venue à Londres pour faire annuler son mariage avec Rule Dewar, Violet Griffin est convaincue que son époux sera soulagé par sa requête. Après tout, si, sur son lit de mort, le père de Violet ne l'avait pas supplié de prendre soin de sa fille, jamais le séduisant Anglais n'aurait posé les yeux sur elle. La preuve : depuis qu'ils ont échangé leurs vœux trois ans plus tôt, Rule n'a jamais remis les pieds à Boston, préférant mener une vie de débauche en Angleterre, sans même prendre la peine de se montrer discret.

Et pourtant, contre toute attente, Rule Dewar ne se montre pas aussi coopératif que prévu. Pis encore ! il impose ses propres conditions à Violet : pour obtenir son accord, elle devra accepter de vivre sous son toit pendant trente jours…

Composé et édité par les
*éditions* HARLEQUIN
Achevé d'imprimer en France (Malesherbes)
par Maury-Imprimeur
en septembre 2012

Dépôt légal en octobre 2012
N° d'imprimeur : 175371